大
方
sight

PENELOPE FITZGERALD

无 辜
Innocence

［英］佩内洛普·菲茨杰拉德 著

周萌 译

中信出版集团｜北京

图书在版编目（CIP）数据

无辜 /（英）佩内洛普·菲茨杰拉德著；周萌译
. --北京：中信出版社，2020.7（2021.2 重印）
（佩内洛普·菲茨杰拉德系列）
　书名原文：Innocence：A Novel
　ISBN 978-7-5217-1791-4

Ⅰ.①无… Ⅱ.①佩…②周… Ⅲ.①长篇小说-英
国-现代 Ⅳ.① I561.45

中国版本图书馆 CIP 数据核字（2020）第 064209 号

INNOCENCE

First published in Great Britain by Flamingo in 1986

Previously published in paperback by Harper Perennial in 2004

Copyright © Penelope Fitzgerald 1986

Introduction © Julian Barnes 2013

Translation © CHINA CITIC PRESS 2020, translated under licence from HarperCollins
Publishers Ltd.

ALL RIGHTS RESERVED

本书仅限于中国大陆地区发行销售

无辜

著　者：[英]佩内洛普·菲茨杰拉德
译　者：周　萌
出版发行：中信出版集团股份有限公司
　　　　（北京市朝阳区惠新东街甲 4 号富盛大厦 2 座　邮编　100029）
承 印 者：浙江新华数码印务有限公司

开　本：880mm×1230mm　1/32　　印　张：11.75　　字　数：143 千字
版　次：2020 年 7 月第 1 版　　　　印　次：2021 年 2 月第 2 次印刷
京权图字：01-2019-3790
书　号：ISBN 978-7-5217-1791-4
定　价：59.00 元

第一部

1

*

　　任何人在经过里多尔菲庄园——瑞可丹岑[1]的时候都能认出它来，因为在它最高的那道墙上有一排被称为"侏儒"的石雕。你能看见它们的最佳位置就是从路的右边开车去佩萨河谷的路上。严格来讲他们不是侏儒，而是小矮人，也就是说他们代表的是一百三十厘米以下的成年人，病理学上小只，但不失比例。

　　由于庄园的地面向西南剧烈倾斜，从路上看什么都被挡住了。你只能看见那些小矮人的头顶和他们的身躯慢慢从清透水洗的苍穹下升起。有一些身影似乎在欢迎你，仿佛召唤着路人进来坐坐，有一些却不那么好客。你可以买到庄园的彩色明信片，可是上面的雕塑看上去和旧版画上画的并不一样，甚至和老一些的明信片上的也不一样。可能有一些雕塑是被换过的。

---

1 瑞可丹岑（Ricordanza）在意大利语中是"回忆""纪念"的意思。

1568 年，瑞可丹岑的主人——自然是里多尔菲家族的一员，但却是一个小矮人——和一个小矮人结了婚，他们有了一个女儿，令人失望的是，她还是一个小矮人。他们似乎绝不是当时唯一有这种窘境的人家。比如说，就在维罗纳外面，在贝里科山的瓦尔马拉纳家。他们的女儿就是一个小矮人，而且为了不让她知道她是和别人不一样的，只有小矮人才能到瓦尔马拉纳家去当孩子的玩伴或仆佣。而在瑞可丹岑，里多尔菲伯爵咨询了一个在桑塔克罗切堡执业的有名的医学学者——保罗·德拉·托尔。保罗在回信中说，瓦尔马拉纳家在他们的两个村子的围墙里养一群小矮人倒是很不错的。旅行者经过的时候往往会绕路去看看小矮人们，如果一个都没有看到的话，马车夫会特意从座位上下来，把他们从住的地方赶出来观赏一番。当时人们还没有意识到贝里科山的居民正遭受着某种肺病，而血液里的低含氧量造成了矮人症的高发率。

　　"可这样的人并不适合服侍您，"保罗继续说，"我会建议您不要为瑞可丹岑没有太多小矮人而伤感。至于谱系或人种，我们必须谨记，在马基雅维利的词典里，大自然给予它所孕育的万物以无形的能量，而这种能量赋予了万物各自的形态，让它们恰如其所是。我们能从柠檬树上看到这层真理，即使在它最细小的枝丫中，即使这棵树很不幸是一棵长坏的树，它也仍旧有着柠檬树灵魂的香气。"

这封信很中肯，也很文雅，却于事无补。里多尔菲家费尽心机，千辛万苦地找来许多小矮人家族，以至于到了他们的独女六岁的时候，身边有了一群符合她规格的随从，一个小小的女家庭教师，一个小小的医生，一个小小的公证人，所有的所有，都是统一尺寸的。这孩子从来不出门，她很笃定全世界都是由身高不超过一百三十厘米的人类构成的。为了逗她开心，他们从瓦尔马拉纳找来一个侏儒（不是小矮人），可惜却事与愿违。她很可怜他，因为她觉得他作为一个侏儒，知道自己和瑞可丹岑的其他人都不一样，那是怎样的一种痛苦啊。然而为了让她高兴，他更加努力卖命，他跌倒了，摔破了头，这让小女孩哭惨了，他们只好将他送走。

里多尔菲因为要给女儿圆那么多谎而大伤脑筋，可是欺骗这件事，出人意料地，倒是很容易习惯成自然的。全家自然也都习以为常了，尽管花园里那些特殊的楼梯只有一座保留至今，小小的大理石台阶上长满了青草。至于那些雕塑，没有一个是当地工匠做的，虽然那么多的石材都是附近采的。这个任务交给了一个完全不知名的人，有些权威认为他是一个土耳其战犯。

同时，里多尔菲伯爵听说远在泰拉齐纳有一个小矮人的小女孩，虽然是个私生女，但却出身很好，于是他就想方设法将她接来与他们同住。幸运的是，她生来就是个哑巴，或者不管怎么说，当她来到瑞可丹岑的时候，她就是个哑巴。因此，她就不可能描述她在庄园外面所看到的人类是什么样的。

如今，小里多尔菲的关心和注意都转移到了泰拉齐纳来的杰玛身上。他们试图教这位新来的可爱朋友说话却没有成功，那些话就连笼子里的鸟都能说两句，她请求他们让她放弃学习拉丁语和希腊语，至少不要要求她读出声。音乐方面更加棘手。里多尔菲家有一个私人风琴手，去过他家沙龙的人都对那玩具般的小乐器难以忘怀，那琴声仍清脆如鸟鸣。让管风琴失声必然是一个损失，而且很可能毫无必要，因为没有证据能证明杰玛是个聋子。

可是才不到十二个月，杰玛就开始以显著的速度长个，仿佛是身体为了弥补之前蹉跎的八年岁月。到了第二年春天，她已经比家庭医生高一个头了——医生、牧师和公证人一起住在教堂旁特地为他们盖的房子里。咨询过医生，他的建议非常有限。他试过用刺柏油来阻止长个，失败了之后，又搞来一个普林尼的配方，据说是希腊商人用风信子的球根摩擦年轻的奴隶以阻止他们长阴毛的。里多尔菲开始担心他们的医生是个笨蛋。无奈，他只好向各方寻求帮助。德拉·托尔再次没帮上忙。他在另一封信中——现在这封信在国家图书馆——指出，全力以赴和大自然作对是愚蠢的。"别那么在意，"他补充道，"对于幸福这件事。"里多尔菲和他兄弟——佛罗伦萨的红衣主教——之间也交换了意见，他没有提起大自然，而是告诫说人类的幸福应当留给天堂。"当然，"伯爵回答，"我自己是毫无异议的，可是我要站在别人的立场想，还有什么更好的办法呢？"而他的女儿一点也没有考虑到自己，只想到她的朋友。她知道，如果杰玛要离开去外面的世界，那里所有人都在一百三十厘米以下，她会被当成怪物的——又加上她不会说话，在那些野蛮人中间，根本是说不清了。整个状况已经是极端尴尬了。小女孩和杰玛站在一起时，只有往前走几步，才能让影子看起来和她一样长。

伯爵深深体会到，无论大自然还是上帝都没有体谅任何像他的独生女儿那样充满同情心的人，当然也没有体谅任何孩子。让她和杰玛分开是不可能的，无法想象的。他已经答应她，如果她能想到任何可以救杰玛于绝望境地的方法，他们都要全力以赴，不惜代价。

她现在差不多八岁了，头脑已经开始有逻辑了，而且由于没有其他系统的干扰，她对于目前所知的一切没有怀疑。正因如此（比方说），她从来没有质疑过她被限制在瑞可丹岑的事实。另一方面，她知道什么是痛苦，并且如果是为了更好、更美的事物，痛苦在某种程度上是值得忍受的。举例来说，有时候，为了特殊场合，她要将头发烫卷。那有点痛。瑞可丹岑庭前的柠檬树也一样，有时候园丁要把它们浸在沸水里，让它们的叶子全都凋零，但是新的叶子也会更茁壮地长回来。

与此同时，杰玛喜欢在院子里错误的楼梯上走上走下，到处遗留下来的这些巨大楼梯上的旧台阶应该只是用来偶尔玩玩的。小里多尔菲做了一个特殊的决定，并且祈祷上帝能让她找到解决困难的方法。几星期后，一个答案不期而至。既然杰玛永远都不应该知道她和这世界其他人越来越大的差距，那么最好她能瞎掉——也就是说，如果把她的眼睛拿掉，她就会快乐多了。而且既然没有别的办法能阻止她去走那些错误的楼梯，那么对她来说，长久之计当然最好是把她的腿齐膝砍断。

2

*

这个故事不是如今的旅游公司[1]或者"游览佛罗伦萨最美庄园"的组织宣传册所提供的那种故事——它的开头是一样的，但结局却不同。很可能瑞可丹岑——由于它高且通风的位置，它那些柠檬田——也并非真的是佛罗伦萨最美的庄园之一。同样，从某种意义上说，现今的里多尔菲伯爵也不是真的伯爵，尽管传单上是这么称呼他的——因为第二次世界大战之后，意大利所有的贵族头衔都作废了。而且，在一代代的传承中，里多尔菲家族峰回路转几经兴衰，经历了太多可疑的变故，以至于过去的世代已不能看作是二十世纪的那些后代的样板。现在他们中已经没有小矮人了。但仍有一种鲁莽行事的倾向，也许总是想要一劳永逸地去确保别人的幸福。这似乎是长年累月幸存下来的古怪性格。也许它很快就要不复存在了。

---

1 原文为意大利文。

3

*

1955 年，詹卡洛·里多尔菲六十五岁，他做了一个严肃的决定——去直面他人生最后的阶段，而且的确是出于他的性格，他没有对任何事考虑太多。可是他的决心却遭到了动摇，这不仅是出于他对女儿琪娅拉的爱，还出于他对姐姐玛塔莲娜的关心。这一年，琪娅拉刚好满十八岁，她告诉他们，她要嫁给一个医生，萨尔瓦托·罗西医生。他挺年轻，也不是特别年轻，三十岁上下，是圣·阿格斯提诺医院的一名专科医生，很聪明，很上进。"很上进，我猜意思是说他是从南部来的吧。"玛塔莲娜说。

詹卡洛出生于 1890 年，那时意大利贵族已经被安排归乡，不再担任重要的公共职务。他的父亲在佛罗伦萨以东三十公里的家族小农庄瓦萨辛那默默将他养大。他们全都在节衣缩食的条件下生活得悄无声息（里多尔菲家从来都不太会赚钱）。老伯爵的服装是一个乡下裁缝做的，他夜里去乡村小酒馆喝酒——喝的是他自己庄园酿的酒——

在那种地方，笑话每被重复一遍就会添油加醋，更加精彩。直到二十世纪初，这个家族的人都还没去过海边，并且不觉得那是一个可以度假的地方，他们只去山里度假。1904 年，他们突然全都去了米兰，对于米兰他们也一无所知，他们是去看《蝴蝶夫人》首演的。这仿佛是天上的云突然开了，然后他们又回到了瓦萨辛那。等村里有了电影院后，他们才得以去看破破烂烂的"三彩"电影，那是投影在小酒馆刷白的院墙上的。如果放映当中有人起来尿尿，他们巨大的影子就会穿过银幕。老伯爵的另一个让步是给他的儿子买了一种新玩具——一只腕表：那是在1910 年，为飞行员山度士-杜蒙[1]发明第一款腕表后不久。自那以后，他喜欢在各种场合问他的小男孩——好了，告诉我们几点了！——不过在瓦萨辛那这种凭影子长短就足以判断时间的地方，这样的场合出现得并不怎么频繁。尽管如此，田里的佃户和一边分餐一边插话的用人们还是忍不住让那孩子再看一眼——告诉我们几点了！

他十一岁时，父亲去世了。弟弟仍继续待在农场。亲戚们收养了玛塔莲娜和詹卡洛，但他们被分开了。詹卡洛

---

1 1904 年，路易·卡地亚实现了他的朋友、著名巴西飞行家阿尔伯托·山度士-杜蒙的愿望，制作了一款便于在飞行过程中读时的腕表。世界上首枚腕表由此诞生。

先是被送到了英格兰，然后又去了瑞士，他去学做生意，却什么也没学到，他还在大学里学了点贝奈戴托·克罗齐[1]的哲学，学得也不咋样。第一次世界战争他在骑兵营里作过战，后来又被军马司雇用。1931年，他的老哲学教师成了屈指可数的几个反法西斯的教授之一。他被解雇了，并且请求援助。詹卡洛记得克罗齐曾经教他们政治只不过是一种激情，而不是一个有思想的人的正当职业，但他不想让他的老师不高兴。结果他发现自己被软禁在了佛罗伦萨悬崖般的家族宅邸里。大部分房间都租出去了，但租金非常低，即使有的话，也低得像是在侮辱人。他不得不告诉厨子安农齐亚塔，他没有现金，他的意思是他似乎真的什么钱都没有。安农齐亚塔知道这个，并告诉他，他应该听听好的建议。

他的弟弟是一个不善言辞的人，有一个也不太敢讲话的妻子和一个沉默的小儿子。但他还有一个大舅子，是一个叫作贡迪的蒙席[2]，他在罗马教廷供职并且认识罗马的

---

1 贝奈戴托·克罗齐（1866—1952），意大利著名文艺批评家、历史学家、哲学家，有时也被认为是政治家。他在哲学、历史学、历史学方法论、美学领域都有著述。
2 蒙席（Monsignor），或被称为"Monsignori"，是天主教会神职人员因着对教会杰出的贡献（诸如对于某个团体或教堂的管理杰出等），从罗马教皇手中所领受的荣誉称号，这个荣衔只授予天主教会内领受圣秩圣事的神职人员。

每一个人。詹卡洛咨询了他，朱塞佩·贡迪如此上心，降尊纡贵地写信回复了他，尽管只是普通格式。"至今你都没有得到过好的建议。经常祈祷和冥想吧，追随你的国家和古老的贵族传统吧。"詹卡洛对这些话和其中不甚明了的含义思考了几个月，然后，他追随了他所能想到的最强大的贵族传统——和一个富有的美国女人结了婚。可他没有占有欲，当战争又一次爆发时，她离开了他，剩下一个逐渐衰老的父亲和一个两岁的女儿，他又一次陷入了风雨飘摇的境地。

玛塔莲娜何其不幸地——她出于对墨索里尼的强烈反对而住在英格兰——嫁给了一个误以为她是个有钱的外国人的男人，而此人的主要兴趣是观察水鸟，尤其是涉禽！不管怎么想，这样一个男人怎么可能带来幸福？他们婚姻的变故使得詹卡洛和他姐姐重聚，或至少是把他们都召回了灵薄狱广场的公寓里。

玛塔莲娜有一副瘦弱的皮囊，看上去似乎要不久于人世，尽管这一点与她持续良好的健康状况相悖。她的坚决是詹卡洛十分欣赏的，如果有办法提前知道她接下去要对什么表示坚决的话。就拿她右手的第三和第四根手指来说。它们不见了，在从巴尼奥阿里波利回来的33路巴士上，被坐在她身后的贼用一把锋利的鸡骨剪给切掉了。目标显然是她的英国丈夫在他们相对快乐的日子里送她的钻石戒指。这次事故一点也不特别，意志坚强的玛塔莲娜拒绝提起任何正式的控诉。她说，她把这次损失看成是所有那些有东西可偷的人理应想到要交的税。"算算你有生之年里每年都要从可动产里交出的五十分之一。"她说。基于这个原则，詹卡洛告诉她，她应该每五年掉一根手指。"你准备活多久？"

　　琪娅拉，来往于一所英国女修道院学校，被她的玛塔[1]姑妈搞得很苦恼。这里说的是那间弃养者的收容所。无法让老人们获得幸福折磨着玛塔姑妈。其他人仅仅是勉强忍耐地待在他们身边。即使是出于对宗教的服膺，也没有人能乐于长时间和老人在一起——然而有一个例外，婴儿，它们随时都准备对任何有个大概人形的东西微笑。所以为什么不搞个收容所，让老人在那里照看无家可归的婴儿来打发时间呢？没牙的和没齿的肯定能和谐相处。"可是这些老家伙搞不定的，他们搞不清那些小孩哪个是哪个。""可能，经常。""他们会把它们摔坏的。""一两个孩子也许还行，他们还以为自己有多了不起呢！"在战后的混乱状态中，在佛罗伦萨吵吵嚷嚷的重建过程中，要做

---

1 玛塔莲娜的昵称，同时在英文中也是"疯狂"的意思。

点不寻常的事是很容易的，甚至连贿赂都不怎么需要。玛塔莲娜把她所剩的钱都很好地用于她的基金会了。那地方在圣塞波尔克罗镇，幸运的是只需要很少的钱来运转。那些老女人都是从乡下来的。她们习惯在冷水里洗衣服，并且用沙子来刷地板。

詹卡洛记不得童年时代他的姐姐是什么模样。尽管年代久远，但她一定——当然是有个什么模样的，他想，但是绝不像我。

此刻，在老朽宅邸的二楼，他们坐在一间放满了大理石雕塑的客厅里，那些雕塑黄得就像老人的牙齿，但近在一条街外的河流带来的光亮却给它们注入了一股生气，也许他们就像别人一样，也只能聊聊天了。能够让他们与众不同的是他们的乐观。甚至他们之间的分歧也能提供这种希望。

如果琪娅拉要跟罗西医生结婚，那要在哪里举办婚礼午餐会？他们当然想过瑞可丹岑。在那里举行任何庆典安农齐亚塔都会是个绝对的麻烦，这倒是真的。出于疯狂的谨慎，她坚持任何从罗马来的客人（除了蒙席），或是从翁布里亚边境以南任何地方来的人，都需要加以监视。他们来之前和走之后，她都会大声嘟囔着清点勺子的数量。这种事发生过，比如说，当詹卡洛想从房地产上筹钱的时候，他曾经在别墅里为罗马的银行家们搞过一个午餐会。但是这个计划看上去无论如何是做不成的。詹卡洛从来都不是那种能赚钱的人。他应该在瑞士再努力些学做生意。

　　但结果是琪娅拉并不希望她的婚礼在瑞可丹岑举行，尽管她非常焦虑地不想让任何人感到烦恼。"那可是她每天早上都去玩儿的地方！"玛塔惊呼，"在柠檬树荫下。"然而，那位罗西医生似乎并不赞成。但是琪娅拉当然是有她自己的想法咯？

　　"她当然有，"詹卡洛说，"这就是为什么她能够改变主意的原因。"他们弄清楚了琪娅拉想要的是一个乡村婚礼。"那意味着去农场。我要到瓦萨辛那去跟西萨尔亲口讲这件事。他不会知道发生了什么，他也不会主动去问。我明天就去瓦萨辛那。"

4

*

伯爵成功地却也很生硬地坚持了己见,他下楼来到宅子的庭院中。一楼都租给了商店(其中一家是理发店)和小工作室。内院则停满了小汽车和摩托车。自行车总是出于安全考虑被车主拿进屋里或是放到楼上。两匹骑警的马安静地站在那儿,它们远远地被拴在围着一根大理石柱的铁栅栏上。在十四世纪,这整片地方都是未受洗的婴儿的坟墓,至于它们能否获得救赎则十分可疑。

伯爵轻松地坐进了他那辆结实的老菲亚特 1500 小轿车。驾驶座那瘪下去的皮质座椅正贴合他的瘦削的关节。车子不肯启动,小部件们快散架了,吱吱嘎嘎的声音也许是烟灰缸发出的,也许不是,这些都不是问题,对于一个能够辨识出所有这些声音的司机,倒不如说是一种安慰。

他驾车沿着奇扬第公路[1]出了城,在持续的吱吱嘎嘎

---

1 奇扬第是意大利的一个葡萄酒产区,位于托斯卡纳。

的调子里，他想到了他的妻子，她还没死，却更喜欢生活在芝加哥，还有玛塔莲娜的丈夫，他也还没死——尽管有时候让人觉得他快死了——但他喜欢生活在东萨福克郡，他俩都会收到婚礼邀请，但都不会来。另一方面呢，一定要请蒙席来主持仪式，他也会主持的，尽管这还得承蒙瓦萨辛那教区牧师的许可。伯爵继续开着车，这乡下景象，这些柔和的斜坡，这些橄榄树，葡萄园，还有蔬菜都表明了这里的土地对人类仍是非常友好的，甚至是保护的，但它的回报却是每个葡萄园里的每一公顷土地上都长了4500根白色的水泥柱子。这点没有困扰詹卡洛，他原谅了土地容貌的变迁，正如原谅了他自己的。

那年秋天很冷。在瓦萨辛那，夜晚为生火取暖而燃烧的稻草发出难闻的气味。西萨尔的两辆电动小耕作机正有序地在山脊上穿行。虽然不是第一次见到，但伯爵对于农忙日里有那么长时间需要有个会动的东西从这里跑到那里还是感到惊讶不已。他经过了小石头房子，它曾经是一个小教堂，田里的工人在那里午休。那破旧的屋顶像水壶一样冒着烟，他们正在那儿煮什么东西。更高些的地方，一个石质十字架标明了西萨尔的父亲在德国人撤退时被击中的地方，也可能是在盟军进攻的时候，现在已经搞不清楚究竟是哪种情况了，也没法搞清楚他试图要抗争的是什么。

詹卡洛把车停在了斜坡顶端的前院，人们总是认为那里比较暖和（其实没这回事），当他从车里下来时，秋风正在等候他。一条像老人的手那样皱巴巴的蜥蜴在看似温暖的阳光里冒了个头，很快就缩了回去。右手边整座墙都覆盖着攀藤的茭莶，它们一如既往地带着鲜活的记忆尽可能地往高处和远处生长。这种植物能感知时节，早早地便开始落叶。

瓦萨辛那本身处于一间农舍和一座贵族宅邸之间，并且它原本的规划有时候还颇受赞赏，可事实上它几乎是被随意地建在了一座瞭望塔的旧址之上。一旦走进去，你总会感觉洞穴般空空如也，仿佛没有人在这儿，只有一些轻微的，什么东西滴滴答答的声音，以及一片黑暗——不是彻底的黑暗，而是一种略带红色的黑暗，弥漫在地砖和陶瓦的天花板之间。一进门的右手边就是酿酒用的发酵房。浸润饱和的木头发出的浓烈气味从房子的一端飘到另一端。这里也能听到滴滴答答的声音。笔直往前则是餐厅，那里有一个很大的塞茵那石[1]做的壁炉。

"西萨尔！"詹卡洛叫道。然后他记起来他的侄子每

---

1 塞茵那石曾经是佛罗伦萨艺术家和建筑师最常使用的材料之一，是地域身份的象征。

周三都要去办公室。

餐厅就像大堂一样暗，百叶窗都翻起来以抵抗突如其来的寒流。但在不可移动的旧餐桌上，还是能辨认出刀叉的轮廓，还有两块厚实的白色餐巾。餐巾表明，他没有白打电话来，有人在等他。远处的一扇门开了，一抹秋阳钻了进来，然后一个老人出现了，一边还在抱怨着什么，一个老妇人打断了他，并很果断地问伯爵想让她做哪种意大利面。"我没法同时听你们两个讲话。"詹卡洛说。这个男的是博纳迪诺·马蒂欧利，詹卡洛知道他有那么一点自命不凡。西萨尔也许很想摆脱掉他，但是由于博纳迪诺无处可去，因此这也是不可能的。我的侄子怎么能这样生活，詹卡洛想，年纪轻轻的一个人过？他们说每个人内心都希望在出生的地方死去。詹卡洛正在寻思这个事儿——他就出生在他现在坐的这间屋子正上方的卧室里——博纳迪诺朝他靠了过来。

"我有些事儿要说，敢保您大人听了会格外感兴趣。"老妇人又一次打断了他。看来午餐只有两种选择，菠菜宽面或者普通宽面。

"任何选择本质上都是赌博，"伯爵说，"我们吃菠菜的。"她退回了厨房，但仍然可以听见她的声音往似乎是废弃了的屋子里喊。"他们要吃菠菜的！"詹卡洛想，我下午四点半前得回佛罗伦萨去参加一个旅游俱乐部的委员会会议。

在房子背面，两侧耳房失去了它们的气势，变得还不如一排仓库。后院的上方是一些深而古老的沟渠，种着无花果树和蔬菜，今年被风吹得收成不佳。左边最尽头那间棚屋，从它顶楼的滑轮装置看起来，似乎曾经是一个小谷仓。这就是办公室了。这里可以看见西萨尔完全无动于衷、纹丝不动地坐在两堆文件前面。当一片影子掠过他，他抬起头看见谁来了时，他站起身，拿过了仅有的另一把椅子，搅起了一股家禽的气味和一些陈年的灰尘。伯爵坐了下来，仿佛是为了求饶似的，他夸大了他的虚弱。西萨尔也坐下了，从书桌转向了他的伯伯。

这张书桌是一件旧的胡桃木制品，看上去像是被遗弃的，可怜兮兮，家具一旦被放到屋外就常常这样。黄铜的钥匙板掉了，把手是用绳子穿过锁孔来代替的。"你父亲在的时候这张桌子不是放在这儿的。"伯爵说，仿佛他刚刚才想起来这点。但其实他已经说过许多遍了，因此西萨尔没有回答。除非是非得回答不可的情况，他从不说任何话。对话，作为一种生活的艺术，或是作为娱乐，他都不能理解，除非沉默也算是它的一部分。

在很多年里，瓦萨辛那都在通过法律请愿的方式要求裁定葡萄园的确切位置。当西萨尔或者他的父亲提到1932年的那场悲剧时，他们指的不是在那年拒绝对法西斯效忠的十一位大学教授的命运。他们指的是在1932年，官方判定瓦萨辛那刚好位于奇扬第地区的界线之外。这意味着里多尔菲的葡萄酒不能被标上经典标识出售，而它们的市场价值也会缩水四分之一。然而这种算法是从屋主的立场出发的，因为有一些外侧的葡萄园落在界线以内。它们都已经衰落了，这是真的，或许可以说是废弃了，但是西萨尔仍固执地协商想借一笔低息贷款来买一台新的挖土机，以期在短期内重新栽培桑娇维塞葡萄。那样，或许那些边界线上的产地会获得经典标识。眼下桌上放的，一封是当地商会关于这个议题的来信，另一封是银行的来信。

"这儿很冷。"西萨尔说。

毫无疑问很冷。窗户设计得很高，阳光都没法射进来，屋里也没有取暖设备，除了一只小小的炭炉。伯爵很庆幸他穿了他的旧军大衣，他现在穿仍然很合身。再过几个月，在巴伊斯特罗基的军队改革之下，意大利骑兵的身份将一去不返。他听到这个消息后，就默默决定要穿着军大衣入葬。然而，西萨尔的语气仿佛他头一次注意这儿很冷似的。他的伯伯朝炉子靠近了些，感到暖和一些了，同时呼出的气也变得可见了。

"西萨尔，我是来跟你说琪娅拉的婚礼的。你肯定知道，她要和这个医生结婚。""这个"一词并不是很准确，他纠正道，"和萨尔瓦托·罗西结婚。"

谈话停顿了一会儿，这让他感觉自己说得太快了。然后西萨尔说："琪娅拉大约一个月前来过这儿。她没待多久。"伯爵揣摩这是不是在抱怨，尽管听上去不怎么像。琪娅拉应该尽量多来这儿，哪怕仅仅是因为她叔叔，也就是西萨尔的父亲，将十二分之一的产业留给了她。并不是她对产业上的生意不感兴趣，兴趣她是有的，只不过她很快就对处理账目心里有数了。

"对一个学校里的姑娘来说，生活似乎是没有尽头的。"伯爵说。

"你怎么知道学校里的姑娘是什么感觉？"西萨尔问，显然兴趣很浓。

"这个嘛，我能想象她现在快毕业了，她想待在佛罗伦萨，而且我猜她想要认识不同的人。"

"那毫无疑问。"西萨尔说。

伯爵再努了一把力。"你知道的，我们有点惊讶没听到你的回音。我们给你寄了订婚通知书，当然，我十分肯定。"

他可以十分肯定，因为他能看见那张卡片就孤零零躺在薄薄覆盖了一层灰和玉米粉的书桌上。西萨尔跟着他扫视的目光看了一眼，然后说："我没有让它们来打扰到我这里的事务。"

他站了起来，他的伯伯立刻明白他们要去地里看看。要么西萨尔认为这是必要的例行公事，要么就是他想把他刚刚所听到的抛在脑后。伯爵想做出冒犯聋哑人的手势，但他忍住了。此时，办公室远处角落里一团黑乎乎的东西挪了出来，只见是一只旧式硬毛意大利猎犬。它晃了晃，伸展了身子，为出门做准备。那样子就像在绞一块洗碗巾。

伯伯从佛罗伦萨开车过来，和他讨论一些别的事，这个念头似乎没有让西萨尔感到困扰。也许他相信，一旦来到乡下，他就能表现得好像一直住在这儿似的。外面，粗犷的天空就像蓝色与白色的火焰在燃烧，让人难以直视。一切都仿佛在某种指示下挣脱风的控制，或是与之搏斗。

他们没有走向葡萄园，而是沿着马车道走到了山脚下，道旁种着的橄榄树一直绵延到地平线。树下的土地都被耕耘过，用来种马铃薯，他们俩得肩并肩走，不过得隔着一个犁沟的距离，一脚在里，一脚在外；真的，这么走路对一个有长短腿的人来说更容易些。在西萨尔的脚跟旁边，只见老狗的尾巴沿着犁沟移动。出于某些原因，伯爵认为——他意识到他太老了，这种远足不适合他——当他走的地面比西萨尔高时会更自在些，后者至少会停一下。

"商会认为我们应该把橄榄树当木材卖了。现在有各种便宜的烹饪油了。"

"你想怎么做？"

"我不知道。"

农夫一定一直跟在他们后面，这会儿悄没声息地走到西萨尔边上，走到两棵倾斜的老树中间。西萨尔弯下腰捡起一把石头或是泥土或是连土带石，在手掌内拣择了一番，然后给农夫看，农夫点点头，显然很满意。然后，他注意到了伯爵，便祝大家有个美好的早晨，随后撤下了斜坡。在底下，他跨上了他的自行车，调整了一下他放在车把上的一块波浪状的铁片，然后慢慢踩着踏板骑走了。风拍打着铁片边缘奏出了金属般的音符，不断重复着，越来越轻微。而那只狗，蹲伏着，机警地关注那声音，希望那声音变成一声枪击。伯爵心想，当我还是个住在这里的男孩时，我每个早上都感到不耐烦。而琪娅拉自从跟在西萨尔后面蹒跚学步时起，就总是吵着闹着要来这儿。

当他们回到屋子时，宽敞的盥洗室的百叶窗已经拉起来了，那里一排绿色大理石的水盆和小便池曾经在翁贝托一世[1]时供人们举行过狩猎派对。餐厅里的百叶窗也拉了起来。博纳迪诺按照日常的习惯已经将油、盐、胡椒粉和面包在主人的座位前分类排好，以便他以最快的速度用餐并回去工作，而伯爵的座椅则被安置在餐桌空荡荡的一边。他们落座后，西萨尔毫不尴尬地开始给一切重新分类，而博纳迪诺呢，显然有人催着他，从厨房端出了一盘意大利面，滚烫鲜美的酱汁点缀其间，被烤得金光闪闪。在这间冷得出奇的房间里，它的热气和香味显得格格不入。西萨尔开始撕下面包片并精准地塞进嘴里，然后喝一点儿瓦萨辛那自产的酒。按照佛罗伦萨人的习惯，葡萄酒是不给客人倒的，他们得自己动手。伯爵的消化功能一向不太好，他只能小口地咀嚼啜饮。我侄子的鼻子多么大啊！他想。他的手多么大啊！从这个角度看，他让我想起一个和我们家完全无关的人，我想大概是西萨尔·帕维瑟[2]，炯炯有神的双眼既不是灰色，也不完全是绿色。大鼻子让他看起来很和善，我知道他是很和善，但他没有变得更容易说话些。在《神曲·地狱篇》里，只有那些背

---

1 翁贝托一世（1844—1900），萨伏依公爵和意大利王国国王（1878—1900）。他领导自己的国家摆脱孤立状态，与奥匈帝国和德意志帝国结成三国同盟，他支持民族主义和帝国主义的政策，为意大利带来一些灾难，他后来被无政府主义者盖塔诺·布雷西暗杀。
2 西萨尔·帕维瑟（1908—1950），意大利诗人。

叛了主人的人才会被惩罚不能说话，布鲁图斯[1]与犹大就是典型。在他们被惩罚之前，但丁一定把他们看作爱唠叨的人，甚至是糟糕的嚼舌鬼，他们总是消息灵通。可是如果是西萨尔呢，如果他被惩罚去说话会怎样！

他振作了起来。没有人比他更了解西萨尔在面对银行、商会、佃户和那布满石头和白垩的土地时会遇到什么样的困难，这片土地的血液是一种没资格标上经典标识的葡萄酒。如果他的侄子被问到——不管是被神权还是世俗的权威，不管是在审判日还是在当地委员会的重新分类会议上——他是否充分利用了他的时间，如果西萨尔能亲自回答的话，他一定会回答：是的。

老妇人出现了，她注意到早就该生起的火现在还只是压在炉边干薰衣草和橄榄枝下面的一铲子热炭。火舌的热量勇敢地向屋子里散播了一星半点，而伯爵的思绪断了线，他发现自己正不知为何在出声地重复着："要是我们能用金银来买孩子，不需要女人就好了！可这是不可能的。"与此同时，挤在桌子下的狗察觉到下一段谈话要开

---

1 布鲁图斯（B.C.85—B.C.42），刺杀恺撒的人。公元前44年，在布鲁图斯的策划下，一群参议员（其中包括布鲁图斯）将恺撒刺杀于庞贝城剧院的台阶上。恺撒这位著名的独裁者死前最后的遗言，还在感叹为什么是布鲁图斯杀了他，恺撒对待他像对待儿子一样，而且也许布鲁图斯就是他的儿子。

始了，于是抽搐着一跃而起。这将他的注意力拉了回来。

"关键是琪娅拉想要一个乡村婚礼，在瓦萨辛那这儿。我来这儿，我恐怕，主要是讨论钱的问题。我们本来是可以在电话上讲这事的，事实上，钱是唯一可能在电话上谈成的事，可是后来……不管怎么说，整件事的费用当然是我出。至于细节，我想和你我无关，可是玛塔莲娜有几个她中意的筹办者，因为她说他们给梵蒂冈教皇做过馅饼，荒唐透顶，我们都知道，帕切利教皇是德国修女在照顾的，她们绝不会让他吃佛罗伦萨的馅饼。"惹他烦的是，博纳迪诺在这个节骨眼上手里捧着盘子对他鞠了一躬。

"您大人不可能找到比瓦萨辛那更好的地儿来接待您的贵客了。但是他们来的时候，您要向他们解释一下，我的出身比我看起来要好些。您今天早晨走过的这些地方，公正地来说，都应该是我的。"

西萨尔对他的插话一点也没有注意。他放下了刀叉，但这只是因为他想了解一些事情。

"你刚才说的关于女人的话是什么来着？"

伯爵重复了一遍欧里庇得斯[1]的台词。

---

1 欧里庇得斯（B.C.480—B.C.406）与埃斯库罗斯和索福克勒斯并称为希腊三大悲剧大师，他一生共创作了九十多部作品，保留至今的有十八部。这里是指他在悲剧《希波吕托斯》里表达的思想。

“我不怎么读书。”西萨尔说。

“我想你是没有时间。”

“我就是有时间也不会读书。”

西萨尔不怎么做手势，但是有一个手势认识他的人都不会忘记，那就是把双手在身前摊开，他现在就正这么做。你会以为他从没坐在一个空间不够他这么做的桌子前。他双手重重地按在桌面上，就像把印刷机的螺旋拧紧，两块木头压在一起。

“跟我说说，她在哪儿遇见这个男人的？”

“萨尔瓦托？好像是在一个音乐会上。”

“他是一个专业人员。”

“一个医生也不比一个农夫专业到哪儿去。”伯爵说，“永远也不要低估一个人的专业对他的意义。”他仍然把自己看作一个军人，并希望他的侄子记住这点，可是西萨尔显然很有压力，也许是由于一下子要说那么多话。

“他是一个神经科医生，他是圣·阿格斯提诺的一个高级医师。他非常聪明，这点无须怀疑。”

“所有年轻医生都被认为很聪明。他多大了？”

“比琪娅拉大很多。我猜他二十大几了。”

“你意思是他三十了。”

“好吧。”

"她为什么要嫁给他？"

"只可能有一个理由。你了解你的堂妹。她恋爱了。不过请你别以为我自诩很了解这件事。"

"如果她想在这儿举行婚礼，"西萨尔说，"那她为什么不自己跟我说？"

"我肯定她会说的，可是眼下你得原谅她，她几乎不知道自己在干什么。我首先得承认，她这么做让我感觉很抱歉。"

"总有时间打电话吧。总有时间哪怕写封信吧。我父亲在卡尔索防守期间还给我母亲写了封信呢。如果一个人没有写信，那就只能说明一件事，他还有比这更重要的事，甚至可能是什么都不做都比做这个开心。"

"你不能这么想，西萨尔。这事儿没什么大不了。"

"你是对的，这当然不是事儿。"他们一起走到院子里时，西萨尔说，"我能认为这桩婚事不会对琪娅拉在这儿的股份有任何的影响吗，我是说她的那部分？"

归根到底，他的伯伯想，除了瓦萨辛那，他什么都不在乎。

5

*

　　詹卡洛回到了佛罗伦萨，并不确定事情解决了还是没有。自然，他自打侄子出生就认识他了，并且也喜欢他，但是认识和了解是两码事。不过，几天之后博纳迪诺给灵薄狱广场上的公寓带来了一个口信。"让琪娅拉在瓦萨辛那举行婚礼吧。但是不要有那些筹办人，也不要有哈灵顿家的人。"最后这条詹卡洛不怎么理解。

6

*

琪娅拉·里多尔菲是一个美人，但在佛罗伦萨却没人觉得她美。她母亲的家族来自美国，他们曾是苏格兰人，她的长相是北方的，她精致高雅的肤色更适宜于北方温和潮湿的雾气，而不是狂野的气候。唯有她蓝色双眸上的眼睑是佛罗伦萨式的，圆润而慵懒，就像卡尔米尼亚诺的蓬托尔莫[1]画中的天使，漫漫炎夏中的孩子们。她对任何事物的接触都半是渴望，半是羞怯，完全没有这座古老富庶的城市往日里为了报价单而和全世界最伟大的艺术家扯皮时的那种冷酷无情。她就像是一个警惕而鲁莽的驾驶员，却受到良心的谴责，为在佛罗伦萨的街上一无是处而难过。她所感受到的她却抓不住，仿佛总有什么东西从她那逃遁，或是被落下，因此她从来都不觉得已经做到了最

---

1 蓬托尔莫（1494—1557），意大利画家。原名雅各布·卡鲁奇，后以出生地闻名于世。作品标新立异，甚至不惜违反常规，开启了样式主义的倾向，是佛罗伦萨画派后期代表人物。

好。她心地善良，却不知道如何表现出最好一面，实际上她都不知道如何穿衣打扮。人们以为，既然她如此优雅地昂着头，那么当她穿戴整齐参加晚宴时，就理应脱颖而出，可是，里多尔菲家却没有任何珠宝，而琪娅拉也不在乎有没有。

一年以前，在她十六岁时，玛塔姑妈在没有事先告知，而且她也完全没有能力负担的情况下，带她去帕伦蒂那做一件裙子。在 1950 年代，一件帕伦蒂的裙子就像在 1920 年代一样，立刻就能被认出来，话说回来，不管在什么地方穿这样的裙子，都说不上是什么风格，而只能说是它自己的风格。但这时的维托利奥·帕伦蒂几乎完全不做剪裁了，他的缝纫几乎可以说是做了一个袋子，不论长还是短。它的秘密（正如福图尼[1]那样）在于材质。帕伦蒂的丝绸（他只用意大利丝绸做衣服）是在他自己位于德尔卡戴后街的工厂里纺织的。这种薄绢有着最为精致的褶皱，每片褶皱的二分之一是顺着纹理走的，另一半则是反方向的，因此每一个褶都是织物本身的一部分，且永远不会变得不挺括，事实上那不是褶皱，而是在丝织的方向上作了改变。这间摇摇欲坠的工厂的出品只有传说中最不

---

1 马里亚诺·福图尼（1871—1945），西班牙服装设计师。

可能的材料，如用西风编织的斗篷，或是能从戒指里穿过的婚纱才能媲美。这当然是严格特供的，而且有规定，一旦缝纫间用的长度够了，就要把剩下的布料全部销毁。然而，这种规定并没有匹配上雇员的高薪，他们不得不尽量把它们卖掉，所以在佛罗伦萨一定还有数不清的帕伦蒂丝绸的零碎料子，被做成了衬里或是天晓得什么东西上的补丁，但它们幽幽发亮的色泽和无法效仿的褶痕仍然暴露了出身。

琪娅拉害怕"好"衣服，她自我安慰说至少帕伦蒂的裙子（它们永远都不能挂起来，而是要折好卷起放在架子上）在一般意义上不算是"好"的。她的姑妈有极少数的几件"好"衣服。它们有着隐藏的硬衬，沉重的褶边，古怪的绑带和裙撑，还有束腰，这意味着即使挂在那里，它们都呈现着一个僵化的，令人生畏的人形。玛塔姑妈带她去赴约时，就穿着一套这种黑色的古早服装，一件克纽普的维也纳套装。琪娅拉则穿着她英国学校的制服。此时此刻，她的焦虑被恐惧所吞没，她担心有极小可能会遇见某个修道院学校的人，而她会为自己在假期内穿着制服被人看见而羞愧不已。

帕伦蒂像以往一样，在他工厂隔壁的一栋楼里接待他的客户。他曾经历过困难的时光，而现在他对那段时光给予了肯定。自从 1923 年那个夜晚，法西斯青年将奥特拉诺区的街灯射灭以来，他再也没有为党内官员的女人做过任何衣服。（另一方面来说，也可能是新的政治形势不怎么赞赏他的服装。）

这栋房子没名牌也没有门铃，从里到外的玻璃门上或是内墙上也没有标明任何东西。除非你知道怎么走，否则就不要冒险走上那些黑漆漆的楼梯。但这家机构并没有秘密。二楼平台直通两间缝纫间和一间熨烫间。她们经过时，熨衣台上的每个人都抬起头看了她们一会儿，然后又低下去。但愿我走的时候能绕开这儿，琪娅拉心想。

她们被撂在一个很小的地方等着，那里显然不是试衣间，因为那里没有镜子。一捧一捧的丝绸，全都是不同形状的浅灰色，被扔在一排椅子上。不把它们挪开就没有地方坐了，可即使是玛塔姑妈都不愿让自己去碰它们。

"他没有在等我们，姑妈，他忘了，我们回家吧。"

"伯爵夫人！伯爵小姐！"

帕伦蒂从她们身后走进房间。他看上去比照片中苍老许多，也瘦小许多，并且非常疲倦，但仍然能够——当然只是刚好能够——承受作为帕伦蒂的疲惫。然而这不是故意的表演，因为老艺术家从来不会这样假装。

"大人，我想给你介绍我的侄女，琪娅拉·里多尔菲。"玛塔姑妈说。为了不去抱怨那五分钟的等待，她采取了一点主动。为了不去瞄哪怕一眼那件克纽普套装，他立刻恢复了精神。现在，他把那堆灰色丝绸扫到了地上，它们便塞塞窣窣地缩成了一小簇。

他说："刚才我冒昧地不经通知就进来，是为了如实地看看这一代的伯爵小姐是什么样，我的意思是，看看她作为一个年轻姑娘，没有意识到其他人在的时候的样子。"

"我不会质疑你做生意的方式，帕伦蒂。"玛塔姑妈尖锐地说。

他向她投以专注而忧郁的凝视，仿佛是一个幸存者看着另一个。"伯爵夫人，我最后一次给你做衣服是在1921年。那是一件晚礼服，用浅褐色的茧绸做的，配一根真丝绸缎的腰带，上面的图案是佛罗伦萨百合。这根腰带破坏了线条，希望你再也别穿了。"

"很好，那你对我的侄女有什么建议？"

帕伦蒂第一次转向了琪娅拉。

"可否请为我站起来一下。"

于是琪娅拉站了起来，双手笔直地垂在两侧，心不在焉地听着走廊下方缝纫间的抱怨和咕哝声。她来回走了一下，没有人让她这么做，但她觉得似乎在一间做时装的屋子里应该这么做，但是帕伦蒂非常有礼貌地让她停下。

"就这么站着，伯爵小姐，我会告诉你接下来该怎么做的。"整整一分钟，一秒钟也没有少，在南奇缝纫机连绵不断的咔嗒声中无情地过去了。

然后，帕伦蒂，在用非常专业的眼光观察了她之后，稍稍举起了他的手，又放下，偏转开她差不多四十五度，然后平静地说："我不能给她做衣服。她没法穿上一件帕伦蒂。"

7

*

一年后，在琪娅拉彻底离开了学校之后，她向父亲要了一万里拉，去了院子里的理发师（他们有姻亲关系）推荐的一个小裁缝那。即使在这里，她也遭到了一些反对。

"是的，可是没有人会这么穿的，这算什么风格，想想从背后看会是什么样啊。"

"我不会从背后去看的。"琪娅拉说。如果我有什么地方无可救药地错了，她想，那我所用的方法可能也错了。真的，我所要做的就是不要担心。破天荒第一次，我不用五月份待在学校里了。我要去听五月音乐节[1]，我要去遍每一个音乐会，我要听遍每一个音符。

裁缝本人把两件裙装，一件黑的和一件白的，亲自送到了灵薄狱广场 5 号。"我告诉过伯爵小姐，我已经尽我

---

1 五月音乐节，即佛罗伦萨五月音乐节，是一年一度的意大利艺术节，其中包括著名的歌剧节。这个节日在四月末到六月间进行，每年一次。

所能了，可她得在脖子上再戴点什么。"

"哦，没有人会看我的。"

"你想想，"玛塔莲娜说，"你一定注意到了，音乐会上的人没什么可看的，只能先看看天花板，然后看看自己的手，再看看大厅四个角，除非有特殊原因，也不会去看演奏者，那么他们最后只能看彼此穿的衣服了。当然，黑色的那件配上我的钻石会看起来好些。"詹卡洛走进了房间，指出她已经没有什么钻石了。

"我以我的名誉担保，"琪娅拉说，"我明天就去中央市场买一点珠子，黑色的玻璃珠子，我喜欢。"

"它们不适合，"裁缝叫道，"它们不是真的。"

"可是，它们是真的玻璃珠子。"

"钻石也是一样，"詹卡洛说，"也不会更真或更假，都一样。"

西萨尔的母亲有一根小小的钻石项链，她死后便被存在了斯特洛奇街的银行里。不是琪娅拉的父亲就是她的姑妈一定暗示过西萨尔这件事，因为他写信（他不是那种喜欢写信的人）告诉她，他记得那根项链，但是忘了它在哪儿；如果她想要的话，她可以拿去。"他的意思是，我猜，如果你想要把它拿出去参加音乐会什么的，他可以安排保险事宜，"伯爵说，"不过，你姑妈一直在说你那两条裙子的事。"

"她觉得它们很难看吗?"琪娅拉嚷道。

"她怀疑它们能否让你快乐。"

项链从银行里拿来了,放在一个用亚麻线缝好的帆布袋里。自从 1943 年可怜的丽萨婶婶死于痢疾以来它就没有被打开过。当琪娅拉解开缝线时,她发现一个封好的信封,上面是丽萨的亲笔署名,收信人是西萨尔,她立刻放了回去。

切割成方形的小钻石闪着夺目的光芒,每一颗都折射出它的外部和被隐藏的内部那纯净的光珠。安农齐亚塔之前曾经见过它们,她感到很失望。她记忆中它们更大颗,给人印象也更好。

8

*

　　琪娅拉的裙子给人的第一印象是奇怪的，但是对里多尔菲的女儿来说又不算奇怪。你得考虑她童年是怎么过的，战争期间瑞可丹岑庄园三次被征用，她和姑妈就关在里面。既然这姑娘现在已经从英国学校回来了，那么人人都盼望她好，充满希望和阳光，有许多计划，十分乐意与这世界为友。可是与此同时，玛塔莲娜怎么能让她穿着那种明显是她自己设计的衣服去五月音乐节？那衣服，就像她的修道院学校的制服，一定是安农齐亚塔在自家缝纫机上做的。那根小项链看起来倒是不错，是从哪儿来的？

　　那个四月的夜晚，在佩哥拉剧院，一个钢琴手和一个小提琴手与其说他们在为听众演奏，还不说是为彼此演奏。年轻而充满活力的小提琴手不得已才穿了一件晚礼服，戴了一条白色领带，在黑暗中，他流着汗，发出汗臭，他是一个真正的中欧吉卜赛人，藐视克制和规矩，正如他的音乐一样。钢琴前那个年长得多的男人则又苍白，又有些秃，戴着一副朴素的眼镜，从他袖口伸出一双修长的手腕，每一根光洁的指尖都仿佛有着一个独立的灵魂。机缘和工作的需要把他们绑在一起，可也只限于一首勃拉姆斯第三小提琴奏鸣曲的时间，这个曲子就如曲目表上说的："让勃拉姆斯和约阿希姆[1]在多年的决裂后重修旧好"。在慢乐章开始前，小提琴手表演了一段粗犷、热烈的匈牙利吉卜赛风格的花腔，钢琴手则不动声色地退居二线，然后，当音乐重新开始时，他深情款款地朝他的键盘弯下腰去，仿佛是对着一个旧相识，而此时小提琴手不得不屈服于他那小小的、正在富有韵律地抗议着的乐器的威胁，仿佛那琴要立刻毁灭他似的。你可以看见他正挥汗如雨。钢琴手只有一次抬起他无力的眼皮向天空望去。想想那些政治家，这个时候居然还梦想着欧洲能成为一个共同体！这里就有一个人类物种最为协调的样本，他们以音乐的名义被判处缔结这一靠不住的合伙关系。当一切结束的时候，小提琴手第一个离开了舞台——这是他的权利——又得意扬扬地回来取他的琴弓，而钢琴手则跟在他后面，在那个为他翻乐谱的光彩夺目的女子眼中，他的面目几乎变得模糊不清。

伯爵从不去音乐会，他害怕被迫听一些他不喜欢的东

1 约瑟夫·约阿希姆·拉夫（1822—1882），瑞士作曲家，钢琴家，音乐教育家。

西。琪娅拉是和朋友们一起去的。是年老,或者说年长的咪咪,一个玛塔姑妈的熟人,在音乐会中场休息时介绍她认识罗西医生的。

"我亲爱的孩子,我想让你见见里纳尔迪医生,不,是萨尔瓦托·罗西医生,不,是罗西,他可帮了我大忙。"

琪娅拉将手伸给医生。

"你喜欢刚才的勃拉姆斯吗?"他问。

她礼貌地看着他,但是有些惊讶。

"当然不喜欢。"

或许我们能在所有事上都意见一致,萨尔瓦托心想。没有人同意过我的看法,但她也许可以。然而,这似乎是他脑袋里另一个声音说的,当他理性的头脑被一种感觉占据了的时候,他希望这种感觉不是在见到一个戴着钻石项链的年轻姑娘时产生的嘲笑或是厌恶的情绪,这根项链价值——这里他顿了一下,因为他不知道它到底值多少钱,它也可能终究不过是一个仿制品,可是我为什么要在乎呢,他想,我又不是开店的——不管怎么说,她戴着它就好像她不知道这回事似的,也完全没有那种优雅的姿态,那种格蕾丝·凯利[1]的姿态,会用一只手轻轻碰一下珠宝什么的。也许这个年轻

1 格蕾丝·凯利(1929—1982),出生于费城,美国影视演员。1956年,格蕾丝·凯利与雷尼尔三世结婚,成为摩纳哥王妃。

的女孩不知道如何表现得优雅，或者是格蕾丝·凯利不知道。他感到十分烦躁。他隐隐觉得，他迷失了。

咪咪仍然在他们边上，开始大谈特谈她的病痛。"你还不知道吧，琪娅拉，我很高兴能告诉你，一个人能帮上另一个人多大的忙。尤其是对背部。"她拱起肩膀，像一个上了年纪的和蔼可亲的小贩，伺探着时机，"三十五岁之前你什么感觉也没有，然后一下子哪哪都走下坡路了。"

"如果是您的背，夫人，"琪娅拉礼貌地说，"我相信他们会创造出奇迹的。"

"哦，可是我亲爱的，我听说他们就像喝醉的计程车司机那样敲打你。他们把你扔来扔去。他们听听你的骨头，寻找里面咔嗒的声音。所以我认为，那和我的背无关，而是我的神经问题。"

这个姑娘同意我对奏鸣曲的看法，萨尔瓦托对自己重复道。她不会对我说谎，她是那种即使在音乐厅里也不会撒谎的人。

咪咪天生就喜欢闲逛，她逛到别处去了，萨尔瓦托冒昧地请琪娅拉和他一起在中场休息之余出去散散心。

"哦，可我是和朋友一起来的。"

"什么朋友？他们是谁？如果他们是和你一起来的，

他们怎么不在这儿?"

"只有两个,他们去给我拿咖啡了。"

"拿咖啡是不知道该做什么的时候才会干的事儿。和我出去一会儿吧。"他们一起走到了入口的台阶上。听众刚来的时候还是好天气,可是音乐会开始后却有了变化,现在天空呈现暗淡的橄榄绿,只是在西南面河流的上方还夹缠着一丝光线。空气潮湿而熨帖。

"到温暖的雨中来吧。"萨尔瓦托说。

"好吧,可是雨怎么会是温暖的呢?"

"这个嘛,试试,试试看。到外面来,伸出舌头,尝一尝。"

演出的第二场,琪娅拉有一点被淋湿了,她心想自己就像刚洗完的衣服,还没彻底晾干就被收下来。她的头发被打湿弄平了,雨水赋予她的脸颊一抹诱人的淡玫瑰色。她自己的朋友们没说什么,但是在她座位前两排,一个没心没肺的哑剧演员却开始用毛巾使劲擦自己。亚里山德里一家也注意到了,而且不怎么觉得好笑,斯文伯恩-卡西亚诺夫妇也一样,以及库阿拉泰西那帮人,还有年高德劭、毫不通融的卡尔多尼侯爵夫人。他们之间无声的交流系统和警告方式在1956年就和三十年前一模一样。一个独裁政权、一场战争或是一次占领都不足以改变他们。而琪娅拉只不过是如此微不足道的一个佛罗伦萨人，以至于她在听音乐会第二场——这场显然更成功——时，没有发现任何人在看她。

9

*

　　萨尔瓦托不是一个心平气和的人，他极其后悔参加了这场特别的音乐会。同样让他生气的是他母亲反复预言说，如果他去了北方的米兰或佛罗伦萨工作，他就会被有钱的金发女孩看上，她们会缠上他，然后在他回过神之前嫁给他。现在，实际情况是，这个女孩穿得很糟糕，而且也不是金发，在任何特定的光线下，比如说在观众席的人工灯光下或是在室外雨天的黄昏中，她都没法被称作金发女郎。他的思绪以他绝对禁止的方式不停围着那些念头打转，就像煤渣跑道那样枯燥。

　　作为母亲最宠爱的儿子，他被迫接收了大量他母亲的传统智慧。他迷上别人之后，她会说——甚至不会真的反对，而只会让人生气地点着头且理所当然地微笑着——他会忘了他的家，甚至忘了家里人，而如果能在马扎他再看见他，那就算他们走运。奇怪的是，意见是错的时候和它是对的时候一样讨人厌。

她在他受洗时，为纪念救世主而将他命名为萨尔瓦托[1]，而他的父亲却根本不想让他受洗，并且非常徒劳地想让他随安东尼奥·葛兰西[2]取名为尼诺，或者叫作"解放"，或是"人道"，甚至是叫作"1926"，因为那一年既是他出生，又是葛兰西被关押的最后一年。多梅尼科·罗西挑选的这些名字可能会被嘲笑，也确实被嘲笑了，甚至是被马扎他的党员们嘲笑。他有个伙伴是一个兼职的记账员，属于那种注定不会成功的人，他对某种暴力革命有着缺乏远见的温和。这个男人，圣纳扎罗，在这屋里并不怎么受欢迎，他常常坐在一个没有窗户的房间里和多梅尼科聊天，这房间实际上是厨房的过道。警察非常公正地将他看作完全无害的人。但是对萨尔瓦托来说，在他成长过程中，他的父亲对他的影响比母亲大得多。他几乎不记得曾经全心全意、毫不难堪地赞成过他的母亲。另一方面，他迟迟不愿面对向自己承认他父亲错了的痛苦。

　　1913 年，多梅尼科和圣纳扎罗结伴从马扎他上来寻找机会。他们照着许可证允许尽可能往北方走，走到了都灵。多梅尼科做了自行车修理工，圣纳扎罗则做了助理记

---

1 救世主（Savior）与萨尔瓦托是同音。
2 安东尼奥·葛兰西（1891—1937），意大利共产党创建人，代表作《狱中札记》。

账员。他们同看一张周报，葛兰西的《人民呼声》[1]。在《呼声》中，他们读到了一个意大利，一个有可能没有贫穷、没有偏袒和贿赂的意大利。由此而来的是大众教育，但不是那种填鸭式的教学，而是以师生提问回答的方式进行的。每一个心智健全的人都是一个知识分子，但大部分人都不敢做知识分子该做的，那就是待在他们的自己社区里，组织管理它们。只要有几千人做这样的事，在卡拉布里亚区，在坎帕尼亚区，在西西里岛和撒丁岛，那么南方就会变得和北方一样繁荣。正是缺乏良好的感知力，甚至是缺乏常识，才让人难以想象一个未来人类的伟大城市，有着紧张激烈、人声鼎沸、生产力发达的生活。在目前的情形下，每个意大利家庭都彼此倾轧，为自己争取有利条件。当所有权的观念被废除之后，这种斗争就没有必要了。即使在家庭内部也会和平。十二个兄弟姐妹也能围坐在一起而不再争吵。而孩子的教育也不再是妇女和教士的事。孩子的性格或是未来再也不是大人的负担。在新的社会中，将会有自由，至少是选择的自由。

当人们敞开心扉去同情他人时，幸运的时刻就会降临在每个人身上。去回应也许是一个错误，但不去回应却是

1《人民呼声》是都灵意大利社会周报，1914 年葛兰西担任主编。

忘恩负义的。于是，大量《呼声》被印刷出来，从都灵的后街，涌入罗西和圣纳扎罗的真实人生。整个城市，他们都没能找到一间马扎他人开的酒吧或咖啡馆。他们彼此的友谊、每周的党员会议以及《呼声》成了他们的参考坐标。

在1919年的罢工前，他们遇到了他们虚弱的领导人本人。那是在他初次入狱之前。罗西甚至还趁机问他有什么可以为他做的，有什么可以带给他，或是让狱卒捎给他的。葛兰西说他什么也不需要，除了一条撒丁岛面包和一本意大利文翻译的吉卜林[1]的《丛林故事》。但是他说的时候笑了笑，不是那种政治家的笑，这表明了他知道这是不可能的。

罢工和占领工厂彻底失败之后，罗西和圣纳扎罗自然丢掉了工作。他们卖掉了他们在城里穿的鞋子，给靴子换上一段自行车轮胎的底，然后走了七百五十公里回到马扎他。他们到达的时候已经快饿死了。村里的人冷漠地收留了他们。他们离开马扎他的时候就是失败者，回来时仍是。他们仍然参加当地党派在药剂师商店的里屋进行的鬼鬼祟祟的会议。当葛兰西在他的牢房里声明不再跟随斯大

---

1 约瑟夫·吉卜林（1865—1936），英国小说家、诗人，1865 出生于印度孟买。

林的政策时，他成了被驱逐的人和异端。这两位朋友仍然效忠于他，他们在当地的政治活动中变得越来越不重要，比天花板上的苍蝇还不如。

10

*

　　萨尔瓦托十岁的时候，他的老父带他踏上了探望安东尼奥·葛兰西的旅程。这是最后一次机会了，因为葛兰西在最后九年里从一个监狱挪到另一个监狱，据悉已经病入膏肓。意大利政府收到国际请愿，要求释放他，但这一请愿的命运就和大多数请愿一样。

　　1936 年，葛兰西被移送到罗马。他不再是一名正式的囚犯，而是在基兹扎纳诊所接受治疗。他的探访条件也宽松了。另一方面来说，也没有那么多人要看他——他的那些旧同僚几乎没人想要拜访他。

　　多梅尼科和他的儿子从贝内文托搭了一辆装番茄的卡车，然后又坐慢车来到首都，这给他们一个不受打扰、彼此打量的好机会。萨尔瓦托看到的是一个他所爱的隐忍的男人，他知道，他还得得到母亲的允许才能进行这次远行，他是一个疲惫的男人，像一件被磨破磨光了的旧外套。多梅尼科则不安地回看着他聪明的、令人费解的男孩。

多梅尼科还很小的时候，他的祖母在一家宾馆的厨房工作，她有一次敦促他上楼到接待大厅去，希望让他见见主教（他刚到这儿来），并被赐福。他们顶着失去一切的风险，在大理石地板上跪行了一段。可是主教正在接待私人拜访并想要暗示他已经下班了，他把手指上的戒指转到反面，这样信徒就没法吻它了。祖母站起来扯着男孩回到用人房，就仿佛某种意义上这是他的错似的。

多梅尼科现在所思所想，就是要让他的儿子见证一个伟人的在场。同时，这么多年过去了，他也有一些问题想问，他当然不能空手就去。他膝盖上放着他们的三明治，还有一个包裹，包裹里是一些药、信纸和一件羊毛衫。它用绝缘胶带绑了起来，任何人都能看出那不是一个女人帮他打包的。当他们到达罗马，驶入艾斯德瑞亚广场老旧的桃色的车站时，他试图让它看起来体面一些。

萨尔瓦托感到失望，首先是他们穿过城市时没有看到任何一辆新的阿尔法·罗密欧双座跑车，他曾经在一本杂志上看过它的图片，其次是基兹扎纳诊所没有围栏。

"这里不是监狱。"他父亲告诉他。

"如果他想离开他能走吗？"

"不能，他不能这么做，没有警察押送他就不能去罗马。"

那么这里就是监狱，孩子想道。

大门外有一个铃，铃响的时候，有一个穿制服的男护士会应答。萨尔瓦托发现没有人会来拍拍他，不像他在女修道院学校，或是在修女开的医院的时候。这让他印象深刻。他印象深刻是因为他被忽视了。

男护士问他们是否得到马里诺医生或是弗鲁戈尼教授的批准，而当他父亲从内袋里掏出一张教授的便条，确认了他们的预约的时候，萨尔瓦托对他父亲升起一种少有的敬佩。护士走开了，然后又回来说，病人安东尼奥·葛兰西身体不太好，不适合接待来访者。这会儿他胳膊下夹着一份蓝色的文件。

"谁说的?"多梅尼科问。

现在大约是下午三点。他站在那儿，在早春白茫茫的阳光下，拉着儿子的手。

"管理部门认为他不应当接见没有医学知识的公众，担心他们或许会为他的一些改变而感到痛苦。"年轻人读着文件，就像在复述一篇课文。"肺结核影响到了脊椎——你明白我说的吗?——而且视力也很糟。"

"你可以收起你的担心了。我的许可证都是合乎规则的。葛兰西同志亲自回复了一封我的信，让我们来看他。"

11

*

　　萨尔瓦托曾经见过畸形的动物，也见过人和动物的尸体，但从没见过什么东西像葛兰西同志这么丑陋。在十岁的时候，丑陋是一件很难被原谅的事。这个囚犯，他父亲的朋友，像癞蛤蟆一样张着厚厚的嘴，里面一片漆黑，看不到一颗牙齿。瘦弱而残疾的身躯再也无法假装穿得上他平常的衣服，它们只是挂在他身上，就像马戏团的动物一样。他没有坐着，而是靠墙撑着站立。病人的气味充满了房间，比消毒水的气味还浓，这儿没有呼吸的余地。他父亲不情愿地在唯一一张椅子上坐了下来，萨尔瓦托站了一会儿之后，坐上了床的一角，床上铺着清洁的、不友善的床单。

　　"我们带了些药来，是从药剂师那儿弄到的。"

　　"非常感谢，但是不用了。我宁可你把它们留给别人。我在这里所要求的只是一些兴奋剂，但是马里诺医生不开给我。你很好，多梅尼科，但是我所需要的我都有，只要允许的话。我的妹夫经常来这儿。"

这次拜访和预期的不一样，礼物他不想要。葛兰西问起马扎他，问起地方党支书的名字，他沙哑而费力的嗓音让人很难听清。当多梅尼科告诉他时，他说："不，我没听过这个名字。"

"他是新的一代，尼诺，你不可能听过他。"

"我有一个恐惧是我的记忆会消失。如果一个人四十四岁，没有书可以谈论，也没有记忆，那么就不可能期望他写出什么有价值的东西。我也无法知道外面发生了什么，除了看官方报纸。我的脑子还清醒，但我想或许我已经失去了忍耐的天赋。当我在监狱里时，我知道我的朋友都在说'要是他能忍受在某个地方关五年，那他一定也能忍六年，'可事实上，在监狱里的第五年和第四年很不一样，你不知道第六年会变成什么样。"

"可是，尼诺，这里是一个诊所。这是我探访你的申请第一次得到回复。那让我知道现在情况对你来说变得多么不同。"

"这意味着他们不再认为我有重要性。但我知道你多次申请看我。别以为我已经忘了感情是什么。"

这会儿多梅尼科的热情变得更像是恳求。他似乎乞望情况会自己变好，变成他曾希望和期待的那样。

"一个人怎么能这样，尼诺？你还记得那回在都灵，你还记得电车轨道冻住了，我们都回不了家那次，你给了我们你的'十诫'吗？"

"在都灵，"葛兰西说，"我下了一个决心，我要切断我和我的家庭之间的每一根线，每一个联结。当然，那时我还没有自己的孩子。我是一点一点才意识到，没有血肉联结之爱，人生是多么枯燥、粗劣和寒酸。你也许会告诉我这是再明显不过的事，可是在那时我看不到。"

萨尔瓦托继续目不转睛地望着这个病人，他现在看起来，在他皱巴巴的衣服里，更像是一只乳鸽，一只羽翼未丰的幼鸟，有着大大的夜视的双眼，透着令人不安的蓝色，和鹰钩鼻。在放满药瓶的餐柜顶端，放着三张照片，一张是一个女孩，一张是一个男孩，一张是一个女人和男孩女孩在一起。他们显然是囚犯的孩子，而萨尔瓦托，对此苦思冥想许久这个驼背的人是怎么把他们生出来的，他对这个念头感到了恶心。他此刻最大的心愿，是从最高的围墙上跳进马扎他的水库中。他现在正看着一个完全停止生长的男人，而他的身体对他已经没有什么实际用处了。

语调改变了，就仿佛是改变了温度，让他意识到讨论已经进行到自己的身上了。可是他仍继续保持某种奇怪的假想，假想自己根本不在这屋里，为与这假想保持一致，他也假装不去听。他被问起在学校的功课，尽管大体上是令人宽慰的，但那实在差强人意，这个话题让他母亲和她的朋友讨论还行，却不值得专门为此跑一趟罗马。他准备要说，或是让人替他说，他已经通过了三年级的第一次期中考试。他的父亲没有帮他说，只是焦急地颤抖着，赶忙继续下去。他握住松弛地垂在双膝之间的双手，强调着每一个重点。

"在我从你那听到的所有真理之中，同志，不管是我亲耳听到的，还是读到的，我最感兴趣的是你说的关于教育的话题。即使是到了今天，我们仍可以通过对我们的孩子的培养，开始创造一个未来的社会。我的儿子很聪明，但他会和我一起待在马扎他，我不会让他去城里的。他会成为马扎他人民的知识分子。等他上里赛奥高中时，我不会让他学拉丁文。拉丁文就和以前一样，是一个阶级用来吓唬和羞辱另一个阶级用的工具。我要去见校方，并坚持让他受最简单、最自然的教育，通过提问和回答。"

他停下来等着被认可，葛兰西却说："让他学拉丁文吧。"

现在他说话变得越来越困难了。

"让他学拉丁文。我懂了。教育永远也不应该轻易得到。不通过努力和痛苦就不能学会一门专长的技巧，总的来说，学习是孩子的天职。"

萨尔瓦托看到了他父亲的慌张，尽管这不是什么新鲜事，但他还是觉得难过。

"那么科学呢？"

"当然，如果你确定能把它和巫术分开。"

"尼诺，在都灵你建议我们俩都要读读卢梭[1]。"

"谁是'我们俩'？"

"我本人和卢卡·圣扎纳罗，你还记得卢卡吗？"

"别把我看作不会犯错的人。"葛兰西说，"何况你能发现就算别人不那么看我也已经够麻烦了。1927 年，他们把我从乌斯蒂卡转移到米兰，允许我种几颗菊苣种子，当它们发了芽，我得决定是听从卢梭的，让它们在自然光下成长，还是以知识和权威的名义来干预它的生长。我想要的是一颗像样的菊苣头。在那种环境下教条主义是没有用的。"

他将自己切换到一个新的角度，他目不斜视地看着萨

---

1 让-雅克·卢梭（1712—1778），法国十八世纪伟大的启蒙思想家、哲学家、教育家、文学家，法国大革命的思想先驱，杰出的民主政论家和浪漫主义文学流派的开创者，启蒙运动最卓越的代表人物之一。卢梭认为："大自然希望儿童在成人以前就要像儿童的样子。"同时，他认为顺应自然的教育必然也是自由的教育。卢梭声称："真正自由的人只想他能够得到的东西，只做他喜欢做的事情，我就是我的第一基本原理。"

尔瓦托。

"如果你父亲不让你学你想学的,你会怎么办?"

"我不知道,先生。"

葛兰西开始用他喑哑的嗓音,讲他自己哥哥的故事,当他还是孩子时他受到了挑衅,一气之下,他把家里的猫拿到了乡村面包师那儿,并要求烤了它。当他的鞋子被锁起来防止他逃跑时,他就用鞋油把自己的脚涂成黑色,然后照跑不误。这个故事开始自行找到了通向萨尔瓦托脑袋的秘密通道。他这一刻忘记了医院的房间,取而代之的首先是那个故事的魅力,然后是那个无可争辩地在场的人。葛兰西继续说了一点他自己的事,当他是一个残疾的孩子时,他母亲总是为他准备着一口棺材和一件白色礼服,因为觉得他活不长。"可是,我却活了四十多年。"他也一样,觉得或许有必要离家出走,有了这个念头,他总是在口袋里放一些干燥的玉米和一根蜡烛,还有一盒火柴。

"关于我的事儿咱们已经谈够了,"他果断地补充了一句,他抿着没有牙齿的嘴,温柔地微笑着,"你的口袋里有什么?"

一片沉默。"回答啊,孩子。"多梅尼科尴尬地恐吓说。他用他们自己的方言重复了一遍问题。"回答啊。"萨尔瓦托一点也不喜欢他们对自己的关注。他现在觉得,屋子里的气味像是什么东西坏了，或至少是什么东西正在变味。即使他什么都不说，他也可以用别的方法让每个人都满意，简单地把手放进自己口袋把它们掏出来就行。可是面临所有这些强迫，他就不想这么做了。

"好啦，这不要紧，"葛兰西说，"这怎么会要紧呢？好吧，也许你觉得我作为你爸爸的好朋友不够强壮吧。"

"不是的，先生，我没有这么想。"

现在葛兰西又挪动了，稍稍往右边侧身，相当安稳地靠在放着镀锡水壶和脸盆的盥洗架上。在那儿他伸出手。

"孩子们不喜欢病人。你怕碰我吗？"

"要是我会感染上什么病的话，我不想碰你。"萨尔瓦托说，"会过给我的表兄弟们的，我们家总共有七个兄弟呢。"

"七个！"多梅尼科叫道，"这个和这有什么关系，你为什么要提这个？"

"你什么都不会感染上的，"葛兰西说，这孩子向前跨了一步，并且觉得他的手被压碎了，就仿佛骨头在单薄的皮肤下被碾到了一起。秋天流动市集来的时候，有一种叫作"成人礼"的机器，当你抓住手柄的时候，它就会给你一次电击。但是十二岁以下的孩子是不能玩的。

"现在换作你了。既然你没有回答我，我要给你一些特权。你可以问我任何你想问的问题。"

这是另一个不让他父亲失望的机会。这是他可以真正使他感到光荣的时刻，而他也非常知道他想要什么样的光荣。他立刻勾勒出一幅画面，他们两个在探访结束之后回到他们来时去过的车站饮食店，街边的灯此刻已经亮了，他的父亲在表扬他问得好，而他则慢慢地用一只长柄调羹融化着一块糖，感到心满意足又有些遗憾。

"问任何你想问的。"葛兰西重复道。在他现在的状况下，他能够拿出一根香烟，尽管他的病已经深入脊椎，让他很难平衡他的脑袋去抽烟。多梅尼科耐心地划了一根又一根火柴，试图将香烟点燃。

萨尔瓦托现在知道他该问什么问题了。他后悔他刚才不想回答他口袋里有什么。真是失误了。他在学校老师的指导之下，很善于被叫起来提问题和回答问题。关键就在于要知道他们想要什么。这些人越是重要，回答也就越是容易。其中有一个人曾经让全班都站着，回答《法西斯少年合唱团》的第一句："领袖，领袖，当时刻来临，谁会不知道如何为你赴死？"这种地方不可能出错。但是萨尔瓦托对这间过道小屋里的沉闷夜晚有些心不在焉，也对他们急于向他解释的那些话，也就是父亲和圣纳扎罗关心的那些事有些心不在焉。假如他试着问"葛兰西同志，先生，当时刻来临，谁会不想要自由"会怎样？

有胆量。可是他脑中形成的词句突然变得贫乏，他还是想试图说些与众不同的话，他大声问道："你为什么在流血？"

事实上，他父亲的朋友嘴角边出现了一小股鲜血。萨尔瓦托注视着这个驼背的人在自己的牢窝里，他看见第一滴血从夹住的香烟渗出，流到下巴边缘，他明白一切都可以挽回，只要不允许它坠落。圣母玛利亚，上帝之母，无家可归者的庇护者，不要让它坠落。可是当葛兰西张开嘴的另一边，如同他承诺的要回答问题，很可能甚至还要微笑时，灾难性的事终于发生了，他向前倾倒，深色的液体开始从他身体的多个部位流出。多梅尼科·罗西用整个拳头按下按铃，"快来救人！"男孩哗啦一声倒在明亮的走廊里，抽泣着。到现在为止他也没有在诊所看到一个女人，可是现在需要一个女人。在其中一扇紧闭的门上那方形的毛面玻璃后，他也许能找到一个。

12

*

　　多梅尼科相信这次去罗马会给他儿子留下永久的记忆，他是对的。一旦萨尔瓦托能够将他的印象转化成意愿和打算，他便下定了决心：我永远也不要卷到政治里去，我永远也不要为了我的原则而冒坐牢的风险，我永远也不要把我的健康，更别说是我的生命，奉献给我的信仰。他也下定了决心成为一名医生。最终，我们都会任由我们身体的摆布，但至少让我明白它们发生了什么。

　　回车站的路上他看见父亲的眼泪，这也让萨尔瓦托感到厌恶。他不愿向自己承认，这一刻，他比他的家长成熟，并且他为他们没有一块手帕而感到羞愧。本来有一块餐巾的，但却和那个篮子以及没人要的礼物一起留在基兹扎纳诊所了。终于，他们停在了一家小商店门口，多梅尼科仍旧难以平静，他打发他儿子自个儿去要一块手帕。柜台后的男人告诉他，他得买三块，它们只能三块放在一起卖。萨尔瓦托站在那，坚定地坚持他的立场。"我父亲只需要一块。你得卖给他他要的。"店主把手放在耳朵边，假装没有听懂。萨尔瓦托又用意大利语清楚地重复了一遍。"这是法律。"他加了一句。他付了一块手帕的钱，并且以咄咄逼人的细心点清了找零。那个下午，他决定，他将尽快在情感上不再依赖任何人。

13

*

　不懈的努力加上随机应变是生物进化成功的秘诀。葛兰西自己很喜欢那句谚语："哪里有一匹马拉屎，哪里就有一千只燕子吃饱。"可是从人们通常得到帮助的渠道，也就是家庭中，萨尔瓦托所获甚少。所有的帮助都可归结为在他学医的那些年，他能够以合理的租金住在他一个叔祖母的继女的侄子的蔬果店楼上。

　作为一个医学学生，他的征兵被推迟了，刚刚好在同盟军登陆西西里岛之前，他又转到了博洛尼亚。次年春天，伟大的神经病学家兰迪诺教授从长期流放中被释放，萨尔瓦托希望能得到他的深刻教诲，可是却失望了。值得尊敬的人凤毛麟角，但他们却未必有趣。兰迪诺并不有趣。然而，神经病学本身就有最简单直接的吸引力了。大三的时候，他对背部损伤做了一个又一个病例笔记，那些病人的背部损伤肇始于两三年前，当时他们开着卡车或是军用车往返于矿井或坑洞，那时就感到了背痛。外科手术从脊椎上移除了受损的椎间盘，然后把上下两块椎骨合在一起，这个活干得十分干净利落。现在已经没有炎症了，从 X 光或者脑脊髓液测试中也看不出什么问题，但病人还是抱怨非常痛。也有女人对医院说她们有一条胳膊或两条都不能动，她们不能弯腰去抱她们的孩子，她们的脸因痛苦而扭曲了，看上去像是歌唱家张着嘴的夸张面容。这痛是他们想象中的，但是当然了，却和不是幻想出来的一样真实。事实上，在这种情况下不可能为"真实"或"想象"添加什么意义。也不能做出什么令人满意的诊断。他面对的是无迹可寻的病痛，就算被治愈的时候也说不出什么道理。那些专家虽然很自信，但却知之甚少，甚至比躺在阴影下就会感觉好点儿了的狗知道的还少。但是不管什么只要存在，就能被感知。萨尔瓦托并不自欺他能有重大发现。但他想他或许能找出为什么至今为止还没有任何发现的原因。"先生们，"兰迪诺教授带着微笑开口说道，这微笑为女学生们所熟悉，但也意味着他太老了，学不会新把戏了，"神经痛和那些人为伍可不是无缘无故的——艺术家、多愁善感的人和精神变态。"他在最后那几个词上作了停顿，给它们同等的分量。"我们把神经痛定义为一种其来源不可明确追踪的痛觉。"

14

*

　　萨尔瓦托在博洛尼亚的原生社交圈子应该就是南方来的那个学生小团体，他们的习惯可以想见，星期六晚上去下等妓院，星期天穿上从他们父亲那继承来或借来的最好的厚西装。由于他们吃不惯大学食堂的博洛尼亚饭菜——在他们看来这些食物是用来毒死战后第一批大夫的——他们便与一家那不勒斯人开的咖啡厅达成协议，那地方每天都为他们开着。萨尔瓦托在他的第一年里考虑过这些习惯，并且决定抵制它们。"任何人们期待你做的事，"他争辩道，"都让你越加无法拥有独立的自我。作为一个医生，我必须知道什么是正常的，并且把任何对它的偏离视作危险的信号。作为一个人类，我应该反其道而行之。"

　　1946 年，小团体抛弃了他们的黑色西装，不是把它们卖了就是寄回了乡下。他们继续在帕伦博那吃饭，现在萨尔瓦托也跟他们一起去了。他意识到假如他打算显得高深莫测，那么他最终就会像以前一样，成为舆论的奴隶。

他必须离开博洛尼亚，作为一个没有地域或其他标签的人，年轻的罗西医生，质朴单纯，自力更生，独立自主，有先见之明，不以群分。必须去一个新的城市，他去了佛罗伦萨。

15

*

　　他的原则之一就是永远不要浪费时间。他深深相信，作为一个有理性的人，他已经将自己训练到了不可能有任何浪费的程度。因此，他在 1955 年春天去佩哥拉剧院之后用于想琪娅拉·里多尔菲的时间，他认为在某种程度上也是生物学上有益的。

　　为了总结他的立场——以某种对他来说似乎是掌控中的、有逻辑的，以及平心静气的方式——他写了一张字条。"里多尔菲家。关于他们的信息当然可以毫不费力地得到。他们有两座或是三座房子，太多了，瑞可丹岑、灵薄狱街上的公寓，肯定什么地方还有一个农场或者别的。在我还不能正确分析他们的时候，我得避开这些人。我三十了。等她到了我这个年纪，她几乎不会有什么糟糕的变化，除了胸会缩小一些。但那时我四十岁了，而且几乎可以肯定会开始谢顶，以及（从我母亲的体型看来，不是我父亲的）我会增加不少体重。当人们赞赏苗条或者说瘦削身材的人时，他们说的是好的骨架，意思也就是骷髅架子。一个人的骷髅架子有什么可看的？

"我怀疑她是否适合做一个医生的妻子，因此得把她赶出我的脑子。

"但是也许，这个特殊的情况该被特别考虑。"

16

*

　　萨尔瓦托此时在圣·阿格斯提诺医院工作，是那里的一名初级医师。仅仅凭他的才能，他也许很快就有可能成为神经科的主任。政治家和生意人或许可以靠影响力，厨师和医生却只能靠技术才能获得提升。

　　他最好的朋友是他的一个同事。吉特里尼是一个年长的男人，有着灰色胡髭，没有升迁，也不嫉妒，和他是因为专业而亲近，除了一起度过青春之外，这一定是所有情谊中最紧密的联结了。吉特里尼是从博戈福泰来的，在那里，他也只会在自己经常去的露天广场上坐下来喝一杯，即使现在，朋友们围着他，每一桌都轮流招呼他，而其他人则骑着兰布拉特斯踏板车驶入，就像蜂巢的晚归者，他还是老样子。在佛罗伦萨，他总是有些想家，也总是希望保留一些思乡之情，而萨尔瓦托则决定无论如何都不要再回到马扎他去了。

　　在佛罗伦萨，他们去阿尔法尼路的伏尔泰咖啡馆，讨论人生的目的。这个话题无疑是没完没了的。各种形式的人生都会在自我复制的努力中消耗殆尽，在这之后，就算不幸福，他们至少被认为是满足的。在谈话的过程中，萨尔瓦托感到他被戳中了。实际上，自从他认识琪娅拉的那个晚上，任何话题都能让他有这种感觉。没有必要去问吉特里尼，一个有四个孩子要养的人，是否认为他自己是"人生的一种形式"。"满足是一种难以达到的理想状态。"萨尔瓦托一边宣称，一边按着桌布，强调他的重点。"退一步说，奇怪的是，人们认为身体会在它经历失去自我和忘我的时刻感到满足，而头脑只会在它完全意识到自己和自己的工作时才会满足。"

"那有什么奇怪的？"吉特里尼问，"如果头脑和身体都有同样的需求，那就坏事了。"

"可是为什么是'需求'？"萨尔瓦托大声说，"你选的是什么词啊，你说起它们就好像你是一个银行经理似的。"吉特里尼十分担忧地看着他年轻的同事，问他眼下是否生存有困难。萨尔瓦托对着夜空提高了嗓门，回答说他既不担心也不困扰于那些确实存在的东西，困扰他的是那些不存在的。他每每总被那些大众想象中低俗的刻板印象所威胁——比方说，一个是有上进心的年轻人，或是小伙子，没有背景，渴望建立良好的社会关系，一个是有家庭背景的单纯的年轻女孩，在这事儿上头，都是一些陈词滥调的对立意见，黑发、金发、激动、冷静、南方、北方，所有这些闹得不可开交。

"你认为自己不容易激动？"吉特里尼问道。

萨尔瓦托回答："我十岁的时候就学到了完全自律的第一课。你希望认为我容易激动只是因为我来自坎帕尼亚地区。"他继续说，应该创造一个让医学和实验科学一起工作的新职业，这个职业将致力于清除人类头脑中的先入之见。

"用百科全书派[1]的方式。"吉特里尼温和地说。

"根本不是，他们都是知识分子，知识分子唯一的使命就是让人们鄙视他们曾经乐在其中的事物。我不想要这个世界有更多的蔑视了，我一点都不想要。"

着迷的人是看不见他们的着迷的。对他们而言，那么多互不相干的事物都与他们唯一关心的事物相连似乎只不过是一种巧合。或者可能是他们的感觉变得异常有选择性，能够随时随地探测到它。举例来说，在佛罗伦萨大学组织的国际肺病研讨会上，第一场讲座的第一个幻灯片，就是一张瑞可丹岑所谓的"侏儒"的特写照片。主讲人

---

1 百科全书派是指 18 世纪法国一部分启蒙思想家于编纂《百科全书》过程中以狄德罗为核心形成的一个学术团体。

是一个美国人，他想让他研究血液中低含氧量的影响的论文有一个引人注目的开场。也许他幻想大厅里会有一阵赞赏和认可的低语。他急于取悦听众，便向他们伸着头，就像一只温驯的动物，因为行为得体而勉强被容许进屋。由于扩音器故障，他说的话几乎没有人听见。吉特里尼对于这个主题的兴趣微乎其微，他发现只要轮到提问和讨论的环节，他的朋友就准备从椅子上站起来。他拿起从萨尔瓦托手中滑落的一张纸，看见上面写着：能否请斯旺斯顿教授告诉我们，为什么在艺术的历史上诸多对畸形的表现之中，你选择了这一个？你是否对里多尔菲家族有特殊的兴趣：我要求他告诉我们。吉特里尼将纸撕成碎片，然后抓住了萨尔瓦托的手臂。"我活了四十五岁，"他说，"这让我知道什么是有意义的。我撕掉了你的问题，我们走。"当天夜里，他们听到一群人里有一个——不是他们隔壁桌，但也足够近——在说："可怜的小东西，她想要取悦每个人，可是她什么都不知道，她不知道怎么跑进来避雨。"压根没有理由认为他们是在讨论琪娅拉·里多尔菲，但吉特里尼很警惕，当他的朋友抬起脚来，显然是想要动粗时，他疲惫地感到这样的事情还会时不时地继续发生。然而，服务生就像一个舞伴，从一根柱子后面走上前来跟他们结账，直到萨尔瓦托坐下，或者说是被吉特里尼拉住他亚麻外套的一角，将他按在椅子上之后才抽身而退。

"我完全能控制我的感情，"萨尔瓦托叫道，"我只是想要指出，说话要放尊重点……"

"只是你刚刚让我想起，"吉特里尼说，"里多尔菲的老喜剧片。可能你太年轻，不记得它们。"

"我记得它们。我们在马扎他看好多老电影。"他们在沉默中坐了一会儿，各自想起了他们在炎热的夏夜看露天电影的场景。

"可是毫无疑问，"萨尔瓦托说，"如果一个人无意中在公共场合听到什么明显可笑的不真实的事情，那他就有义务马上纠正它。你得允许我这么做。我请你有点责任感。"

吉特里尼犹豫要不要再点一杯金巴利开胃酒。他们平常工作日从不喝超过一杯，并且轮流付账。他决定换个话题来转移一下这个问题，他提醒萨尔瓦托，他的目标是用科学的手段改造人类的偏见。

"你怎么描述你眼下的头脑状况？"他问。

"我意识到我呈现的症状不同寻常。我想，我可以把它们描述为一种感觉过敏的变体。弗雷格内教授有一次跟我说过一个相同案例的男人，我记得是一个俄罗斯人，或是美国人，这个人能够靠触摸字母的轮廓读出打印在纸背的文字，我是说那种厚厚的纸。好吧，我现在的状况是，最轻微的声音，哪怕是对你没有意义的声音，都能对我产生不可忍受的作用；哪怕最轻微的触碰，对我而言也犹如折磨。当然，我们现在都同意，这种痛苦和那种可以辨认的身体上的痛苦是一样真实的。"

"好吧，这有一个根源，"吉特里尼说，"根源在于，你想要，在我看来，想要你不能拥有的。"

萨尔瓦托现在安静了，转了一下空掉的酒杯。

"为什么我不能拥有她？我应当拥有她，如果我像现在这样想要的话。这一点我们必须达成共识。"

"可至今为止你只见过她一面。"

但这个一点关系也没有。关于他能接受的结婚条件，萨尔瓦托与一个想象中的倾诉对象——也可能是他自己——之间，掀起了一波剧烈的争执。首先，他要完全以自己的价值被接纳，永远不要期望他以任何特定的方式行事，永远不要被当作某个地区的一个产物或者一个范本，并以此来被原谅或是被表扬或是被揣测，或是去证明他是一个聪明的小伙子，一个幸运的或是成功的家伙。最重要的是，他们两个必须无须解释就能接受彼此，保持在对方面前的平等和一致，就好像人类曾经被认为在上帝面前是平等的那样。"可是就算那样，从一开始你们就有男女之别啊。"吉特里尼趁朋友停顿的时候说。他们在赶回医院之前还有十分钟时间。可是他又一次不得不让自己去倾听。他的朋友这一次换了一条完全不同的思路，尽管他难免被迷失者的顽固再次带回原点，他假装冷静理性地问，为什么他不会再次遇见那位年轻的女子，哪怕是最微小的可能。

"可是当然安排见面也不是什么困难的事吧?"吉特里尼说，"你或许可以——"

"我不会选择让它成为一件被安排好的事!"

然后萨尔瓦托突然不说了，陡然伸出他的手。"把我想象成一个跛子，如果你愿意的话，不要离开我，抓住我的手。"

17

*

"没有什么关系比友情更坚固的了。"吉特里尼那天晚上对他妻子说,"可能是因为友情太花力气了。"他停顿了一下,怕自己说话没分寸,然而吉特里尼太太似乎没有被冒犯,反而趁机问他为什么不多带他的朋友罗西医生来家里。即使他带罗西来,那也只是一个男人和另一个男人聊聊天,然而给一个沉思的男人做饭也是一种愉悦,任何人都能一眼看出他很孤独。

"你怎么看出来的?"吉特里尼问。

"他那么安静,对自己又那么不自信,可怜的人。"

18

*

　　吉特里尼家不是像他想要的那样在大学区，靠近圣·阿格斯提诺，而是在一条后街上，他在那多少只是凑合着住。转过街角的时候一股浓烈的花椰菜气味迎了上来，他仍和萨尔瓦托说着话。很可能厨房有什么严重不妙的事发生，因为笼子里的鸟都攀到窗外好透口气，尽管这是一个多云的日子。"所以你坚持要把知识分子贬低为一个阶级？"他问，同时在人行道上踌躇，不想那么快进屋里去，在那里讨论公共话题有些困难。

　　"当然，聪明就是人类历史的诅咒。"萨尔瓦托说，"头脑简单的人一再在历史上显示了自己的作用，那些英勇的罗马人，那些早期的基督徒，不管是谁，可是当他们处理日常事务的时候，知识分子插进来了，在他们之后是下流胚……可是老实说，那些都不重要。我想知道的是，你是否见过她。"

　　"见过、见过……"

　　"你知道我说的是谁。我不是问你对她有什么看法，那是我最不在乎的了，我只是想让你告诉我，你最近见过她没有？"

"当然没有，我不认识这些人。"

"人家告诉我她有一个姑妈，她是个怪人，很可能脑子有点问题。你觉得是不是应该把琪娅拉强制和她分开？"

"你不能让我来给意见。可是如果她有一个姑妈，我猜想这个姑娘自然应该喜欢她。"

"自然！这不是自然的，自然是完全不同的东西。你认为一匹马或是一只鸽子会喜欢它的姑妈吗？它能像这样认出它的姑妈吗？"

"也许不会，可是在正常的人类社会……"

"所以你又要把我们和造物主创造的其他动物区分开来了，"萨尔瓦托用生气又得意的语调大声说，"你要放弃行为主义。我理解得没错吧？"

吉特里尼的女仆打开了前门。吉特里尼吃午饭总是很规律，总是在十二点三十五分，正好是他回来的时间。花椰菜的气味更浓了。女孩惊愕地看着这两个男人。萨尔瓦托抓住了吉特里尼的前臂上下摇晃，就仿佛他正对着一台空空如也的售票机发脾气。邻居们也都跑到窗前，甚至跑到阳台上去。

"只不过是迷信……农民的把戏……"

吉特里尼想起了他的朋友在医院当之无愧的名声，而且他在专业上确实是一个可信赖的，知识丰富且才华出众的医生。他劝他的朋友进屋的时候小心些。

餐厅很拥挤，让人不舒服。全家人都在这儿，两个小女孩，围着干净的餐巾，她们坐在斜放在一个角落里的大型收音机上。每个人移动的时候都要当心，不要让墙上以一定间隔固定着的装饰性陶器和小小的黄铜水壶掉落。夫人起初想要自己从厨房里端菜，可是女仆很有眼色，并且希望这个好看的医生能再叫嚷一次，于是她坚持要亲力亲为，尽管她只能在椅背和墙壁之间艰难穿行。她穿着一件无袖的黑色连衣裙，每次她在全家低下的脑袋上空举起砂锅时，她腋窝下浓密的毛发便清晰可见。女孩子们太害羞，以至于她们说话的声音别人听不清，她们坐在桌边的哥哥卢卡打断了她们。"爸爸，维特多利亚和白斯说，她们觉得有什么奇怪的东西穿过她们从收音机里跑出来了，可能是短路了。"

"喝点葡萄酒吧，医生。"夫人温和如慈母般地恳请道，"我们知道你在医院工作多么辛苦。"

"爸爸，科学的事实是，如果姑娘们把水洒在收音机上的话，电流就会增强一倍。"吉特里尼没有插话，只是问他的妻子有没有电话打来。

"番茄酱也是有效的导电体！"卢卡叫道。萨尔瓦托毫无预警地站了起来，猛地撞在他身后的墙上，并且扔掉了他的餐巾，走了出去。孩子们立刻分散开来，把他留下的空当填满。

"街上每个人都看到他在主菜上来之前就走了！"夫人大声说。

萨尔瓦托对吉特里尼说，他恐怕失去了理智。"完全没有，"吉特里尼回答，"我能看出你一下子被击中了。'这不成，这是婚姻，我不能让她过这样的生活。'你显然忘了，当你进入婚姻的时候你的职业地位会比我好，而且你也不会有四个孩子。这是情感上的反应，你的举止不太理性，我以为你会理性些的。"被问到能否请求夫人的宽恕时，吉特里尼回答说，她仅仅是听描述就一直对他的朋友罗西医生有极大的兴趣，并且相信他注定要做大事。他们俩对此没有一丝一毫的嫉妒，他们太喜欢他这点了。"当然，"吉特里尼说，"我得承认，她对这种事的判断常常是错的。"

随后他带来了他妻子的口信，问他罗西医生某天能否再次光临，最好是在周三，孩子们回来得早，可以早点摆脱他们，或者也许他希望能陪陪他们，那就周日，他们会去爬莫瑞罗山或是去乡下。事实是，她对他唐突的举止印象深刻，而这正是她期望于一个天才的。

19

*

不论萨尔瓦托去多少次音乐会，他都不可能再遇见琪娅拉；不论他多少次没去成，他也无法避免因此遇见她，因为她已经离开了佛罗伦萨。她夏天得回到英国，去读她在圣童学校[1]的最后一个学期，那学校在波克夏的坎帕当。她在那里从来没有特别快乐过，她在其他学校也不快乐，除了小学，上小学时她会穿着安农齐亚塔制作的黑色罩衫，沿着山坡起伏蜿蜒行走，直到庄园的屋顶突然出现，而河流再不可见。在修道院学校她很平凡，除了音乐和滑旱冰，她也没有什么别的才能，滑旱冰是她在瑞可丹岑颓坏的走廊里练了好久才学会的。在圣童学校是禁止滑旱冰的。

在佛罗伦萨，吉特里尼担心他的朋友正在发展出一种失调的人格。可是身在波克夏的琪娅拉却没有得到相应的

---

[1] 圣童学校（Holy Innocents）直译是"神圣的无辜者"，指的是《圣经》中被大希律王杀害的婴孩。

同情。

"你正在被修女们摆布。她们希望我们都早日结婚。这是一种代偿性的幻想。不用在意。"

芭妮是琪娅拉在修道院学校最好的朋友。琪娅拉很爱她，因为她有消灭反对意见的能力，就像拖拉机无情地穿过坎帕当那泥泞的耕地。果断的性格自有其高贵之处。在芭妮看来，她对长相娇弱的琪娅拉有一种巨大的同情，她生为外国人就已经很不幸了。

"重要的事情先说。现在我问你，你有没有给这个男人写过信？"

"我不知道他的地址。"

"可是你可以查到啊。"

"我是可以查到。"

"可你不知道该给他写什么。"

"我不知道怎么开始。"

"好吧，不管怎样，他在这个音乐会上，你遇见了他，而且你知道了他的名字，而且你也知道了他是一个医生。"

"是的，他帮了咪咪·里蒙塔尼一个大忙。"

"谁是咪咪·里蒙塔尼？"

"我不知道，除了在佛罗伦萨，我没见过她。"

芭妮以逼人的目光看着她。

"告诉我，你父亲和你姑妈会怎么看这个男人，还有他们的朋友之类会怎么看，他们会认可他吗？"

"哦，可是在意大利不是那样的。"

"在哪儿都是那样的。"芭妮说。

琪娅拉沉默了。

"不过，你遇见了这个医生，你被俘获了。我能看出他对你的影响，但我们必须假设这影响不会持久。就算持久，他听到你学这些家政学也会不喜欢的。他会认为你在追求他。"

琪娅拉也觉得不如让一切过去会好些。

"或者他也可能追求你，"芭妮继续说，"他有可能是一个喜欢冒险的人。只是你没有钱，你有钱吗？顺便问一句，他们怎么帮你付这儿的钱？"

"我不知道。我倒宁可他们没有付钱。我宁愿去上里赛奥。或许他们卖了一些家具。"

"这么说吧，如果你待在一个外国学校，那你就没法得到我的建议了，"芭妮说，"另一方面来说，我猜那样你可能也不需要，可是现在你需要。让我替你总结吧。你八月里要和我们家一起北上，不是吗？然后，等你回到佛罗伦萨时，如果你没有收到他的信，而且什么也没发生的话，那么你就得重新考虑了。"

"哦，可是等我回到家，一切都会好好的，不会发生什么的，我知道的。"

"可是你得先来我们家啊。如果是伦敦我奶奶家，我就不会邀请你去了，那是个臭水沟，可是在苏格兰你能呼吸到新鲜空气，你需要大量的新鲜空气。另外，如果你不想来的话，我父母会很没面子。"

"我是很想去，我是很需要新鲜空气，可是还要等那么久。"

芭妮更仔细地看着她。

"琪娅拉，你变纤弱[1]了。"

这个可恶的字眼，在意大利语中还没有与之对等的词，听到这个词，琪娅拉垂下了头。她当然接受这个评价。变纤弱了，在她理解中，就是变得怪异，没有长在对的地方，同时缺乏强壮体魄，无法自力更生。她知道她往往违背自己的意愿，让自我分裂成其他的存在。修道院学校试图为生活提供一种固定的价值判断的基础，可是这对琪娅拉不起作用，她无法摆脱来自其他观点的令人不安的视角，她在意每个生命的观点，它们都是正当的。在帕伦蒂那儿，她能感受到老设计师的骄傲（一想到他的背，她

---

1 原文为"weedy"，有杂草丛生的、孱弱的意思，文中芭妮反复用这个词形容琪娅拉。

自己的背也因同情而变得僵硬了），可是她也能感受到她姑妈的失望，并且当她们穿过工作间走回去的时候，她知道熨烫工和缝纫师傅有十足的权利在她们关上门之后放声大笑。为什么他们不应该笑呢？为什么不？可是这过分殷勤的"为什么不？"一定是一个严重的过失，甚至是一场灾难，除非一个人能够在无数求取关注和表达同情的声浪——不是轮番进行，而是如同看起来的那样同时进行——中保持镇静和淡定。当萨尔瓦托对她说话的时候，所有这些心乱如麻都尘埃落定了，她第一次在童年记忆之外感受到了宁静。这种放松是难以描述的。心不再磨损也不再流泪。

"这就是纤弱。"芭妮说。

20

*

　　在圣·阿格斯提诺，罗西医生源源不断的精力时常在令人为难的地方爆发出来。夏天的佛罗伦萨往往没什么人，但在意大利经济出现奇迹的那几年，它和其他城市一样，被乡下来找高薪工作的人挤满了。与此同时，这些人被一种共同的冲动驱使，决定丢弃几个世纪以来的习性。其中之一的习性就是对医院的恐惧。现在，农夫们坐满了长凳，医院向其他医院借更多的长凳，但被拒绝了，因为所有长凳都坐满了，而新的病人——他们很善于等待——在数周之内就成了医院治疗方面的专家。"治疗只是问题的一小部分，"萨尔瓦托对副院长极力争辩，副院长最近刚学会了做甩手掌柜的艺术，"这里的人都是些从来没有吃过加盐面包的人，长久的城市生活对他们的影响是不可预计的，一级和二级的预防措施我们都需要。"这位副院长曾经出于经济考虑很多年都抵制引进显微镜，他对此不屑一顾。"还有那个新诊所，"萨尔瓦托嚷道，"一升一升地分发抗生素，就像当年大公爵让喷泉喷葡萄酒一样。"但是这些当然是由美国人出钱的。

萨尔瓦托丝毫没有放弃这种行为，并更猛烈地投入了抗洪的闹剧中。自有记载以来，亚诺河每三十年左右爆发一次洪水，既然现在有钱，为什么不建立一个像样的预警系统，从而可以将浮秤收集到的信息汇总起来，以准确的形式发给应急服务部门。这一次，他的义愤填膺将他带到了土木工程署的署长办公室，在那儿，他被告知这样的一个计划将耗资四千万里拉。"这不过是一个足球运动员的价格，还是二流的。"萨尔瓦托说。

他怒视着琥珀色的河流降到了它的最低点。"注意，你的亚诺河还不如一条水沟，两座山之间的一条水沟。"吉特里尼听到他提出这个议题时回答说，这可不是他的亚诺河，而在波河河谷，他们发现忍受洪水，放弃任何预防措施要划算和现实得多。至于萨尔瓦托自己，如果不是因为他的家庭在1924年得到了一笔洪水补偿金的话，他永远也不可能踏上学医之路。在吉特里尼看来（如果这种事可以被分级，并且他很注意观察他朋友），更惊人的是那桩"悲痛欲绝"的事。

这是一块墓碑，是里弗雷迪郊区一个受人尊敬的制作纪念碑的石匠根据雕塑家的设计制作的。这位雕塑家是一个长者，叫作约斯，他声称他完全是按照客户的指示来执行任务的。可是完成的作品却被里弗雷迪墓园的主管拒绝了，他宣布它"禁止入内"。

这块墓地属于一位矮小而受人尊敬的运动品经销商。悲痛欲绝的是他的寡妇，作为纪念她定制了一块以她自己为原型的大理石雕塑——"悲痛欲绝"，她五体投地躺在墓地上，用拳头使劲拍打着那块格子抗议，蓬头散发、泪眼蒙眬。背后用绿色大理石做出裙摆弄皱的折痕，某个角度还可以看见长筒袜顶端和裙子之间露出的一条窄缝。寡妇发现公众普遍反对她。她的邻居认为这是暴发户粗俗的炫富，没有任何艺术评论家甚至没有一个艺术家愿意为它辩护，而红衣大主教办公室则规定决不允许它进入坎波圣托公墓。教堂在电台和全国性报纸第三页的发言人是朱塞佩·贡迪蒙席，他现在是大众宗教艺术圣部的顾问，一如既往地不可或缺。他也作为一个佛罗伦萨人发言了。"纪念性雕塑的任务是去展示一种精神，不是一种反抗的精神，而是一种平和、克己和接受的精神。"在国家电台的一次采访中，这位寡妇声称，在她丈夫断气的那天晚上，她被他带着剧烈的抽搐抓了一下，那一抓十分可怕，她对他说："如果你离开这个世界，让我一个人留下，我就要去捶你的坟墓。"——"所以，夫人，"采访者暗示道，

"这么说吧，您是在表达那种敲打地面的渴望，就好像离世的人仍然能听见那样。"——"根本不是，我敲打就是因为他听不到。"

　　萨尔瓦托的义愤填膺不是为了艺术。他从来没怎么思考过艺术，但现在他思考了，他看到如果艺术要有任何用处的话，就必须摆脱多余的情感。那样的话，艺术的功能就很像梦了。他知道医院的病人用药太重，以至于他们都不会做梦，而代之以白天丑恶的幻想作为补偿。而教堂，在此特殊情况下，制止了人类的悲伤以这种最适合人类的方式进行转化。"你肯定知道这位蒙席是琪娅拉·里多尔菲的伯伯咯？"吉特里尼说。萨尔瓦托无视他的话，而用一篇发表在《国家报》上的文章加入了战斗："在米开朗琪罗的城市，艺术被禁止了。"这篇文章效果不错，至少对老雕塑家阿德莱多·约斯来说是如此。费德里科·费里尼[1]一次偶然注意到了这篇文章开头的照片，上面刚好能看清雕像。他定制了一个复制品，并立刻将它放到了罗马电影城那一堆魔幻现实主义的垃圾当中。原件则留在一幢貌似烂尾的房子里，那是公墓门口的一个堆满了大理石残片和十字架的棚屋，那些被遗弃的物品有些等待着被认

---

[1] 费德里科·费里尼（1920—1993），著名意大利电影导演、编剧、制作人。

可，有些则彻底被放逐。但费里尼的购买意味着老约斯——他不怎么善于为自己发声——最终还是得到了报酬。他以老年人的执着追踪到了给他带来好运的作者，等在医院外，直到他看到一个男人，认出了他是罗西医生，正从卡斯泰拉乔街上的一扇便门离开。然后他走上前，用平静的语气作了自我介绍，告诉医生，他已经保留好了一小块顶级的大理石——如今已经很难寻觅的那种——作为礼物，等到罗西死的时候给他用。

"一旦我感到真的病了而且不久于人世的时候，我会给你捎个信，医生。然后你就得立刻过来。我住在佛罗伦萨诺瓦，靠近犹太墓园。你必须在我家那帮女人把所有东西都弄走之前过来，而且你一定要拿走那块我给你保留的石头。"

萨尔瓦托尽力用正确的咬字表达了感谢，但他几乎被气得转不过气来了。

在所有这些他关心的事情上，他是理性的，可正如夏天的温度逐步升高，他正在受到威胁，变得不再理性。这是因为，很显然，即使是偶然相识的人都合起伙来要让他发疯。就拿安德里亚·尼威来说，他是个律师，他几乎不认识他——这个尼威，毫无预兆地跑来称赞他在水利预警系统方面的兴趣，并问他难道一点也没想过把他过剩的精力投入政治中去。萨尔瓦托回答说这个话题让他恶心，那人似乎被他粗暴的回答吓了一跳。他们完全是偶然遇见的，就这样站在共和广场上，扯着嗓门以盖过来往车辆，这样他们才能彼此听见。

"那么，医生，你是相信异教徒的哲学喽，你相信道德治邦喽？你认为政治只不过是一种癫狂喽？"

"是的话就好多了，"萨尔瓦托叫道，"如果它是一种癫狂，那就会有一种恰当的治疗手段了。"

尼威又试了一次。"假设一下。假如意大利共产党能够在安东尼奥·葛兰西的精神的指引下继续前进，假如陶里亚蒂能多采取葛兰西的建议，我想党会对你更有吸引力吧。"

"你说的这些是我最不感兴趣的。要不然就是你把我看成另一个人了，要不然你可能根本就没在听我说话。"

"可是告诉我，还有什么别的解决办法？政治也许是糟糕的，但是除了暴力，我们没有别的补救措施。"

"不是补救措施，而是药物，"萨尔瓦托在他耳边三英寸的地方说，"'身体依赖'指的是身体离了药物就受不了的一种状态。在我看来，尼威，你就在那种状态里。更糟的是，你是站在大街中央的推手，你想把我也拉进你那种畸形的状态里。"

尼威告诉他，他把事情看得太严重了。他也提醒他说，如果背景声音很响，那么更实际的做法是把嗓音压低，而不是抬高。

很明显尼威将他看作了一个离经叛道的共产党人，很可能在某一届国会后就退党了，可是不管怎样他还是很热心地和无产者对话。大概他的同事也一样，开始把他当成一个敏感的急性子，对他们来说，能这么轻易地打发他无疑是松了一口气。在他遇到琪娅拉之后所做的一切都与他当初对自己人生的规划格格不入，而这种规划又是专门设计来和别人对他的期望背道而驰的。最不重要的事带给他的麻烦最多。对那个寡妇和她死了的丈夫，还有那尊设计得奇形怪状，至少是从后面看能让她不朽的雕塑，他到底关心些什么？为什么他要他妈的关心老约斯，或是把他的时间耗费在给《国家报》写文章上？为什么，再往回推一点，他要在乎他在吉特里尼家糟糕的举止？明明他一开始就根本不想要去那儿。然而这些，与其说是问题，不如说是答案，或者说无论如何不如下面这个更成其为问题——什么时候里多尔菲家能回到佛罗伦萨？

他们的来来去去对这个社会的整体没有贡献，因此也没有意义。他们有可能在海边，他们也有可能在国外。他们那种人总是在游荡，就像牛群，出于他们无法控制的力量跟着季节游走。他自己则自愿整个夏天都加班，压根就不想离开。

21

*

6 月 24 日圣约翰节，早已筋疲力尽的吉特里尼开着
那辆破旧的菲亚特，带着全家从因普鲁内塔回来，他们要
去福尔泰扎的观景楼，在那里他们能在米开朗琪罗广场上
最佳视野位置观看烟花表演。像往常一样又出现了这种情
况，所有的孩子同时想要下车上厕所，他停在了一处有些
石墙剥落的地方让他们作为遮掩。当男孩们开始互相比赛
他们能在尘土上尿出什么形状的时候，夫人叫道："赶紧
的!"在路的另一边高一些的地面，离开马路一大段距离
的地方有一幢房子，吉特里尼认出了那是里多尔菲家的领
地，也就是瑞可丹岑。他走出车外，不让他的妻子跟着
他，从锁住的铁门外往里看。门的上方他可以读出一部分
铭文：

Maggior dolore è ben la Ricordanza -

senti' dir lor con sì alti sospiri -

o nell' amaro inferno amena stanza?[1]

庄园有两排楼梯，可能是十八世纪才加上的，楼梯通往二楼，这里才是主入口。一楼是用作储藏室的，只有两扇圆形的窗户提供照明。这种抬高的前门让整幢房子看起来并不友善而且难以接近。柠檬树种在赤陶坛子里，每个坛子下面还垫着一个倒扣的空坛子，它们散发出苦涩的植物气味：它们深绿色的树叶鲜艳夺目，与单调苍白，开裂褪色的房屋形成了对比。卢卡在马路对面就已经在对那些侏儒雕塑指指点点，并且说他们夜里会从墙上下来，跑到城里，藏进小女孩的卧室，用他们的石头手指戳她们屁股。坐在车里的夫人试图吓唬他，让他听话。在围墙很远的一角，有一个什么东西在动。是一个男人，不是园丁，他慢慢朝主入口走来，仿佛在巡视整座房子。吉特里尼突然叫孩子们都回到车上去。他希望他们没有看见他们父亲尊敬的朋友，罗西医生，正在魂不守舍地游荡。

---

1 意大利语：
何者更为痛苦——
是记忆——
还是在苦涩的地狱中愉悦地逗留？

22

*

　　到九月时，萨尔瓦托可以告诉自己，他的着迷已经完全结束了，他已经完全不受影响了。日常工作的治疗价值不可小觑，尽管着迷也不啻于一种辛苦的工作。

　　游客和来访者的浪潮开始消退，留下了丰盛充足的现金。原本在八月的暑热中小心谨慎关门闭户的商店和小生意现在都重新开张了，那些原本开着的店现在却关了门，店主跑去了乡下。中央市场上出现了成堆成堆的榛果，还带着叶子，大朵的蘑菇用它们皱巴巴的黄色菌肉覆盖着柜台，就像它们那天早晨曾经覆盖着树干。UPIM[1]百货公司橱窗内挂上了花花绿绿的书包和钢笔。在最后一刻，下学期要读的书单出炉了，家长们在教育书店前恭顺地排起了队。这些都可以被看作某种开始的迹象。确实，阿米西乐

---

1 UPIM 成立于 1928 年，目前是意大利最大的非食品零售集团，拥有 350 多家店，分布在意大利各个城市的市中心，家用纺织品和软装饰材料属于其主要的销售范围。

队甚至宣布了他们即将到来的秋季音乐会上的节目单。但秋天也同样是储存收获、丢弃并忘记那些无用之物的季节。

萨尔瓦托更喜欢把他的诊所叫作办公室，因为它也真的只是办公室，可它毕竟还不错，在三楼，能够俯瞰到一棵长在广场上的法国梧桐，而这广场几乎算不上广场，只是比森普利奇街稍宽一点。在暖和的傍晚——这个时节仍然很暖和——他会打开窗，让微风吹进来。风吹乱了梧桐最高处的树枝，而其余凋萎的枝条则囿于下面的街道上，无动于衷。

在五点至六点之间，他替那些能付得起现款的自费病人看诊。过了六点，就是那些由劳动保险、社会保险、卫生部等等来付费的病人了。六点到七点来的病人大多是从车间和工厂来的，他们只能预约下班之后的时间。

在诊室里，病人之间有很多相似之处。他们全都对自己的痛苦有某种自豪，而当它不管被哪个权威诊断为"神经性的"而被送到罗西医生那儿时，他们都很生气。"神经"这个词似乎是在贬低他们，而如果他们能够确信那诊断是正确的，他们又会显而易见地松一口气，因为神经就像影子，它们都不是真的。不管他们是从哪来的，或是为什么来，他们全都很肯定——至少是在诊断之前，有时候甚至是在诊断之后——他们比那些所谓的专家更知道怎么治疗他们自己。萨尔瓦托不记得这种现象是什么时候出现的,不管怎么说,至少在他童年以及他受训的那些年没到这种程度。神经(在 1700 年到 1800 年间被认为)只需要彻底的休息和放松,以及无尽的同情。有些人感到宽慰,因为听说他们的一部分神经或是某个与之相连的部分能够用手术无痛切除,而且手术会创造奇迹。那些工匠和小店主,如果他们已经上了年纪,他们就会说,既然夏天已经过去,那他们去一些温泉疗养地或别的什么地方做做水疗也不会有什么坏处;如果他们还年轻,那他们只想要抗生素。乡下人也要抗生素,但还要加上一大剂止痛药,别拿垃圾来糊弄。有时候他们想要弄出水泡才罢休。

只有当萨尔瓦托听完了病人自己治病的陈述,同时小心翼翼地看好时间,只有此时,他才展现出他冷静的意志力,这在他个人事务中是没有的,但他知道这在他的专业中是一个了不起的天赋。可一旦他这么做了而效果显著的时候,他又意识到他不过是那种"受人喜爱的医生"的乏味模板,一个受到信任的建议提供者,一个做好事的人,于是他又要带着自相矛盾的冲动开始挣扎了,就仿佛和一个魔鬼作战。幸运的是,病人们常常说出一些奇怪地令人安慰的话,正中他下怀,"医生也不是什么都知道"。

但是在罗西医生正在做检查的当口他们是不会这么说的，就算他们真的是那样相信的。

9月20日，刚刚过了七点，一位病人正在第二次展示他那双粗糙的、中年人的皮实的手。他左手拇指的指腹有些瘦弱，仿佛缩小了一到两个尺寸。萨尔瓦托问他是否感觉疼。

"不，不疼，而且我可以告诉你为什么会这样，是因为我换了工作，我现在用手的方法和以前不一样了。"

"你是从乡下来的?"

"是的，从梅尔卡塔尔来。"

"你现在在哪工作?"

"在斯皮奇家具厂。"

"你的工作是什么?"

"我在仓库工作。我们把家具零部件装进纸板箱，然后每一个盒子里都有一张说明书，告诉你怎么把它重新拼装起来。你得保证放对卡片。"

"你用右手是不是比左手多?"

"那当然。"

接待员从她外面壁橱般的房间往里看，问她是否可以回家了。萨尔瓦托点点头。他告诉患者一个月后务必回来看病。

"可是我不严重，对吧？"

萨尔瓦托沉默了一分钟，开了一张预约单。

"我还不能说你严不严重。"

"他们给了我一些软膏擦。"

"谁给的？"

"斯皮奇的医生。我不知道他们为什么让我来这儿。"

萨尔瓦托又看了一眼病例。"好的，行。"

"为什么你要过一个月才能告诉我怎么回事？"

"你可能觉得我是一个做事很慢的人。我想我是。但我得看看情况怎样发展。我可以向你保证，我会尽快告诉你的。"

医生的诚恳达到了它的效果。诊室里的空气就像在辽阔天空下的田野上一样安静。

"好吧，医生，我的拇指可能变得更糟，可是在关键时候我也能不用它……总之，如果是神经的问题，就没多大事儿。"

"我还不能说到底有没有大事儿，"萨尔瓦托重复道，"可是我能告诉你，担心是没有用的。"

"那我要让我老婆给我擦软膏吗？"

"好的，就让她擦吧。"

萨尔瓦托亲自把病人送到门口，看着他迈着沉重，甚至蹒跚的脚步走到了森普利奇街上。正值黄昏，有一点下雨，一束光朦胧地穿透了梧桐的树枝。白天有人在它的树干上贴了一张宣传单，是一张竞赛游泳池的广告。*Occhi alla pista, millione in vista.*[1] 斑驳摇曳的树影之下，宣传单上的红色和白色忽隐忽现。他回到了楼上，整理了当天的病例，然后像动物被放出笼子时那样抖了抖身体，把这个从斯皮奇家具厂来的病人未来的可能性置之脑后。他环顾了一下接待员的房间，发现没有什么文件被遗漏——这说明她待到了最后一分钟，这时铃又响了。

楼下一个十五岁的男孩下了自行车，然后一径咚咚咚登上了楼梯，或许他把自己想成了一名运动员。

"医生先生!"

"我要走了。"

"这是你上个季度的电费账单。"

他拿出一张用紫色墨水写的账单，还有一张复本，一共是 20721 里拉。萨尔瓦托觉得得说些什么，只要让他安静下来就好。

"你不是佛罗伦萨人，是吗？你们家是哪里人?"

"博戈福泰，医生。"

---

1 意大利语：注意泳道，百万人视线的焦点。

"我有个从那来的朋友，是一个同事，吉特里尼医生。你听过他的名字吗?"

男孩看上去好像快要哭了。"医生，有那么多的名字。"取悦于人对他来说很重要，他的生计就取决于他当场收到电费得到的报酬。萨尔瓦托回到自己的办公室，从零钱箱里抓了一把纸币。看到了现金，男孩激动得发抖，拿出了一支圆珠笔，划掉了账单上最后三个数字。"您的优惠，医生。"萨尔瓦托心想，没准我见证了商海成功的第一步呢。

这是他一天工作的结尾，尽管有时候他会回到医院去检查是否每件事都按照他的指示做了。他站在办公室门外，犹豫是否要去医院，他晃着他的钥匙，准备锁上门完事，正在这时，琪娅拉走上了楼梯。她既苍白又光彩照人，穿着一件不太整洁的可怕的粗花呢大衣，表情热切，不请自来，不管从他此刻的心境上看、还是从夜晚的时间上看，或是从任何可以想象的情况下看，都完全是不合时宜的。

"诊所关门了。"他冷冷地说。

"我知道。外面写着——'17: 00 到 19: 00'。我一直等到七点。"

"这么说来，你一直都在外面闲逛。"

"没有。我去了马路对面那个教堂做了赐福祷告，然后我就坐在那里等到我的手表走到七点。"

"可是如果是那样的话你迟到了，"萨尔瓦托生气地说，"已经过去十分钟了。你应该十分钟前就到的。你浪费了十分钟。"

"我正这么想来着。"琪娅拉说，但他没有息怒。

"你为什么非要到这儿来？这是我的诊室。你没有权利到这儿来，你不是我的病人。"

"但这是你在通讯录上唯一留的地址。"

"当然了。我住在带家具的房子里，在咖啡馆或者医院吃饭。你想让我有多少个地址？听着，我是罗西医生，一个神经科医生，我很成功，前途大好，可是要用没有提前通知就突然出现的方式毁掉我的沉着冷静，打破我的平衡，或是让我难堪，这一点也不难。如果这就是你的目的，那我恭喜你。"

琪娅拉不愿失去底气。"你记得我，不是吗?"

"是的，我们在佩哥拉剧院见过一面。那时在下雨，而现在看起来是个晴朗的夜晚。季节转换真快。你过去五个月里随便什么时候都可以来拜访。"

他们仍然在楼梯上彼此对峙。楼下很安静，但是地下室里那架手工印刷机仍然和以往晚上下班后一样，在不停转动。

"哦，可是我来不了，"琪娅拉说，"我在英国，后来我又得去苏格兰，我刚刚才回来，就想着我应该立刻就过来见你。"

"为了什么？有什么让你想要立刻就来见我的?"

不管她是为了什么，他都要坚持住不请她走回屋里。他不能为她打开门，让她侵犯他的私人空间，那是为第二天的工作默默整理并且安顿好的空间。

"你跟家人说了你要来这儿看我吗?"

"我可以随心所欲。我现在已经离开学校了。"

他们走到了街上，琪娅拉走得很小心，因为她穿了一双新鞋，和她的大衣不太搭。一旦到了街上，她就表现得落落大方。就仿佛事先安排好的那样，她在梧桐树前停了下来，他也在一臂之遥站住了。在这儿，在露天之下，他或许可以恢复理智了，但他没有。

"你这么跑来是什么意思?"他又痛苦又愤怒地重复问道。

现在她终于相信了，她沿着森普利奇街很快地离开了，就像一抹影子。"我们才第二次见面。"他大声说，然后大叫道，"回来，我不是这个意思!"甚至没有人看他一眼，虽然那个地方有人在街上大吼大叫是颇不寻常的。他想要用他的头去撞电线杆。过了一会儿，他不得不回去——经历了刚才那一切之后他忘了锁门。

23

*

在灵薄狱的公寓里，电话机被供奉在门厅的一个大理石拱洞里，几乎整个公寓都能听到它的铃声。安装的时候并没有考虑到隐私，而只是出于对现代进步的赞赏。琪娅拉有些事情要瞒住她父亲，那就是她不快乐的事实。

她开着她姑妈留在乡下的"小老鼠"[1]上瑞可丹岑去。在黑夜的空气中登上城市的高处令人心情振奋。她顺道去了侧门，看到园丁小屋亮着灯，收音机低声吐出一串串彩票中奖号码。她按下了门铃，那门铃藏在花园里一座神像张开的石嘴里。有一年一只鸟在那里面做窝，她还记得曾被抱起来抚摸那些温暖的、嗷嗷待哺的雏鸟。

从她能认人以来，园丁的妻子就是她的朋友了。

"詹妮娜，让我进去。"

墙那边传来詹妮娜的脚步声。

---

1 菲亚特 500，通常称作"小老鼠"，Topolino 是意大利语米老鼠的意思，是菲亚特在 1936 年到 1955 年间生产的车型，是世界上最小的车型之一。

"伯爵小姐。"

"詹妮娜，让我进屋里去，我要打电话。"

"屋里停电了。"

"我知道，给我几根火柴。我要在没人听得到的地方打电话。"

詹妮娜打开了门。"好吧，你十七岁了。"

琪娅拉亲吻了她。"快十八了。"

"你自己的钥匙呢？"

"我忘了带，下次我会记得带的。"

她们沿着上升的小路来到了房子的后方。地面的坡度如此陡峭，以至于尽管前门立在两排优雅的阶梯之上，但从后门走时，你直接就走进了老旧的厨房。空气和空气中的气味并没有透出闲置已久的浑浊以及被打扰的不快。

琪娅拉直接走进了客厅，并不在意詹妮娜是否跟着她，她拨通了伦敦的电话。

"你是从哪打来的？"芭妮问，她的声音很清晰，一点儿也不失真，仿佛她就在隔壁似的。

"哦，我在家，在佛罗伦萨。"

"你最好尽量打得时间短点，因为你爹真的没什么钱。"

"芭妮，求你过来吧。"

"怎么了？是那个男人的事吗？他不想见你？"

"他不知道他其实是想的。"

芭妮停顿了一下，说："别催我，让我脑子转一转。"

琪娅拉在半明半暗中等待着。巨大的百叶窗拉起了一半，在地板上投下阶梯状的如同多云夜晚的月光。

"芭妮，求你过来吧。我不知道该做什么。"

"听着，是这样的。我必须得去品斯泰克，那是一栋房子，是在诺福克的一栋房子的名字，靠近弗利彻姆，其实它离洛辛堡更近，那对你没什么意义，因为有人叫我认识的某人去那儿打猎。你知道，我们这儿打猎和你们意大利很不一样。"

"我想在鸟看来都一样吧。"

"有人在听你说话吗？"

"我不知道，这没关系。"

"好吧，你听着，那个被请去品斯泰克打猎的男人，我已经决定了，他就是那个人，他毫无疑问就是我的那个'他'。现在，在这里你可以整天带着枪，和你选定的那个人一直走下去，即使你在淤泥里淹得半死，他也会在那天的最后注意到你的，他必须有这个灵犀。"

"可是芭妮，人人都会注意到你，他们没法不注意。"

"我只想知道你到底听懂我说的没有？"

109

"我听懂了。"

"那你就明白我得去诺福克。"

"求你过来，芭妮。再想想吧。"

"我已经想过了。我们在聊天的时候我已经考虑过了，为了不要让电话费太高。我会对你负责的，直到你没有那么无助。我告诉你我的航班，你可以周一到比萨来接我。然后我下周就能回英国去处理那个'他'了。"

24

*

詹卡洛有一些不安。可能（忘了他自己常常不在家），他想现在琪娅拉终于回家了，她不会那么快就需要一个英国来的客人。

"你要开着菲亚特去比萨？你要在晚上九点钟到那儿？这听上去是一个很不对头的计划。你要在哪儿吃饭？"

"我想芭妮会在飞机上吃点东西。你知道我吃不吃都无所谓。"

"我会喜欢你这个朋友吗？"

"我希望你会，我肯定你会喜欢她的。"

"她说话口齿清楚吗？"

"她很有个性。"

"哦，那敢情好！只是很可惜，你姑妈不在这儿。"

"芭妮认识玛塔姑妈的，有一次过节，她来修道院学校接我们的。她还认识住在瓦萨辛那附近农庄上一家姓哈灵顿的人。她说如果她来意大利而没去看他们，他们绝不会原谅她的。"

"要是这样的话，她这次来不住他们家可能就有点奇怪了。"

"她总是那么忙。她这次是专程来我们这儿的，是因为我特别需要一个意志坚强的人。"

"这样吧，你可以带她出去拜访他们，如果你要往那个方向走的话，你们当然也得一起去看看西萨尔。你知道我的意思不是说，巴恩斯小姐在这儿不会受到热烈欢迎，我也不可能有这个意思。我说你姑妈不在这儿很可惜的意思，只是说我下周有好几天要待在罗马，只好让安农齐亚塔全权负责照顾你们了。太荒唐了，我居然刚刚才想起来。"

他常常把记忆当作是一种方便。似乎年老也是一样。琪娅拉出于爱和被惹恼的情绪，总是像孩子一样不去考虑显见的事实，而是告诉他，比如说，他的视力还是和以前一样好，她甚至现在也还这么做。"你忘记你想忘记的，你只看到你想看到的。"詹卡洛不这么看。他宣称，他欢迎衰退是由于替代品往往比原件要先进得多，这是一个巨大的优势。眼镜比眼睛强，而且还可以换。"费斯高巴蒂告诉我，他体验到人生最大的快乐是在他第一次装假牙的时候。如今在费斯高巴蒂家，他们吃饭吃得太快了，以至于往往十点钟就回家了。"

詹卡洛看出他女儿正处在精神危机之中，可是他太妄自菲薄了，凡是牵涉到她的事，他总是觉得自己帮不上忙。这就是他强调他衰退的症状的原因。

25

*

　　芭妮走进灵薄狱街公寓就仿佛一辆火车进了站，但是等加完燃料之后，又准备立刻启程。她的航班延误了，因此到达时已经是深夜了。她想泡个澡，于是，主楼层声如洪钟的铁管因努力从颤抖的热水器搬运热水而发出了呻吟和回响。

　　"她习惯了泡澡，她认为淋浴太纤弱了。"

　　"当然，我亲爱的。我只是想让你再次向我保证巴恩斯小姐的到来能让你快乐起来。"

　　琪娅拉走进了浴室。在石棺一般宽敞的大理石浴盆中，芭妮面朝刻着"尼亚加拉器材"字样的气派的黄铜水龙头，镇定自若地躺着。她丰满的躯体呈现出玫瑰粉色。

　　"我说，琪儿，我希望你们不会缺水。你们有时候会没水，是吗?"

　　"夏天有时候下午会断水。"

"那你们为什么不装个小点的浴缸?"

"我不知道。"

"话说回来,为什么佛罗伦萨没有一个像样的机场?"

"我不知道,芭妮。我不在乎。"

"你应该对这种事上心。"

"听着。上周二我去了他的诊室。"

"他叫你去的吗?"

"他怎么会?我才刚回来。我一回来就立马去了。我一直等到七点,他下班的时候,然后我走上楼梯到他办公室去,但他把我赶走了,好像我是个罪犯。"

"那你怎么办?"

"我回家了,我回到了这里。我还能做什么呢?"

"他在你走后说了什么吗?"

"我什么都没听见。"

芭妮拔出了古怪的老浴盆塞,它就像一个窄窄的铁瓶子,仿佛是为溺水者发出最后一点信息而准备的。然后,胸口起伏,水波荡漾,她站起了身。水花簇拥到一起,而她跨出了浴缸。

"他肯定被搞得心烦意乱," 她说,"你搞得他心烦意乱,亲爱的姑娘。"

"可是我该怎么办，芭妮？现在我在这儿，我十八岁了，快十八了，我人生的每一分钟都在浪费掉，现在没有任何一秒钟不是虚度掉的。除非我们能在一起，除非他能幸福，否则都是虚度。"

"罗西医生的幸福，"芭妮打断了她，"新现实主义电影，马塞洛·马斯楚安尼[1]，玛丽亚·雪儿[2]。"

"我为什么要在这儿问你？我讨厌你。"

退潮的浴池水发出心碎的呜咽和低沉的咆哮，两个姑娘不得不大声喊叫以盖过它们。

"十年后他就会变成一个老男人。当然，那对某些人来说挺适合。可是你不了解他。他可能垂涎于每一个他遇见的人。"

"那对我不成问题，"琪娅拉说，"我只想知道：人有没有可能想要什么然后又拒绝去拥有，没有什么充分的理由，而是压根儿没有任何理由？"

芭妮正在穿上一件男式的条纹睡衣，垂到她鼓鼓的，微微覆着绒毛的小腿肚。从表面上看，她不像那种能为情

---

1 马塞洛·马斯楚安尼（1924—1996），意大利著名演员。以《意大利式离婚》《特别的一天》及《黑眼睛》三度入围奥斯卡最佳男主角奖，是二十世纪六七十年代世界影坛极为杰出的演员。
2 玛丽亚·雪儿（1926—2005），德国、奥地利女演员。

感问题提供建议的人。

"我应该去见见他,当然,首先是为了弄清楚状况。"

"可这恰恰是你没法做的,我不可能让他来这儿,他把我拒之门外之后,我也不能让他在别的地方见我。"

"那么,你的姑妈,那个现在不在这儿,但很可能什么时候就会在的那个,或者你爸爸,在那种情况下——他们怎么说,他们不知道这个叫罗西的男人吗?"

"我想他们不认识。"

芭妮巴不得把她睡衣上的竖条纹都拦在比她瘦小得多的朋友身上。

"琪娅拉,你一定要对我毫无保留。这个男人不行。"

"你是什么意思?"

"他是个普通人,不是吗?"芭妮说。

琪娅拉就像一缕火苗,跳了起来。"我告诉过你,在意大利没人这么想事情。"

"好吧,我现在就在意大利,等我见过他之后,我会给你我深思熟虑后的意见的。"

"我不需要你的意见,芭妮!我不是要在商店把他买回家!"

"小姐们在吵架哪,"安农齐亚塔一面说,一面走进起居室，"她们嗓门还越来越高了。"

"几点了？"伯爵问。

"快一点了。"

"她是我女儿的客人。"

"那就祈祷她们不要弄得头破血流吧。"

第二天早上，芭妮——她之前受过野外运动的训练——一早就起床并立刻进了厨房。安农齐亚塔在那儿用一个长柄炖锅煮前天晚上剩下的茶，正如她工作生涯每天都在做的那样。芭妮向她指出——用修道院学校里教的意大利语说——她无论如何也不能再做这种事了。安农齐亚塔问她，是否小姐想要自己亲自下厨。"仔细看我怎么做，"芭妮说着，把那些红中泛绿的液体倒进了水槽。"那东西会把我们都毒死的。虽然或许他们不会逮捕你，因为你也不知道怎么做更好。""我说，你的那位管家应该感谢我，"她告诉琪娅拉，后者度过了一个不眠之夜，还在寻觅睡意。

"说实在的，你太不体贴人了，芭妮。安农齐亚塔现在不会改变了，她就像那些修女，而且她为我们做了那么多事，战争期间，她帮我们把东西藏在瑞可丹岑，然后让人拿走了那些画，大多是彼得罗·达·科尔托纳[1]的，那些画谁也不曾看到过。"

"哪些人？"

"哎呀，就是每一个来拿点东西的人。"

"她这么做是出于你们家的利益考虑，而战争期间不应该考虑这个。她庇护过逃跑的英国战犯吗？"

"我想她会庇护任何需要庇护的人。"

"干得漂亮，"芭妮说，"不过幸运的是，她没有用茶叶把他们毒死。否则可就事与愿违了。"

＊　　　＊　　　＊

尽管很难从正面将芭妮打败，但她还不到十九岁，还是很容易让她上当受骗的。她被伯爵骗了，他在那特殊的几天里选择扮演他最平易近人的人格。他扮成一个对日新月异的世界颇为困惑的幸存者，带着一些爱德华时代从英国保姆和女家庭教师那学来的举止谈吐，而实际上，以上两者他都没有。琪娅拉既不怎么能理解老的，也不能理解

---

1 彼得罗·达·科尔托纳（1596—1669），17世纪意大利出色的雕塑家、建筑家和画家。彼得罗·达·科尔托纳原名是贝尔勒基尼，因为出生在科尔托纳（Cortona）镇而被称为科尔托纳。科尔托纳是罗马巴洛克时期的代表人物，也是意大利巴洛克流派的奠基人之一。

年轻的，他们都得自我防卫，她对所有这一切显然的必要性感到遗憾。她仍然假设，就像她小时候那样，她爱的人也必然彼此相爱。

伯爵先发制人地问芭妮，是否她的父母——上校和戈尔-巴恩斯夫人（对她，他颇为好奇）希望让他们的女儿参观一下画廊，或许还有一些私人收藏。芭妮完全没问题，因为她在圣童学校花了四个，不，五个学期来学习艺术史。她们有一位皮奇小姐，是一个非神职教师，专门教她们意大利语和艺术，皮奇小姐还给了她们一张所有值得背下来的艺术家名单，一栏里面是要留心注意的优点，另一栏里是他们的缺点，这样就很容易达成平衡了。

"莱奥纳多有什么缺点？"伯爵问。

"偶尔的病态，以及不健康的创作主题。"芭妮说。

"阴影太深。"

"波提切利，色彩感不足。"

"拉斐尔，没有缺点。"

"这个皮奇总是找琪娅拉的茬来管教班级里的人，因为她是意大利人，而皮奇不确定她的发音对不对，她认为琪娅拉可能会发现她什么地方有错。这就好比你在一个狮子笼里，如果有一只狮子看起来很难搞，那你就永远不要背对着它。"

"对训练狮子我一无所知。"伯爵说。

"哦，马也差不多，如果你接触过马的话。"

"马，如果我可以这么说的话，马有一种服从的天性。"

"我父亲曾经加入过意大利骑兵。"琪娅拉说。

"那你失业了啊，伯爵，你运气太糟了。"

琪娅拉不安地望着窗外纯净洁白的秋日天空。

"皮奇小姐或许是信任我的。"她说。

他们的话题转向了艺术史的学习。事实上里多尔菲对此没什么可说的，她只是自然吸收，不是一定得学到些什么，正如芭妮之于纤弱或是泡茶的观念一样。绘画——不管是在哪间屋里，不管是在哪个教堂，不管是喜欢还是不喜欢——总是和琪娅拉的生活形影相随（正如芭妮和家畜的关系一样），绘画被理解，恰似孩子与他们的伙伴，随着她一年一年长高，她每一年也都能从不同的高度认识它们。可是伯爵希望能用他的话题来碰碰运气，于是继续说："对我而言，这种课程学习的一个毛病就是太过于关注伟大的人物。很多不知名的艺术家也有许多令人欢欣鼓舞的作品，小型的乡村作品。我希望，巴恩斯小姐，你在这里时，我女儿能带你去她堂兄的农庄上走走。那里有一个妆奁的箱子，上面画着一幅'爱因时间而驯服'的画作——只可惜它的姊妹版‘时间因爱而驯服’似乎弄丢了——而且瑞可丹岑那儿还有他们所谓的‘侏儒’在。我不是说这些东西是什么了不起的宝贝，我的意思正好相反，它们都是小东西，本地的东西，它们无疑可以列出一长串的缺点。”

　　“我想去农庄看看，”芭妮说，“它有多少英亩？”

26

*

玛塔莲娜正在维也纳探亲，那些亲戚甚至比她自己还老。她从一个佛罗伦萨的朋友那收到一封信。"我们小琪娅拉的这个英国朋友——见过她的人打电话告诉我，她是个女巨人，从她的脚跟到头顶心起码有一米八，跟男人差不多，她头发是紫红色的，眼睛很亮，牙齿又白又好。我要这么说你可别见怪，她听起来更像是主导的那个，而不是听话的那个。"玛塔把信撕了，心想不管怎么说，詹卡洛还在家呢。

然而，琪娅拉这时正开车带她父亲去中央车站。汽车里闻起来有一丝丝的科隆香水味，那是他有时候会用的，其中还混杂着令人心绪不宁的皮革行李箱的气味。

"好没劲啊，我亲爱的，去拜访那位蒙席还有一两个别的什么人。"

"如果觉得没劲你就不应该去罗马。"

"很久以前就安排好了的。"

"我根本不相信很久以前就安排好了，"琪娅拉说，"我们回去。"

"哦，可是我要把你留给巴恩斯小姐来陪啊。"

琪娅拉被忧伤笼罩了。"爸爸，你是喜欢芭妮的，是吗？"

"我已经忘了，恐怕这会儿我忘了你为什么要让她来这儿。"

"可她是我的朋友！"

"当然。只是我不太习惯这么直来直往，一开始是有点摸不清状况。你们俩请务必好好相处，玩得开心。"

琪娅拉回去时不算晚，但她发现芭妮像一袋土豆似的瘫坐在一张硬沙发上，完全入定了。

"我爱他！"她进来时叫道，"我这么说有什么错吗，我说的是真的。"

"这很尴尬。"

"可是事情确实可能既是真的又很尴尬。"

"不，不可能。如果是令人尴尬的话，就根本不该说出来，如果不说出来的话，也就没有人能说它到底是不是真的了。"

"好吧，那么，你对那个品斯泰克的男人要怎么说？"

芭妮没有回答。她在思考她的战略，以及如何部署她的战斗力。琪娅拉想了又想她可能会在哪里找到罗西医生来检查一番，想了又想在医院和诊室外面，他会和谁在一起，除了咪咪·里蒙塔尼她也就想不起别的人了——她又不在，因为她总是在夏季和早秋去不同的疗养胜地，在那里下下水。芭妮这边呢，她在佛罗伦萨或佛罗伦萨附近谁也不认识，除了她父亲的几个朋友——哈灵顿一家。他们的友谊的基础似乎在于巴恩斯上校天知道多久没有见到老托比·哈灵顿了，还在于过去某些当时没有说清，现在更无法道明的恩惠或是感激之情。上校也相信，任何退休了跑到阳光明媚的外国去住的人，很快就一定会变得只想让每个认识的人都过来和他们住在一起，跟他们一起坐在阳台上，于是他们就可以说，你在英国就没法像这样坐在户外，不是吗？而能用消遣的方式给他们点谈资真是太好了。他们在那种国家不可能下地去做什么正经园艺，因为这意味着要抢走农民的工作，而那些农民却不知道如何打理一个像样的草坪。因此芭妮对她采取下一步行动丝毫不会感到别扭。

"我不能浪费任何时间，琪儿，我要给哈灵顿家的人打电话。我要问问他们是否认识一个叫罗西的人。你觉得佛罗伦萨会有很多叫罗西的人吗？"

"这个名字在意大利是最普通的。"

"倒霉，"芭妮说，"我得想想别的办法。"

她拿出了她的通讯录，它是一个可靠的朋友，有着皮质封面。它也被当作同学录用，上面涂满了修道院学校女生龙飞凤舞的字迹，最后一行是个叫安妮特·扎莫斯卡的人，她用尽一切方法要成为这本本子最后一个名字，而白斯·扎达内利却追加在她的后面。不，你死都不会是最后一个，我才是！散放的照片和一张关于杀虫剂的剪报从相册里掉出来，还有一张佛罗伦萨风景名胜的清单，芭妮的奶奶把它们分为"建议去"和"必须去"两类。

"可是你和他们取得联系之后要说什么呢？"

芭妮一边拨电话，一边腾出手做了一个漂亮的手势，"那取决于他们的表现了。"

哈灵顿太太接了电话，又惊又喜地大呼小叫，大大超过这场面需要这么表现的程度，仿佛她早上一睁开眼就知道今天要有好事发生。拉维妮娅的妈妈好吗？

"你父亲好吗？"托比·哈灵顿插嘴道。显然他拿起了分机电话。当然，他不见得有别的事可干。

"你母亲已经能下床走动了吗？很多人都跟我提起过，我是说她的腿不太好。"

"好多了，"芭妮说，"她不喜欢聊她的腿。"

"两条腿都能下地了，嗯？"托比坚持继续大声地问。

126

"恐怕我不能把任何残疾当成是玩笑。"哈灵顿太太说。

"哦,小拉维妮娅知道我不是这个意思。上帝,不是的。"

"可是重点在于,我亲爱的,你在哪儿?你是在旅馆里打电话吗?我们都希望你来托斯卡纳,你会让我们这儿成为一个焦点的——"

"我在这儿只待一个星期。我住在琪娅拉·里多尔菲家,她是我在修道院学校的同学。"

"所以你是在瑞可丹岑?"这个词说得很小心。

"不是,我在佛罗伦萨的公寓里。他们好像有两处房子,虽然他们穷得要命。而且还有一个农庄,在你们家外围的什么地方。有个亲戚在那儿种地,我想。"

"瓦萨辛那。"琪娅拉在她那头平静地说。

"就是以 V 开头的,反正他一定是你的邻居吧,你认识他吗?"

哈灵顿太太踌躇了起来。

"西萨尔·里多尔菲?"

"我想是的。"

"我们见过他,可是他好像不是很擅长交际。"

"他挺压抑的,如果你问我的话,"托比插嘴道,"但

127

是这些都不要紧，玛奇，问问这姑娘啥时候来看我们。"

"我想去你家吃午饭，如果方便的话，"芭妮说。

"当然方便，叫小琪娅拉·里多尔菲一起来吧，还有她父亲，如果你愿意的话。"

芭妮深深吸了口气，鼓足了勇气。

"你听我说，H 太太，你认不认识一个医生？我是说住在佛罗伦萨的一个意大利医生，他叫萨尔瓦托，意思是'我们敬爱的救世主'，他的姓是罗西。他是一个神经科医生，也就是说，他并不处理真正的疯子，只是接诊那些事情上有些对付不过来的人。他是一个非常称职的医生，不是别的那种。"

"可是我亲爱的孩子，你为什么要打听一个医生？你哪里不舒服吗？"

"我不想要任何老医生，"芭妮说，"我只要这个人。"

巧的是，哈灵顿认识罗西医生，至少是作为医生认识。玛奇曾经让他看过病。他们全家搬进了农庄之后——不是直接搬进去，而是等所有都装修好布置好，下水道都装好——她那时有一点失眠的问题，她想可能是生理原因，或许是贫血，因为搬家让人虚脱，哪怕是搬到像托斯卡纳这样天堂般的地方。她自己的医生建议她去看罗西医生，说他是最佳人选。可是到头来他差不多要笑她了，玛奇继续说，尽管是用一种十分文雅的方式，如果芭妮知道她是什么意思的话。他说脑部缺血是老年人才有的毛病，而她显然不可能那样称呼自己，所以她或许最好是去咨询一下那些关心精神方面问题比关心身体更多的医生。

芭妮听出了话中希望得到同情的暗示，但是她眼下没工夫搭理。"他都是用意大利语说的吗？我会听不懂的。"

是的，H太太也听不懂，不过她有带H先生一起去做翻译。

"可是罗西医生一点英语也不会说吗？"

"事实上会说，但你知道他的脾气。"

"那么，你说他是控制狂咯？"

"要我说，是强势。"

"跟他说话的时候，你会不会觉得头晕目眩，就像失去了理智一样？"

玛奇·哈灵顿仿佛被吓了一跳。

"是这样的，我妈有点不太舒服，"说到恶才能成善[1]，芭妮想。"她让我来这儿时找到这个人。你是知道的，他很有名，她想让我多了解一点，因为事实上似乎没有人知道太多他的情况。妈最近变了很多，你知道，她有

---

[1] 有一句谚语是"作恶以成善"，这里是借用。

时会感到绝望。她什么都想试试看。"

"可我以为她是关节方面的问题。"

"以前人人都这么以为，可是他们已经不这么想了。"

"今晚我可以打电话给你母亲，"哈灵顿太太疑惑地说，"或者我现在就可以打，如果你觉得十分紧急的话。"

芭妮觉得她的想象力已经到极限了。

"不，我希望你不要这么做，那会刺激她的神经，她可能连你在说什么都不知道，那样的话，一个词都能让她尖叫起来。不，目前最好的方法是你能找到这个罗西医生，然后请他来吃午饭。我猜他工作日也不会吃得太多。如果可以的话就明天，或是后天，因为我马上就要回英国了。那样我就能了解他是什么情况。只有亲自接触过才能知道。我保证我能马上看出他是不是适合的人。"

"你得知道，我们对他了解很有限，拉维妮娅。这个国家一切都似乎很随意，可是一旦说到请客，你马上会发现他们有各种各样小小的是非观念。"

"哦，可是琪娅拉就生在这儿，她认为这是个好主意。"

27

*

"可他会来吗?"

哈灵顿家不太可能相信芭妮编的故事。可是不管怎么说,琪娅拉意识到她有些抽离了现实,这抽离令人不安但并不让人痛苦,仿佛她现在是被新的动力推着走而不是旧的那些,而且世上其他人都没法把她劝回来,人们很难不发觉她现在的状况很诡异。

芭妮也有几分惊讶,但这份惊讶却因她毫不掩饰的扬扬自得而减弱了。不过,她很明白为什么哈灵顿一家人会甘心让自己被骗。

托比·哈灵顿曾经是收复因普鲁内塔时南非装甲师的联络官——那时就是"老托比"了,事实上他十五岁起别人就这么叫他了。大约两年前,他的太太还惯着他,让他开车带着她去战场上转转,而在意大利经济最低迷的时候,他们在托斯卡纳买了一座农舍,那是五万余座没人住的农舍之一。他们认识的其他那些买了庄园的人，就好像进入了第二次童年，坐在阳光下，玩着成年人的玩具，但他们脑海中想得和那些人不一样。斯康波罗——他们不介意他们的伦敦朋友们把它叫作斯堪比[1]——只是一个朴素的地方，但是值得好好经营，并且一年四季都住在这儿。那和住在比如说贝洛斯瓜尔多是完全两码事，那里有数不清的八卦，由各种各样消息灵通人士传递来传递去，以供提神醒脑之消遣。可能不幸的是他们小小的产业的一头连着的是里多尔菲的葡萄园，以及它沉默的业主。只是出于偶然（当他来拜访并无论如何要提供帮助时，他们只好和他认识了）他们才发现他的英语说得非常好。可是也没有别的机会能再进一步了，而且西萨尔也让玛奇·哈灵顿终于摆脱了一种幻觉，那就是意大利人，作为一个人种，是很活泼的。

"H 家好像是很体面的人家，"芭妮说，"可是他们有一个严重的弱点，那就是他们想要跟别人认识。"

"为什么这是个弱点？"琪娅拉问。

下午晚些时候，托比回电了。"你可别崩溃，"芭妮对琪娅拉说，"他们邀请了他，他要来了。可能不常有人

---

1 斯堪比是一种龙虾的名字。

请他出来。医生和银行经理都不怎么出门，你知道。他们对别人知道得太多了。"琪娅拉那天下午得开车送安农齐亚塔去瑞可丹岑，去和园丁开个什么会，或是可能吵一架，她蓄势待发地站在门口，车钥匙在她手上晃着，仿佛既准备好撤退又准备好冲锋。

"芭妮，"她说，"我认为我们不该这么做。想到萨尔瓦托要像这样被人审两个小时我就受不了。"

"让我安排来这儿就已经很不容易了。"

"我知道，我知道，我这辈子都不会忘了的。"

"你得让我按自己的方法来。记住你想要下半辈子都和这个人住在一起，这里可不能离婚。我一定会直言相告，不会有不敢说或是讨好的意思。"

"可是你怎么能那个当下就看出他是个什么样的人呢？"

"不用担心。我跟他紧紧握个手，看着他的眼睛就能很有把握看出他是什么人了。"

"他不会和你握手的，芭妮，他只会碰一下，就像我父亲那样。"

"就让我来握吧，"芭妮说，"你看条件反射就能看出很多东西来。"

28

*

托比·哈灵顿开车去佛罗伦萨接他好朋友巴恩斯上校的女儿。他本来饶有兴趣想参观一下里多尔菲的公寓，可是拉维妮娅却在大门口等他。那就是她，穿着一双高级的罗素和布罗姆利[1]牌皮鞋，稳稳地站在那儿，稳稳地把持着自己，健康挺拔、神采奕奕。托比下了车，谦恭地为她打开车门。

"你朋友呢?"他问。

"哦，她不来。"

"还有她父亲呢?"

"他去罗马了。"

托比挂上了车档。

"他多少是想让我们单独在一起。"芭妮补充道，"所以你也不太有机会见到他。不过别以为我是在说伯爵坏

---

1 英国顶级鞋履皮具品牌。

话，他能聊的东西挺多的，听他讲完之后想想他讲的话，你会发现他很机智。想要了解他或者琪娅拉不需要花太多时间，他们都是天生有礼貌的人。"

"你们在修道院学校要学习礼仪吗？"托比问。

芭妮由衷地大笑起来，露出一排牙齿，就算是一个年轻姣好的食人女妖都会为这排牙齿骄傲。

"你懂我的意思。"她说。

他们开出了城，她放松下来。她觉得在托比的车里比在琪娅拉车里安全多了。当琪娅拉开车的时候，她就不再受芭妮的控制了，而是向前跃入或是冲出车流，也毫不在意因为不肯让道而要付出的罚单，她就像一只在自己领地上的野兽，而托比则始终小心瞄着他真正的乘客，查看有没有大意的司机从右边开过来。一棵又一棵刷成白色的法国梧桐和一块又一块巨大的开胃酒广告牌以及一个又一个建筑工地朝他们涌来，又被抛在身后。当他们经过瑞可丹岑时，托比抬头望了它一眼，但什么都没说。转到斯康波罗的时候，经过了一小撮建筑，那是一座棚屋，一个无精打采的小酒吧兼杂货店，和一个大门紧锁的小教堂。然后，哈灵顿的希尔曼[1]汽车仿佛是奋力振作开上了尘土飞

---

1 希尔曼是英国制造的汽车品牌，1976 年后因公司并入克莱斯勒汽车公司（Chrysler）而停产。

扬的道路。

"我说，这条路是谁负责管的？"

托比说这条路被划为地级的，而不是省级的，这件事还可商榷。好吧，他在想，只有我们四个人了，如果这位大夫能出现的话。与此同时，这个高大壮硕的金发女孩的出现震慑到了他。当斯堪比的瓦片屋顶出现在视野里时，他无法不想要得到她的认可。那有点像是一次阅兵。

当他们经过侧面的窗户时，里面有人做了一个动作，介于挥手和摆手之间，托比察觉到一丝不妙的信号。

"玛奇有点完美主义，你知道。我想大概有什么还没准备好。"

"我会去帮忙的，如果你愿意的话。"芭妮说，"如果她在我和罗西医生来的时候弄得一团糟，她会很难堪的。"

托比认为还是先四处看看比较好，就从建筑外观和地窖开始好了。芭妮在这里强烈批评了托比费了九牛二虎之力才让它正常运行的老式橄榄油压榨机，他还用了他们从英国带来的车床复制它的木制螺栓。"你应该试着把它卖给圣斯皮托广场上那些收古董的人。"她建议道，"你永远不知道东西能卖什么价。"

托比说到他会自己榨油。

"别告诉我琪娅拉那位堂兄也用这个。"

"那是两回事，那是一个很大的产业，一个农场，就像一门生意。"

芭妮想，在乡下凡事都要弄得像一门生意。但她很慷慨地称赞了厨房，玛奇还在团团转地忙活，所有东西她都自己种，自己采，自己晒，好像除了下蛋她全包了，芭妮也称赞了新浴室，尽管闪着光的瓷砖有一点凹凸不平，仿佛还在适应它们的新生活。"我用力踩在上面还是有用的，"芭妮一边大声说，一边踩了上去，"每天只要在上面踩一两个小时就好了。"哈灵顿家的人对此感到了安慰，由于她对橄榄油压榨机的拒斥，这种感觉就更加强烈了。全盘肯定是永远不会有说服力的。

客厅也一样，陈列着从恩波利来的陶器和紫罗兰色的玻璃器皿，看上去很美。窗户朝着慵懒的秋风敞开着。"在英国这种时节你没法把窗户像这样开着。"芭妮好意地说。

托比对葡萄酒还有些犹豫不决，是喝瓦萨辛那葡萄酒——这倒是邻居的酒，即使这个邻居看上去不太好相处——还是喝经典的奇扬第葡萄酒。芭妮有一个观念是医生在午饭时都不喝酒以免之后错切了病人一条腿。玛奇也一样，稍微有点不安。

"我必须承认，拉维妮娅，我不太理解你母亲想让你如何在这么短时间里去了解罗西医生，了解他实际上是否适合给她治病。"

"哦，我们家的人都很擅长快速判断，我猜这是一种遗传。你知道，我们今年夏天得雇用一个新的园丁还带妻子，第一对来面试的时候，你知道，我妈的一个朋友打电话来说：'我看到你们的应征者在等公车，我认为他们不是你们想要的人，那个做丈夫的没有一双做事情的手。'可是他们来的时候，妈妈一下子就决定了。这是她的天赋。"

"你是说她给了他们这份工作？"

"不，她没有，但不是因为他的手，而是因为他的老婆。"

"我不认为这种天赋能被遗传。"托比认真地说。

玛奇经过一番踌躇之后，将一个盛着玻璃杯、橄榄以及一些零碎的东西的托盘拿进了前院。斯堪比的一个特征就是沿着庭院有一圈灌木树篱，他们接手的时候它已经长得乱七八糟了，但是托比在那上面花了好多力气。现在它十分坚固且枝条密集，足以支撑起一个托盘的重量，如果你放下的时候很小心的话。这让新来的人可以有话聊。

在房子外面，去斯康波罗的路一直通到田野里。除了来找哈灵顿的人，没有人走那条路。这里也没有其他的声音，不管是汽车、摩托车还是骡子或驴的声音，来让他们有所期待，甚至连失望也做不到。

托比回到房子里。毕竟这才一点半。芭妮坐了回去，把她的双脚搁在树篱上休息。

"我认为他不会搞错日期的，"玛奇说，"他对此很清楚。"她坐着看着这条灰白的、烘烤着的路。

29

*

    萨尔瓦托接受了哈灵顿的邀请，这意味着他要颇费周章地重新安排他的日程了，而这只是为了一个原因，或者不如说，只是为了一个错误的推断。托比在电话里提到了一个年轻的英国姑娘要来，她是琪娅拉·里多尔菲的朋友。仅仅是听到这个名字，萨尔瓦托便断定这是一个召唤，实际上是一次幽会，而整件事都是被设计出来好让琪娅拉和他能再次相见的。他问吉特里尼，事情是否可能有误会。吉特里尼回答他说，他也没什么线索，但是就他所知，伯爵小姐琪娅拉的行事风格相当直截了当而且开诚布公，因此她不太可能做出这么复杂的举动。她做的是，如果他记得没错的话，和他走出音乐会，尽管她是和另外一些人来的，以及后来她直接去了萨尔瓦托的办公室，虽然出于某些原因吉特里尼并不知道后来她被赶走了。"尽量不要去权衡利弊，问问你自己，是否你真的在做你想做的，比如，你是否真的想接受哈灵顿庄园的邀请。"萨尔瓦托说那是他最不想做的事。单程有四十公里之远，还有语言障碍，他对哈灵顿太太的印象也很模糊，同时还有文件工作没有完成，他还有点儿消化不良。他之所以同意去只是为了让琪娅拉知道，他不能被随便地对待。"我看不出怎么能让她知道这个，"吉特里尼说，"不过，我会尽量听你的。"

"我的意思是，我认为用普通的礼貌对待她是没错的。顺便说一句，最近令我震惊的是，除了医学知识之外，你对女人几乎一无所知。"

"我所知道的足以让我结婚并且生下四个孩子，而且我还不记得我有过什么特别的麻烦。"

"我正是这个意思。"萨尔瓦托故作镇定地说。

30

*

一点半又过了两分钟的时候，一辆韦士柏一路上坡又下坡再上坡，开到了斯康波罗，然后停在了房子前。芭妮看到一个瘦瘦的、黑黑的、穿着深色衣服的男子停下来休息，熄了火，然后默默地坐了一会儿，仿佛是在平息巨大的不耐烦。

"天啊，他是意大利人的长相！"她说。

哈灵顿太太完全理解她。她们俩站了起来，准备在有必要的时候互相支持。与此同时，托比两边腋下各夹着一瓶酒走了出来。

"好样的，医生，你能来太好了。我正要请你帮我搞定这些酒呢。"

"罗西医生，"玛奇·哈灵顿插嘴道，"这位是从英国来看我们的年轻朋友，拉维妮娅·巴恩斯。"

萨尔瓦托鞠了一躬。

"拉维妮娅刚去佛罗伦萨拜访过里多尔菲家。"

他依旧站在那儿。

"顺便说一句,"芭妮说,"如果你以为会见到琪娅拉的话,你进来会吃惊的。她今天不在这儿,Non c'è [1]," 她清晰而大声地补充道,"琪娅拉不在。"

---

1 意大利语：没有。

31

*

　　算下来芭妮回到灵薄狱街最晚要四点了，而琪娅拉不可能无所事事地耐心等她。佛罗伦萨没有人知道她的困境，也没有人可以让她倾诉。她本来要去听德国艺术史学院的一个讲座来打发时间的，那个讲座是关于三张之前被认为是贝尔贝洛·达·帕维亚[1]的油画作品的前景的。这是芭妮从一系列具有镇定作用，或者至少是不过分刺激的项目里选出来的。

　　芭妮坐着哈灵顿的希尔曼离开之后两分钟，琪娅拉走到了客厅挂着的大镜子前，她向来很惮于这么做——从镜子里看自己。这面镜子是一个老奸巨猾的骗子，精致的古老镜面已经恭维过无数来往的客人。她专注地看着自己的脸，轮流拍打着两颊，把头发掭到耳后，又松开。然后她走下楼去，开了车锁，不是开她自己的小菲亚特，而是她

---

1 贝尔贝洛·达·帕维亚，意大利文艺复兴时期画家。

父亲的兰洽[1]。

芭妮从没坐过这辆车，就算她看到这辆车尾随其后，她也不会认出它来。作为一个乘客，在任何情况下，她都不算是一个瞻前顾后的人，而更像是一个岿然不动的家伙。琪娅拉毫无困难地在詹蒂诺大街追上了希尔曼，然后一路跟着它开到了庞特艾玛。经过瑞可丹岑时，她放慢了速度，如果詹妮娜或是她丈夫正好在前门的话，她准备和他们招手，甚至停车。没有人在那儿，那里看上去很荒芜，于是她又加快了速度。在斯康波罗的转弯处，经过没开门的圣加洛小教堂和小店时，她犹豫了，然后她便直接开去了瓦萨辛那。

在前院的北墙上，攀藤的荚蒾安静地生长到了最远的角落，不受阳光和阴影的打扰，几千朵花覆盖下来，那是一种白色的花，看上去似乎它们永远不会开得少些。现在不是它们一天中散发香气的时刻，而且不管怎么说，空气已经被硫黄燃烧的气味污染了，那意味着有人在给老酒桶消毒。要闻到荚蒾的香气，你得等到黄昏，直到花园里白中泛绿的花朵释出芬芳，而此时只有白色的东西才能看得清形状。这些年荚蒾年年开花被视为幸运之事。琪娅拉记

---

1 兰洽也是菲亚特旗下的汽车品牌。

得小时候等着它开花，但到了九月却没有开，她难过得要命。那么今年，1955年，一定是她的幸运年。比如说，发现西萨尔中午在家，就是件很幸运的事。

他正站在院子里。她从没见过他匆匆忙忙，现在他也没有，只是慢慢地走向汽车。

"抱歉，西萨尔，我应该提前通知你我要来。"

"不，没有这个必要。"

"我打扰了你。"他还是个小男孩的时候起，就养成了一种习惯，那就是当他被一个问题问倒了的时候，他就站在那儿一动不动，直到他心满意足地找到了答案，或者，在那个当下没法解答。

她下了车，走进秋日的阳光里。

"你看上去长大了。"他说。

"好吧，我是长大了。我上一次来是什么时候？"

"去年夏天。"

"你刚刚在想什么？"

"1955年的批发价格。"

"你打算降低一点吗？"

"协会会降低的。"

"那你同意他们吗？"

"我不知道，因为我现在没有在想这个。"

兄妹俩一起走到了屋里。

"博纳迪诺可能会想让你去看看兔子和鸽子。"

"不，他不会的，"琪娅拉说，"他会立刻看出我长大了多少。"

兔子和鸽子养在一栋石质建筑里，那栋建筑只有农夫们吃饭的屋子一半大，尽管作为一栋建筑它可能要老得多。从屋子里你能看见这栋骨灰盒般的房子的瓦片屋顶。它紧闭着一扇坚实的木门，木门上下是独立开合的。它的内部则是一片昏暗，平静地散发着鸟和动物的臭味。雏鸽在上层的窝里发出咕咕的叫声，羽毛穿过斑驳的阳光落入了阴影中，心突突跳的兔子们则在下面的围栏里打瞌睡。鸽子和兔子都是白色的。没有任何迹象显示出它们被注定的命运，只有一种相依为命的宁静，仿佛这一整窝是连呼吸都是同步的，每一个活物都深深地满足于它们沉闷的生活空间。对孩子来说，这地方有立竿见影的吸引力。

所有这些家畜确实都是博纳迪诺的，他一手掌握了买、卖、养、杀以及收集安哥拉兔毛的大权。他幻想整个瓦萨辛那按理说都是他的，可能就是出于这个原因。

"如果我不去他会失望吗？"

"我不知道，"西萨尔说。

琪娅拉叫道："西萨尔，我不能待在这儿。我得知道

147

哈灵顿家现在怎么样了。"

"你是说斯康波罗那儿?"

"是的,在斯康波罗,哈灵顿家,你认识他们的。"

"我和他们说过话,"西萨尔说,"你应该在圣加洛教堂那朝右转。"

"是的,可我没这么做。我想要尽可能离得近些,却不想真的去那里。此外我认为这里会安静些,而且我们也可以去田里聊聊明年的价格问题,并且能让我的思绪不要再吞噬我。"

"你很喜欢这些英国人吗?"

"我没见过他们。"

"在我看来,你好像没有走对路啊。"

"可是我想见的根本不是他们。我会试着解释的,因为说到底这是很容易明白的。现在那边有一个客人,就此时此刻,我只想知道他是否在那里。"

"要是那样的话,我还是认为你应该在圣加洛往右转。"

西萨尔说这话的时候没有任何责备的意思。他性格不偏不倚,不是爱挑剔的那种。"你现在打算怎么办?"他问。

"当然你是对的,这是一个愚蠢的错误,我会按你建议的做，我现在就去那，直接就去，现在。"

"不，这不是我的建议。"

"我能从田埂上走吗？"

"那儿是干的，但那对伯伯的车不太好。"

琪娅拉亲热地吻了他，然后开车退出了大门，开上了菜畦和最近的一条橄榄树林间的小路。路上的车辙，先是牛车轧出的，然后是小拖拉机，它们并不适合小轿车的车轴，因此总是从一边跳到另一边，仿佛被弄疼了。

博纳迪诺从柴房里出来，看上去很高兴。这是因为伯爵小姐来得快去得快，只待了一小会儿，现在又这么危险地在田埂上开着车。然后她停下了车，把头挤出前窗。

"你是对的，我能把这车留在这里，开小卡车去吗？"

"可以。"西萨尔叫道。

"你确定你用不到？"

"我当然会用到的。"

"好吧，那我让人今晚把它开回来？"

"好的。"

博纳迪诺想他应该在雷克斯电影院见过类似情景，他每隔一个周日都要去那儿。先是兰洽，然后是小卡车！为什么她就不能想想清楚呢？如果她不想待在这儿，为什么还要跑过来？西萨尔走回葡萄园以后很久，博纳迪诺还在大笑。

32

*

　　詹卡洛对他女儿说他要去罗马是早就安排好的，其实是真话。和他认识的大部分人不同，他没有什么生意上的事要做，也没有什么内阁里可以透露口风的人要去关照。他想要去看看他的一两个在骑兵营侍从过的很老的朋友，恭喜他们还活着并且还能参加俱乐部，但主要他是约好了要见他已故的弟媳的哥哥，贡迪蒙席。这是贡迪的主意，詹卡洛没有反对。

　　这位蒙席有一种记者的脾气，能够迅速抓住谈话主题，除了十分必要的内容外一概不取，并且立刻把它们制成表格存放在他的后脑勺里，随时取用。这么多年过去了，他都还是很难设想詹卡洛·里多尔菲为了过上清净日子，有那么多事情要避免去知道。他女儿琪娅拉已经快十八了，这点他没有问过任何人就自己想到了。她父亲和她姑妈——在这种关键时刻是要对她负责的——在他看来就像是一对嚼舌的乡下夫妻，附加的劣势是他们还对乡下不甚在意。这是有违他们的教养的。生活滚滚前进，他们却似乎一无所获，反而渐渐失去。在瓦萨辛那，他的侄子不得不在没有人教的情况下维持生计（除了他有时候会偶尔亲自送上教导）。目前葡萄酒内销和出口的低迷价格就是一张——有人会说是冗长的——年轻的西萨尔的困难清单。现在，随着这个强大而又不好对付的元素——一个那么年轻的女人——开始进入到家族的历史中去，里多尔菲和他的姐姐就要完全落伍于意大利争取潮流和欧洲文化领导地位的进步运动了。他们真正需要做的是拍拍灰尘，重新振作起来，唤回古老的佛罗伦萨那消逝的余晖。当然，他把他俩区别对待。玛塔莲娜在贡迪的备忘录里被描述成一个反复无常的老女人，也许脑子比那还要更不清楚些，而詹卡洛的和蔼可亲以及在日常生活中的镇定平和则似乎无法被归类。如果他听人提起里多尔菲——这并不经常发生——总是说他是"令人愉快的"。"他令人愉快。"这句话在二十世纪中期放在一座古宅的上头，可真是个好铭文！詹卡洛曾经做过学生，做过政治理想主义者，做过军官，可是他在这场世俗的游戏中几乎没有能力走对任何一步，而这不可否认，比大多数工作都要难，但也只是一种职责罢了。任凭是谁处在他那个位置，焉会娶了一个美国人之后还变得更糟？就事论事，除了玛塔莲娜还有谁会带着侄女去帕伦蒂那儿，走的时候连块破布都没捞到？他想，这里面一定有某种疏忽，或许曾经被认为是高贵的表现，但终究是疏忽。玛塔莲娜怎么会没了两根手指的？

对詹卡洛而言，除了将信将疑地扮好一个伯爵，除了言行举止像一个老父亲之外就没什么可做的了，并且他也接受了这点。他只能提供直觉和经验而不能提供信息，他很欣赏朱塞佩·贡迪的一贯正确。同时他也同情他。贡迪永远不会成为教众长官，然而他不知道是为什么。他能够领会那么多事物，却不能理解，或者说不能相信，他的美德，他的勤奋，他笔下无止境流淌的精确报告以及他作为中层管理人员的天赋，让他永远都只能是一个蒙席。他在自己的能力范围内是不可替代的，因而他永远不会被升职。他得到了许多小荣誉，但却因为太有用而不能被提拔。秘书处嘉奖了他的工作，稍微改动了一下他的结论，然后让他待在原位。

在职业生涯中，贡迪有几次曾被安插在罗马本地的一些大楼或别的什么地方，暂时地成为了梵蒂冈官方的一员。这或多或少取决于秘书处如何看待不同教众的重要性。有一个时期他和他的人员被转移到了一个街区，那个街区位于煤气厂和电车轨道之间，比萨铁路轨道在那里横贯了奥斯底亚路。现在他很高兴已经回到了梵蒂冈。

里多尔菲家族从来也没有得到过进入梵蒂冈的特权。詹卡洛坐 77 路车来到了复兴广场，已经有点累了，他穿过黄铜大门进入了接待室。当他们为他接通电话的时候，他稍稍理了理思绪，却只能隐约浮现起那些责备的画面，这些画面由于他安乐地坐在椅子上——甚至只是一张硬板凳上——而缓和了。贡迪蒙席的办公室现在似乎是在三楼。朱塞佩亲自走到电梯口迎接他。

"你太好了，贝皮诺。"

"哪里，说到底是省时间。"

贡迪是一个严肃的人，但是却快人快语，仿佛是被某个组织设计出来做全方位、高效率服务的。他的眼睛和他那纤长、精致的鼻子有点像西萨尔，但是那又能说明什么？

"詹卡洛，我安排了一些人来见你，让你知道点情况，当然不是要在教皇陛下生病期间开派对，就让我们把它称作座谈会吧。在此之前，我俩得在这儿谈谈，就谈谈家里的事。"

"你真是太好了。"

"这就是我说省时间的意思。我总是能在一天里找出半小时，如果我认为那有价值的话。不过现在来说，实际上是二十八分钟，因为你到接待室已经有点儿迟到了。"

他让办公室的两个秘书先走了。他得在七点半的时候回去签收邮件。

桌上放着一个十字架和一本记事本，墙上挂着一张淡紫和橘黄色调的《圣母七苦图》，画家是一个捷克的难民，还有一张展示世界各地天主教圣地每年朝圣人数的图表。房间的家具布置好像一间体面的二流宾馆。百叶窗半垂着，窗外是城市风景，而这个城市不允许有人为私人目的而工作，也不能在露天晾衣物。

贡迪眼下还不太能分心。他从记事本里拿出几张照片。"或许你会对这个感兴趣，詹卡洛。你可以看到我们的网撒得有多广。我们是一个处理私人信仰的委员会。这些是墨西哥人的救世主的图片。他们胸前都有一扇合页的塑料门，还能打开，让你看它神圣的心脏，它是用自行车灯照亮的。"他挑了几张，就仿佛在洗牌，把它们递了过来。"是用电池的，或者直接插电也行。"

当蒙席从一个繁重的任务跳到另一个上时，令人惊讶的是他期望他的亲戚能跟上他工作的细节，不只是出于礼貌的注意，而是要怀着某种激情。他相信任何他感兴趣的事情都是有趣的，然而也正是这种信仰让他能暂时搁置人到中年的困境。而且，官僚主义的信仰也像所有信仰一样，一定是上帝的馈赠。但是詹卡洛认为他可能要无意冒犯地说真话。他看着那些照片说："可是贝皮诺，我对这些一点也没有兴趣。"他想让贡迪回到眼前的情境中来，但这好像没什么用。他开始聊起佛罗伦萨里弗雷迪公墓的某个纪念碑。那儿有一些谣言和麻烦。就是这样，伯爵才第一次听说了萨尔瓦托·罗西医生这个名字。他很快就忘了。

现在，就仿佛内部的什么机械自行调试好了一般，贡迪啪地拉上了百叶窗，然后一脸责备地说："好了，到现在为止你还没告诉我任何事。玛塔莲娜最近怎样？"

"她在维也纳。"

"还有里波索之家呢？我意思是说那个老妇人和婴儿的收容所。我想那里应该有些不正规，不是吗？不过我想自从战争以来应该都改正了吧。"由于没有得到回答，他点点头又继续说，"还有西萨尔呢，他在那儿可不容易。我希望你不要忽视这点。老的那套佃农制度早就已经没用了，劳动成本很高。但是让他坚持到底吧。再过几年重新分配耕地就会让内阁甚至让整个欧洲共同体都付出代价。不过，在我看来，西萨尔太封闭了。他的生活很奇怪。有时候我认为他最后会加入一个冥想团体。"

詹卡洛感到，西萨尔的未来似乎已经被这些轻巧的话安排好了。"要是那样的话，我看不出谁能来管理瓦萨辛那。"

"为了一个好的目的把土地卖掉也不是什么罪过。"

"什么样的目的?"

"比如说,为了能有点闲钱把瑞可丹岑整修一下。"

"我从来没听西萨尔提起过宗教生活。"

"静水流深嘛。那么,我们的小琪娅拉现在怎么样?"

"她现在住在灵薄狱街,她让一个同窗好友来陪她。"

"一个英国姑娘?"

"是的。"

"一个天主教徒?"

"从修道院学校来的,一个叫作拉维妮娅·巴恩斯的姑娘。"

蒙席皱了皱眉头,把脑袋里的检索卡翻了翻。

"我想她和巴恩斯勋爵有关系吧,马卡姆城堡的那些人。他们都是些改宗者,我想。她有没有提起那些人?"

"她提到了很多东西。"詹卡洛说,"但是没提到你说的,就我记忆所及。"

"那么琪娅拉现在在学什么课程?她主要的兴趣是什么?"

"音乐,但她觉得自己的嗓音不够好,没法接受训练。

那些修女这么认为的，好吧，我们得接受建议。"

"哦，这是不自信，里多尔菲家的人就是不肯相信自己，或者说他们没能力相信自己！"

"这不应该被看作是一种失败。你或许可以认为那是一种谦虚。"

"好吧，谦虚是一种迷人的美德，然而不幸的是无法赋予它一种政治形式。"

"可是你不会因此就反对它吧？"詹卡洛困惑地问。

詹卡洛知道他被允许进入一个梵蒂冈的私人办公室而不是在等候室待着是有违规章的，这也同时是他的姻亲关系带来的福利。他感到松了一口气的是福利结束了，接待室打电话来说蒙席的出租车在梵蒂冈大街上等他。

座谈会在一个叫碧丽·布翁孔帕尼奥的罗马公爵夫人的工作室里进行，关于这位公爵夫人，詹卡洛感到别人总觉得他应该了解得更多些。这种感觉与他来到罗马的感觉似曾相识。朱塞佩有点迂腐，他说"一切都归功于公爵夫人的慷慨和虔诚"，但由于她似乎不会在场，因此也就不那么要紧了，她从来都不会在十月之前回到罗马。出租车开往了罗马人民广场，他意识到公爵夫人的工作室一定是在马古塔街上，这条街上的艺术家们几年来都在往国外跑，以至于现在可能已经没人留下了。

贡迪在出租车上解释说这次小聚会不是公务上的，主要也不是为了社交，而是为了文化，或者更准确地说，是为了文学。他解释说——仿佛那是一个可参考的病例——一个人想得太多，懂得太深，就有可能会认识当代作家，和他们聊天，"偶尔，你懂的，任何事都是这样。"詹卡洛想，这可能也是贡迪那果断尝试的一部分（你只能对此表示赞赏），他果断将他那教会范围的影响扩大到一切艺术领域，文学、油画（或许将来还有其中最难驾驭的，音乐领域）。但是在很大程度上，这是一次勇敢的尝试，让詹卡洛本人——作为琪娅拉的父亲，或许还有西萨尔的伯父——能够跟上时代。

他们到的时候，他被男仆诚惶诚恐的服务所打动，公爵夫人竟然隔了那么远距离还事无巨细地嘱咐他要照顾好蒙席的客人。"阁下，"——贡迪微微摇了摇头拒绝这个头衔——"您要站在楼梯最上头吗？夫人殿下吩咐我随时提供您需要的帮助。"

"带他们进去就行了。每人一杯苦艾酒就足够了。他们七点钟都会走。"

"你经常在这儿聚会吗？"詹卡洛一边问，一边环顾这个宽敞微暗的空间，以及墙上的壁画，那些是画上去并且人工做旧的，有着美妙的色彩，是坎皮利[1]的作品。

"偶尔我会在这里举行记者招待会，如果需要艺术氛围的话。我们都有自己的安排。"

五点三十分是座谈会开始的时间，就在这个点上，通报有三个客人到了，两个意大利人，一个法国人。"他们都是小说家，"贡迪低声说，"还有人要来。"

"你的客人都是小说家吗？"

"对，我想是的。"

"你很了解他们吗？"

"我根本不认识他们。我让一个秘书来安排所有的事。我相信他查了他们的地址。"

詹卡洛无比震惊他的任何一个亲戚，哪怕是姻亲，能有这样糟糕的主意。他被一阵尴尬攫住了，这种感觉如此强烈以至于接近恐惧。而所有这一切，所有这些贡迪好不容易从日理万机中抽出的时间，据他所知，都是为了他的利益。两个意大利人之一是个南方人，很魁梧，穿着黑外套，让人印象深刻，他的裤子上系着一根很宽的皮带，仿佛在提醒他仍要见人。他拍拍胸膛，说出了一个词："加斯托内"。这个名字立刻让人想起他在欧洲作为一位人文

---

1 马斯莫·坎皮利（1895—1971）是一个意大利画家和记者。

主义者的名声，以及他被流放的那些年。第二个意大利人是一个米兰人，苍白，瘦削，警惕，他吐字很轻："路易吉·卡波尼"，就像在参与一场不甚愉快的派对游戏。卡波尼没那么有名，詹卡洛又不太读书，无法假装记得任何他写过的书名。

他一边搜索记忆，一边呷了一口他手中劣质的苦艾酒，那是刚刚递到他手里的。它尝起来有一股浓烈的欧洲防风草的味道。"这并不是贝皮诺荟蒿。"他想，"只是他不太在意物质享受，它们的效果都差不多。"

卡波尼走到他面前，没有进一步介绍，就开始解释他下一本小说的主旨。他说，它的目的就是去揭发他的故乡——人称"暴发户之乡"[1]——可笑的自命不凡。这本书中，不仅作者自己，而且那些街道、雕塑、家具和主下水道都能自由发言，批评那些居民们的中产阶级生活方式。打开冰箱时，它会呕吐在主人身上，当一对夫妻进了卧室，床垫会淫荡地裂开，自己敞开，弹出弹簧。电影版权据说已经卖出了五亿里拉，而詹卡洛假装听过导演的名字。

加斯托内看上去压根儿不在听，事实上他站在新来的人围成的圈子中间，那些人和他保持一小段表示尊敬的距

---

1 原文为意大利语。

离，就像在牛棚边一样。不过，现在他说话了，连正眼都没往卡波尼那看一眼："当一切都被说尽，都被做完了之后，讽刺就成了一门卑劣的艺术。作家唯一真正的主题就是自然。"

"但是自然才是应该被讽刺的。"卡波尼嚷道，"我敢说，我们都反对剥削。在这个国家里，大地本身才是主要的剥削者、吸血鬼，靠人的劳作而活，三千年来都依赖同一小块田地上的汗水和骡粪。到头来人们都得同意可怜的马里内蒂[1]。没有比自然更市侩的资本家了。"

"什么？你反对自然？"加斯托内吼道。

蒙席打断了他们，用一种牧师的做派指出——仿佛已经说过好几次了——所有自然的功能都必须考虑进去。她不仅仅是有创造力的，她也负责消除破坏的痕迹，治愈伤口以及逐步恢复原状。"这一点当然作家也能通过冷静的思考以及耐心的观察做到。"

"见鬼的耐心！"卡波尼发出嘘声，出于某种原因他双手抓住了公爵，说，"耐心和听天由命是一回事。"

"当然不是，"詹卡洛说，他挣脱了出来，"耐心是消极的，听天由命则是积极的。"

---

1 马里内蒂（1876—1944），意大利作家，未来主义的创始人。

加斯托内有些被带偏了，但只是一点点，他现在再次发起了进攻，声称那些没有亲身体验过像农民一样睡觉的人是不适合写作的。

"啊，我想到了托尔斯泰。"蒙席说，"你记得他写过他的一个佃户祈祷能够像石头一样躺倒，像新鲜面包一样醒来。"

"那托尔斯泰就是个白痴。乡下的面包根本不醒。乡下人睡觉就像我一样，或者说像野兽一样，一只眼睛是睁着的，总是提防着。"

詹卡洛感到有人轻轻碰了一下他的手臂。"我叫皮埃尔·奥拉尔。"

他是一个矮小的法国作家。"你是蒙席的弟弟吗？"

"不是。"

"没关系。你是否常去英国？"

"时不时会去。最近我常去。"

"告诉我，que font les jeunes?[1]"

"我恐怕我没问过他们在干吗。"

"他们是否仍然把我，皮埃尔·奥拉尔，说成一个年轻人？"

---

1 法语：年轻人在干吗？

他期待地停顿了一下。

"你一定觉得我十分无知。"詹卡洛说。

奥拉尔用他大大的眼睛灼热地盯着他。"我听人说，现在在伦敦一星期二十五先令就能过得很体面，是这样吗？"

"不是。"

"先生们，"蒙席开始说话了。有一阵他的声音和加斯托内的在比赛，然后连那深沉的男低音都撑不住，终于不说话了。"先生们，我必须向你们承认，我很高兴有你们的陪伴，我请你们赏脸光临部分是由于，作为一个基督徒和一名牧师，"——他微微一笑——"我有义务让哪怕一天中最快乐的时光也过得有价值。你们都是专家。我所做的只是以教堂的名义，请求你们的专业帮助。你们都知道，我目前的任务是扩大大众宗教艺术的范围——不仅仅是在欧洲——除了电影院，它有自己的顾问团。我问你们的问题很简单：职业艺术家，或说职业作家什么时候能真实地接触大众里的男女老少？这块领域有什么值得期待的？"

"举个例子，"他从铺满整个工作室内部的宽幅大理石地板上拿起一个小塑像。那是一尊他本人的肖像，是一座高大约二十厘米的赤陶塑像，由于教士服僵硬的褶皱，它几乎呈金字塔状。除了眼睛被填上了白色，其余都没有上釉。这是一尊很好的肖像，而将它作为范例也是出于情有可原的虚荣。

这尊赤陶塑像看上去似乎确凿是出自贝加莫雕塑家杰阿科莫·曼祖[1]之手，而事实上也是曼祖的真品。蒙席开始传授教导了。曼祖的父亲是一个贫穷的圣本笃会修道院的圣器管理员，他是他的第十一个儿子。小时候，他安静地坐在圣器收藏室里，看着僧人们在弥撒之后更衣，做回可亲近的凡人。

这可不太行，詹卡洛想。"曼祖总是一成不变，"加斯托内咕哝道。除了奥拉尔问了一句公爵夫人准备为它付多少钱，其他人都没有对这个塑像做任何评论，也没有别的意见，既然如此，詹卡洛就问他是否能拿着塑像，然后他就托着这尊小小的威风的赤陶塑像站在那，它在他手里立刻就变暖了。

"我不是想要对这件作品评头论足，"蒙席继续说，"我只是想要找到一个方便的方式开启一场讨论，我希望这场讨论是简短而又激励人心的。"

"艺术在意大利已经终结了。"卡波尼愤怒地宣称，

---

1 杰阿科莫·曼祖（1908—1991）；意大利雕塑家。

"艺术家们也完蛋了，作家也一样。事实上我只为电影院工作。如今人们只需要电影和设计。费里尼，奈尔维[1]，好利获得[2]，皮纳弗拉蒂[3]。其他都是屎。人民就是屎，他们的艺术里有铬，有草做的流苏，还有粉红的灯泡。我们正在说的一切，或是已经说了的，或是将要说的，都是屎。"

加斯托内恶意地顶撞他。"花言巧语，垃圾！好利获得不会设计奶油干酪，皮埃尔·路易吉·奈尔维也不会。在自然的门槛前，科学的人类必须停下来。"

"我用'设计'这个词只是取它最重要的那个意思。"

"那别的意思是什么？"

"没有别的意思。"奥拉尔像一只病恹恹的小猴子一样蔫了下来。

在喧闹嘈杂之中，贡迪私下悄声对詹卡洛说："他们都疯了。"

"或许是有些鲁莽。他们没有社交生活的正常保护。"那样的话，他想，他们倒是和巴恩斯姑娘没什么两样。

"他们忽略了进行严肃道德讨论的可能性，而这恰是

---

1 皮埃尔·路易吉·奈尔维（1891—1979），意大利工程师和建筑师。
2 好利获得（Olivetti），意大利著名电子品牌。
3 皮纳弗拉蒂（Pinaferrati），菲亚特一款车型。

165

我邀请他们时暗示的。"

"别难过,贝皮诺。他们只是说故事的人。"他补充道,"也许一次只问他们中的一个会比较好。"

可是现在已经来不及了。蒙席无法接受他虚弱的亲戚的建议,他还正在提高他的生活品质呢。他殷勤地转向了那些客人,那里到处是蠢蠢欲动的敌意。詹卡洛则一手端着空杯子,一手拿着小赤陶塑像,被抛下了。

33

*

"怎么回事？"芭妮问，"我来这儿是因为我是你最好的朋友。我们那么要好，搞得院长嬷嬷都不肯让我们俩单独在操场上走，以防我们做什么坏事。你要记住这点，承认这点。我来是因为你明确无误地告诉我事情十万火急。你说没有我你不能处理。我来是因为你有纤弱的迹象。我还有自己的人生要认真思考呢。我告诉过你我要去品斯泰克，我的那个'他'的事情我都给你讲了。可是似乎我首先得调查你的那个'他'。或许你并没有让我做这件事，可是在我看来这根本就是必须要做的第一步。这就是我的看法。现在告诉我，发生了什么？"

芭妮在收拾行李，她不赶时间，她的动作故作威严，不慌不忙。她俊俏脸上的表情说明，她深深地受伤了。

"让我告诉你吧，琪儿，当这个罗西发现你不在的时候——我就这么直接告诉他的——他立马骑上他的摩托车一溜烟跑了。扔下哈灵顿夫妇和他们的所有的瓶子碟子和零零碎碎的东西就这样直接跑了。他们本来是好心好意的,他们本来是想要坐到阳台上去的。人不能干这种事儿。如果他做了这种事儿,那他就是不行。然后我回到这里,可怜的 H 夫人开车把我送回来,我帮她把东西全都吃光,之后就消化不良难受得要命,我不能把烂摊子都留给他们,可我回到这儿的时候,竟然天杀的一个人都没有!我甚至连门都进不来,再瞧瞧我,我不得不再去一次那可怕的乌菲齐美术馆[1],那是下午唯一开放的地方,到底怎么回事?"

"我本来是想从荒地抄田间小路到哈灵顿家去的。可是我到了那里没有停下来,我直接往前开了。我在开到圣加洛的主路前看到了萨尔瓦托。然后我到了瑞可丹岑跟前,我就去了那儿。"

"上帝啊,你为什么不干脆去佛罗伦萨?"

"我不知道。"

"我猜你是要逃离他吧。"芭妮以女王般的轻蔑奚落道。

"我不知道,或许吧。"

---

1 乌菲齐美术馆是世界著名绘画艺术博物馆。在意大利佛罗伦萨市乌菲齐宫内。乌菲齐宫曾作过政务厅,政务厅的意大利文为 uffizi,因此名为乌菲齐美术馆。

"好吧，那他做了什么？"

"他跟在我后面直接就去了瑞可丹岑。"

"他说了什么？"

"他说：你为什么不在英国人的家里？我说：他们没邀请我。他说，我想要和你说话，为什么这里总是关门？我说，没有关门，我有钥匙。"

"然后呢？"

"芭妮，他很生气。他大叫，你有钥匙可真方便啊！我说，我不是一直都有钥匙，有时候我会忘了带，我得去找园丁的妻子。他又叫了起来，没有那么响了但还是挺大声的，你生来就有钥匙可真方便啊，如果你忘了你还可以让园丁的妻子帮忙！"

"你不该让他对你大喊大叫。你应该有自己的立场。"

琪娅拉打开了侧门，它几乎直接通到柠檬园，于是最佳选择就是从一头走进去，再从另一头走出来。这是她做小女孩的时候最喜欢的地方，尤其是在冬季那几个月，柠檬树都在它们的陶土坛子里等待着在四月被取出，那些青涩的叶子一起度过漫长的季节，散发出冷冷的青涩的气味，那是柠檬的魂魄。园丁在那里存放了许多别的东西，二轮手推车，赤陶花瓶，还有为爬藤植物准备的架子，有两人高，它们躺成一堆，就像一个睡着的巨人。

"他说，我们为什么要从这里进来？我们为什么要怕从正门走？我说，可是难道你不喜欢这里吗，难道你不喜欢这里的泥土气息吗？甚至泥土本身闻起来也不像柠檬园的泥土。他说，好极了，我们大老远跑来就是为了发现泥土闻起来像什么。你午饭时间到底去哪里了？我告诉他我去农场上看我堂哥了。哪个堂哥？我告诉他是西萨尔。"

"然后他又勃然大怒了，"芭妮说，"我开始对这个男人感到同情了。好吧，接下来呢？你行行好，可别告诉我你们就在花坛子中间乱搞。"

"我们进屋里了，"琪娅拉说，"我真希望你有时间来瑞可丹岑看看。里面什么东西都没有上锁，你直接就能上楼去所有的房间。当然，百叶窗都关紧了，所以很暗，你想象不到有多暗，但也不是彻底的暗。你刚好能分辨出昏暗和微亮的差别。我在那里打电话给你，你知道的，芭妮，就在那时。"

"你该死地打了。"芭妮说着，把一双鞋扔进了行李箱，"那么，我猜你在想，我怎么样才能让他真正快乐？"

"不，我压根儿什么都没有想。"

琪娅拉看上去沉着而平静。"你能来太好了。"她说。

"琪儿，告诉我。看着我的眼睛，告诉我。床铺好了吗？我是说，上面有没有铺好床单？不管怎么说，我们俩都是有水准的。我不想变得纤弱，可是我们俩都在圣童学校待过。"

"哦，芭妮，我们当然待过。我永远不会忘记的。"

芭妮坚定地坐在她的行李箱边上。"好吧，我已经山穷水尽了，琪儿。我不能给你更多建议了，我无法胜任。我在一次舞会后和人上了床，可是我们什么也没搞成。"

"哦，芭妮，我爱你，你总是能给我建议。"

试到第五次的时候，芭妮魔怔似的联想起她读过的伯顿的《一千零一夜》第十六卷里的内容，那本书是她从祖父的图书室找出来的。"不少新破处的女人觉得那种痛感和拔掉臼齿的疼痛是类似的。""他说'不少'是什么意思？"琪娅拉问，"她们难道都拔过臼齿吗？"

"好啦，琪儿，所以你和这位罗西医生算是情侣了。"

"跟以前也没什么区别。"

"你才见过他两次。"

"不管见几次也不会有差别。你还记得'Amor segnoreggio la anima, la quale fu si tosto a lui disponata'[1]吗？"

芭妮阴郁地看着她。

"我求上帝保佑你没怀孕。"

---

1 法语：爱神主宰了我的灵魂，让我与之难解难分。

171

34

*

西萨尔开车到最近村庄的烟草店,买了四张空白信纸和一只信封。他回到瓦萨辛那,便在办公室里坐下来开始给琪娅拉写信。信的开始相当正式,说她尽管离开得很突然,但他还是非常高兴前几天能见到她。他知道确切的日子,但却没有提。他谢谢她把小卡车送回来。这些只占了一张纸的四分之一。

他本可以再讲讲农庄上的新闻。去年没有什么存货来做家酿葡萄酒了,今年他想应该可以。还有一件事:前天,他毫无缘由地在太阳升起前去看了看鸽子和兔子,然后发现小屋被人闯入了。门还是锁着的,但有人用电锯锯掉了两条门板。再明显不过,山间低一些的地方有一辆货车停在通往小屋的路的不远处,想要开到田埂上。尽管近来下雨之后,地面变硬了,但还是一眼就能明白无误地看出轮胎前前后后移动和拐弯的痕迹。西萨尔打开了剩下的半扇门,差点被那大团扬起的羽毛和兔毛弄得喘不过气来，它们就像一团前来迎接他的白色的云。每一个笼子都空了，高处的栖木掉到地上，摔了出去，仿佛以奇怪的角度摔断的骨头。有几只鸽子被拧断了脖子，躺在地上，可能已经不能要了。鸽子或许比兔子更难对付。博纳迪诺听到这个消息，似乎有点疯了。他要求立刻开路虎去追那个强盗，或者到佛罗伦萨中央市场去，他一定能从成片的宰杀摊位上找出他自己的鸟和动物，它们全都有名字，他都认得。所有这些都发生在离他只有几百米远的地方，而他却在梦中睡得如此平静，这个念头折磨着他。

既然西萨尔决定了要保密，而且他发现和博纳迪诺争执是没有用的，因此他看不出有什么必要在信中提到这些话题。不过他加快了速度，也更专注地写了下去，直到整张纸都写满为止。

就他记忆所及，他从未给她写过信。或许是因为没那个必要。写完后他通读了一遍。然后他把这四张纸撕成了碎片，把它们扔掉了。

"至少这是我还没做过的事。"他说出声来。然而，令人心烦的是剩下的那只没用过的信封。

35

*

　　萨尔瓦托的老家马扎他的农村并不美丽，也从来没有寻找美景的游客来过这儿。在村庄北边十分缓和的斜坡上，开了一个很大的番茄酱罐头厂，目的是为这块地区带来繁荣，这是墨索里尼复兴南方的计划之一。工厂是仿照圣费利切宫[1]造的，而这里的番茄酱被重新命名为"皇家莎莎酱"。由于从来没有任何能维持它运转下去的供货需求，这个罐头厂逐渐生锈、剥落，变成了半废墟的状态，没有门也没有窗，那些年里人们把它们拿去派别的用场了。在通往工人们休息室入口处的一面内墙上，有一块铭牌，上面上了漆的字仍然可辨认：不管是上帝或是人类都不该向墨索里尼低头。最后一批皇家莎莎酱排成长长的一列，倒扣过来，装满了番茄酱，等着它们的底部被焊上，它们 1942 年以来就以这种姿势停在那里。古老的罐头，

---

1 圣费利切宫是一座洛可可或晚期巴洛克风格的宫殿，位于那不勒斯安康区安康街 167 号。

古老的酱汁和传送带全都被铁锈粘在了一起。山羊在掉落的大梁间啃食野花和麦秆似的草，而马扎他的孩子们厌倦了在曾经是打谷场而现在是足球场的平地上玩耍时，他们就去那儿玩。通常他们的第一次性经验就是在管理员卫生间那块废墟上带着尘土打野炮。

意大利南部还有很多比马扎他更穷的村庄，但很少有比它更无趣的了。萨尔瓦托朴素地坐着公共巴士来到这儿，他小声地对自己说，要记得控制自己。马扎他的每个人举止都像他预期的那样。他也一样，他准备表现得像一个马扎他的儿子，在大城市里混得不错之后，穿着灰色西装，拎着格拉迪尼的皮革公文包荣归故里。要是电台的纪录片团队要来马扎他寻找一个典型的回乡居民，他们会在五分钟内就把他挑出来。有人想要永久地记录下马扎他这种想法，或者说幻觉，在他们靠近郊区时让他分了一会儿心。它会作为"科学与教育"系列纪录片的一集被播出，上帝才知道是哪一期，而吉特里尼会让孩子们在拥挤不堪的起居室里听广播。"请睁大双眼，打开心门，我们去往南方的旅程将给我们一个很好的机会去了解耐人寻味且历史悠久的马扎他社区。在令人叹为观止的废墟的包围和庇护之下……"

萨尔瓦托回来是为了卖掉他那份家族土地的。他决定在佛罗伦萨外造一座房子，带个庭园，贴隔壁还要造一间诊所。那对孩子们更有好处。他立刻就要开始造房子，在他结婚之前就造。与医院有关的房屋协会会给他 2.5 % 利息的贷款。把马扎他的房子卖了能给他提供定金。他不会问里多尔菲家要一分钱。就像战后世界上很大一部分人口一样，他也会债务缠身。但是由于他不想从女方家要任何东西，他相信他会跻身那极个别的一小撮人之列。他的前景一片大好。他可以做他至今拒绝做的工作，也就是去一家比较大的保险公司当顾问。他对圣·阿格斯提诺的神经科差不多是有把握的。当然，没有什么能说是差不多有把握的。他允许自己想了一会儿琪娅拉。他脑海中浮现的是琪娅拉赤身裸体拖着乱糟糟的白色的羽绒被跑到瑞可丹岑的窗前，笑得不能自已的情景。奇怪的是这给了他一种纯洁而平静的感觉。这不是他所期待的，而这令他不安。

他很清楚会有哪几种意见，家族里头的和外面的，以及马扎他中央咖啡馆里的。他的兄弟们会反复叮嘱，让他铭记他们仰赖于他对家庭的忠诚以及兄弟情谊，这会让他以比市场价"亲情"得多的价格让出他的那份土地。他姐姐则会把他当成傻瓜，也会这么喊他，因为他没有更富有。她嫁给了一个鞋匠，他是马扎他最吝啬、最狡猾的一个人，她只有不幸的经历可以分享。经过两天的讨论，这

176

位鞋匠——他在宪兵队服役的那几年得到了一些资本——暗示说，他和他一些不知名的合伙人，准备给萨尔瓦托那几块土地出的价格比他那几个兄弟高。然后是他的妈妈。和以往一样，他得打电话给杂货店问问有没有人能找到她。她过来要好一会儿，尽管她就住在隔壁。

"所以你终于下定决心要来了，我们啥时候能见到你？"

"明天下午。"

"你会带着这位年轻姑娘一起来吗？"

"不，这次不带。"

"她上过学吗？"

然后，说到他要卖掉他那份土地时她又开始悲叹，说现在没有什么能让他回到马扎他来了。他压低了声音，希望她也能压低她的，指出说，那从来都不是他回来的理由。

"我是专程来看你的，我现在来看你了。"

"跟我保证，她有良好的家庭背景。"

她显然理解不了他的来信，这只是为了强调她上了年纪，又可怜地体弱多病，而他不得不提醒自己，这些都要加在她常年强调自己是一个母亲之后。顺便说一句，也不知道她为什么要用杂货店的电话，而不自己装一个。他本来说要付安装费的，可是就他记忆所及，他们怎么说也没有一个时期是负担不起一台电话的。

　　巴士停在了主广场，正是下午最热的时候。这辆巴士是一辆装了空调的卧铺车，在开往贝内文托的路上雄赳赳气昂昂地停下来休息，看上去和路边底层人住的房屋很不协调。广场上唯一的另一辆车子，是一辆三轮车，上面放着一个玻璃柜子，里面盛放着年头很久的饼干和一袋袋糖果。三轮车夫不在，他要等着孩子们从学校里出来才能卖东西。他将他的货物留在一棵法国梧桐的浓荫下，可是太阳移动了，糖果开始融化。

36

*

经过两天的商讨，每个相关的人都一起或轮流说了他们该说的话，萨尔瓦托感觉好些了。准确预料自己的困难，会让人有一种特殊的满足感。几乎没有人提到他即将结婚的事，因为马扎他没有人相信他给他妈的信里写的是真的。他与一个年轻的伯爵小姐订婚是白日做梦，那种事最后证明都是政治生涯的破坏因素，不过在其他方面都是情有可原的。诚然，他们都没有把白日做梦和萨尔瓦托联系起来过，可是如果他已经有了好姻缘，那他为什么不开一辆新车来？比如说，那年在波尔泰洛新只限量生产了323辆的小钢炮运动版。另一方面，出售土地的事牵动了每一个人，而这些人就一点达成了共识：既然萨尔瓦托去了北方，那么他就只能拿到最少的钱。萨尔瓦托发现，这一点对他产生了不幸的影响。他开始发脾气，但发脾气的方法不太对。他有一种强烈的冲动要用慷慨来恐吓所有人，站在中央咖啡馆里大叫："土地是你们的！我不要听你们再多说一个字了，宁可把它送给你们！"

马扎他所有事务，直到提交律师事务所前，都是在咖啡馆后面的大桌子上进行的，那地方有点像是一个壁龛，在一块过时的皇家莎莎酱广告牌下面。可是第三天下午，萨尔瓦托听到有人在轻轻地喊他的名字时，他几乎不能挪脚到门口去，那人在喊他童年时代的名字，事实上是他很小时候的名字——米奇。即使他母亲现在也不会想到用这个名字。或许她其实比任何人都更不可能用这个名字。米奇这个字眼让他感到烦躁和尴尬，让他三十一岁的身体里燃起怒火，而他现在不得不待在这个身体里，可同时他又屈从于我们对孩子的那份宠溺，我们都曾是孩子。

他和鞋匠，也就是他姐姐的丈夫约了见面，可是后面的桌上还没有人来，那张桌子沉入令人窒息的暗影中。在他肘边，在打开的门遮住的一张矮桌那儿，那温柔的声音继续在说话。

"也许你不认得我了，我是你父亲的朋友。"

一个幽灵般的身影，这会儿因异常尖利的激烈咳嗽而抽搐着，那是一种男高音的咳嗽。

"你不会忘了我的咳嗽声的。我现在咳得更厉害了，我不是要炫耀，但这一直都没变。"

萨尔瓦托还是个小男孩时曾听过这声音穿过卧室地

板，不时打断他与父亲长长的交谈，而那长谈总是安抚着他渐渐入眠。

"伯里克利·圣纳扎罗。你好吗，博士？"

"我不是博士。"

"会计先生？"

"同志。"

萨尔瓦托拥抱了他父亲的朋友，在他边上坐了下来。"我不知道你还住在马扎他。"

"恕我直言，你当然不知道。我的一切你都不了解，你为什么要了解呢？我仍然在做记账员，不过我已经搬到潘塔诺去了。你妈告诉我你来了，我就搭了一个生意上的熟人的便车。和以前一样，明天是赶集的日子，所以他要跑一趟。"

如此详细的解释显然不是为了责备，但却达到了这个效果。"你太好了，会计先生。"

"我有个特别的事要当面说。"

圣纳扎罗拿出了他的卷烟纸和一包差不多空了的本地烟草。

"谢谢，我不抽烟。你不需要我为你点些东西吗？"

萨尔瓦托立刻为他紧张的热心而后悔了。他不该提这个建议的。在佛罗伦萨他失去了那种能力，即对谈论的话题保持适当的距离和宽泛的尊重。可是为了死去的父亲，一个人应该在他忠诚的、咳嗽的老朋友身上浪费多少时间呢？

"所以你从医了，米奇？"

"是的，神经科医生。"

"干得不错吧？"

"很不错。你知道这会儿的情形，一切都在变好，生产力提高了，生活力质量也提高了，人们挣的钱变多了，甚至连专业人员都受益了。"

圣纳扎罗没说话，他继续说下去，"可我想，说事情变好了是很幼稚的，好像我们只是从一种状况卷入了另一种状况里。这几百年下来，意大利人有点将自己的意愿强加于历史，就是这样。"

"在马扎他不是。"

我知道，萨尔瓦托愤怒地想。我现在和这个虚弱的老笨蛋在一起已经是一个劣势了，我和他坐在一起是为了给死者一个大大的面子。

"一个医生，"圣纳扎罗说，"把你的手给我。"

他的手碰上来就像母鸡的爪子一样又冷又干。

"让我握一下。是的，这是一只疗愈的手。"

"我都不知道我们现在还做那么多疗愈的事呢。现在的重点都在预防医学上。"

圣纳扎罗忽略了这句话，将他的手放回桌上，仿佛那是一件珍宝。萨尔瓦托十分懊恼，他从油布上抽回了手。他要了半升葡萄酒和两瓶矿泉水。"你有没有想过，"圣纳扎罗用一种忧郁的语气说道，"生命中的机会不是一去不返的，相反，它们不断出现，所以我们需要做的只是认出它们？当然，当它们再次出现时，未必看起来跟原来一样。如果你曾经观察过桥底的洪水，你会发现漂流物总是不可抗拒地被拽向黑暗的拱洞，然后就消失了，可是如果你穿过去看另一头，它似乎再也不会出现了。"

他停下来，稍微咳嗽了一下。萨尔瓦托想要挖苦他一下。

"你什么时候见过河流发洪水？"

"在波河河谷，和你父亲一起，我们在都灵工作的时候。"

下午晚些时候来打牌的人已经陆续到了，给疲沓的中央咖啡馆带来一丝活力。帕斯夸里，也就是老板，拿来了半升葡萄酒。圣纳扎罗完全没看见这些人，他悄悄地向前倾身。

"米奇，你相信来世吗？"

"我受过洗，或许你还记得。"萨尔瓦托说，"我不确定我是否想在这种环境里讨论我目前的信仰，或是信仰的丧失。"他降低了声音，"你为什么要问我这个？"当然，圣纳扎罗不可能听过那件可笑的"悲痛欲绝"的事。

"你父亲入土已经十五年了。我想念他。说到底，我们人类最需要的——我不是说在政治意义上——是被理解。你同意吗？"

"不同意。"萨尔瓦托说。

"但你父亲死了，他是我最亲密的，不，让我诚实地说，是我唯一的朋友。这意味着他永远地离开了，烂掉了。你当然知道，安东尼奥·葛兰西在图里的监狱里曾经——我想是和特龙贝蒂，整夜整夜地讨论来世。特龙贝蒂是博洛尼亚人。在图里他和尼诺待在同一个牢房里。"

"我不知道。"

"可是你曾经和尼诺说过话吧。"

"那时我才十岁。我们没有去监狱，我们去了罗马的一个诊所。"

"尼诺最担心的是他病入膏肓的时候，神父会跑来看他，跟他谈论教堂提出的那些愚蠢的关于不朽的承诺，那会毁了他。"

"那确实是愚蠢的，可是就我所知那没有什么危害。这似乎对我的病人都没有任何坏处。"

圣纳扎罗溺爱地微笑了。"让我来解释解释。尼诺相信不朽，但是是在这世间的不朽。每一个人都活在他有用而必要的行为中。每一个有用而必要的行为又从父亲传给儿子——如果他是一个好儿子的话——这是一条连续不断的链条。"

"我不敢相信葛兰西把这当作宗教的替代品。"

"人为什么需要宗教的替代品呢？"圣纳扎罗剧烈地颤抖着说，"或者非得找个女人？他们需要失业的替代品吗？还是需要痢疾的替代品？"

帕斯夸里正在把玻璃杯扔到柜台下的一缸热水里，他看着萨尔瓦托，将他的头向后仰了仰，上下点了点头，半闭起双眼。这并不表示他认为圣纳扎罗疯了，他只是有点崩溃，是一种自然现象，因此也像自然一样，得耐心忍受。萨尔瓦托没有做出回应。令他怒不可遏的是看到这样一个纯粹而无可指摘的心灵，这样一个无足轻重的记账员，有着真正的人生失败者的所有高尚品格，他坐在这发霉的中央咖啡馆里，太习以为常以至于不会去嘲笑它，甚至不会注意到它。另一方面来说，帕斯夸里是一个好人，毫无疑问，他一贯容忍圣纳扎罗，不管他什么时候带着这副样子进来——他自己绝不会这样。在一个他从未被要求面对的法庭面前，他再次发现自己有罪。作为一个好儿子，或许更罪过的是，作为一个曾经有机会亲眼见到尼诺·葛兰西的人，他看到自己无路可退，没有辩护的希望。他被那个不认识的博洛尼亚人特龙贝蒂痛批了，否则还能管这叫什么？他好像不仅和那位殉道者待在同一间监狱，还继承了他关于永生的思想；他被圣纳扎罗那坦率的谦卑奚落了；他还在帕斯夸里那若无其事的善良面前无地自容，还有什么比这更令人惊骇的不公吗？他不过是一个勤勉工作的人，抽出几天来处理事情罢了。旧的良心，旧的意识从死者身上复活，化作记账员夹克里的虚空，固定在袖口。

"米奇，"圣纳扎罗说，"我有事要求你。不要卖掉你的土地。你不介意我讨论你的事吧？"

"我介意，不过既然你提起这个话题，那我就告诉你，这正是我妈对我说的话。"

"我也要这么说。"

萨尔瓦托控制住自己。"这里面没什么秘密，目前我需要钱派一个用场。"

圣纳扎罗抽搐了一会儿，闭着眼伸手拿了瓶矿泉水，然后花了好长时间才准确地将它倒入杯中。萨尔瓦托拿出执业很久的医生的口吻说："你得当心你的咳嗽。你咳嗽很久不代表它不会恶化。"

"不要轻易地放弃它，米奇。不要轻易将它卖掉。听我把话说完。你的兄弟们在散播谣言，说南部开发区要贷款改造番茄酱工厂。他们希望把你的土地卖了去建造那个。"

"我知道他们这么说。如果这能让他们开心一下，为什么不？"

"听我说完。不要切断你和马扎他的联系。一旦你卖掉了你的遗产，你就会变得无所归依。我这么说和你母亲是不一样的，女人的理由无非是保守，总是害怕改变。这些女人们，这些女人们！如果世界交到她们手里，我们还生活在洞穴里呢。"

"可是没有什么能让我留在这里，会计先生。没什么我可做的。"或许这个老人希望他能申请成为社区医生。看着这张长满皱纹的脸，他惊讶地发现它的改变还不如自己的大。

"作为一个知识分子，米奇，你的地盘是在这儿。这儿，在乡下，智识主义从源头上就被毒化了。我们的义务，正如尼诺经常告诫我们的，就是去创造一个与中产阶级无关的知识分子阶层，他们能抵御抛弃他们的出生地跑去大城市的诱惑。在这项任务中，党完全失败了。你有那种气质，也受过教育。不幸的是，你妈从小就鼓励你不合作，而是去竞争，把别人挤到一边，自己冲在前面。你告诉我我应该注意我的咳嗽的时候，我想你不免要计算你的这些话，作为一个成功的医生，至少值个比方说五千里拉吧。如果这个数字不准确你要原谅我，我完全不了解托斯卡纳目前的医疗收费水平。"

"我不知道我的话值多少钱。"萨尔瓦托喃喃地说。

"米奇，它们一文不值。"

"这很有可能，可是如果是那样的话我不明白你为什么还把我称为知识分子。"

"每一个人都是知识分子。"圣纳扎罗喊道，"即使不是你认为的那种，可以把他的话兑换成现金的人。可是两万人里面，甚至十万人里面也不会有一个人坚守社会需要一个知识分子坚守的岗位，也就是说，待在给了他生命，让他自己能被听见——正如你现在听我说话——的那一小片土地。没有人才的储备，尼诺为之受苦和牺牲的未来就不可能到来。这就是你父亲寄希望于你的。他也有别的儿子，但他挑中了你。"

萨尔瓦托现在好不容易清晰地记起了他之前从不记得的事情，他走在父亲和圣纳扎罗中间，对他听不懂的话感到半是无聊，半是气恼，他们停在了一个装有糖果和饼干的箱子前，他总可以指望圣纳扎罗掏出他可怜巴巴的钱包，更像是一个女式钱包，请他吃点儿东西。那一定是现在的糖果小贩的父亲，而且三轮车很可能还是那一辆。你可以认为他们在尘土和阳光下等了十二年来背叛他。所有这一切对他构成了共同的审判，都必须停下来了。

"听着，"他说，"我的土地一共是 20.5 公顷。除非有人能拿到建筑许可证，那也好，否则它只适合种蔬菜。"

这时候，他姐姐和修鞋匠、药剂师，以及地方拍卖官——他同时也拥有一个汽车修理铺——带着一两个支持者都到了中央咖啡馆。出于惯例，他们在打断萨尔瓦托和那个疯子记账员的对话前等待着一个适当的中场休息，大家都毫不避讳地听着他俩的对话。现在时间快到了，姐姐和她的丈夫从桌前站起来招呼他。圣纳扎罗，被一个女人出现在咖啡馆弄得很狼狈，慌张地弹了起来。这突然的动作造成了一个令人困惑的开裂或是撕扯的声音，仿佛是一声刺耳的叹息。姐姐完全没注意这声音和圣纳扎罗本人。萨尔瓦托从未像这一刻那样厌恶她。他把自己的椅子推回去，伸手揽住圣纳扎罗，然后温柔地，却几乎是随意地说道：

"我想告诉你，会计先生。我不想对你有任何隐瞒。我告诉过你我要攒点儿钱，可是或许你不知道是为什么。

事实是，我要结婚了。"

听到这话，圣纳扎罗的脸上绽开了一个溺爱的微笑。

我的天，萨尔瓦托心想，连他都不相信。

37

*

　　萨尔瓦托告诉琪娅拉他得去看他母亲。这里面当然也有部分真相。为了挨过他回来前的时间，她去了英国。芭妮是目前唯一能理解她感受的人。

　　芭妮对她说好的，如果你想来就来吧，但是接下来几个月她父亲和母亲——他们从来不顾及彼此或是其他人是否方便——都出门了，尽管是各自去不同的地方。他们说，他们会告诉她他们的计划。令芭妮反感的是，她不得不住到伦敦她祖母那儿去。

　　这位祖母住在南肯辛顿，琪娅拉记得那是一个鸦雀无声的地方，没有天空，没有河流，连流通的空气也没有。但不重要，那幢房子对她而言似乎很漂亮，正如一切在那时都似乎很漂亮。她爱上了卡莱尔花园 23 号，客厅里细边镀金画框中的那些水彩画；饭厅里挂着的厚帆布上的那些油画，磨损得就像大海中的船；客房里绣在丝绸上的蝴蝶；《广播时报》上盖的织锦罩布；把窗户包围严实的大

191

幅窗帘；掩盖在垫毯、盖毯和罩毯下的床；陶器、假山庭园，还有那张不能移动的桌案，上面放着芭妮父母寄来的蓝天明信片，上面说他们觉得放松多了。幸福破坏了审美力。当她第一次在音乐会上碰到萨尔瓦托时，她还知道勃拉姆斯演奏得很糟，可是如今在她发生了剧烈转变之后，或许她甚至都没意识到那些。

"这个地方都是些糟粕。"芭妮说。

她们俩躺在芭妮卧室里的一堆东西上，卧室在房子的最高处。这里很热，嗡嗡低语的中央暖气被调到了最大挡，芭妮声称如果你让自己太冷，腿毛就会变厚。"你得注意。连你膝盖上面都可能会变得毛茸茸的。这就是房子太冷的真正问题所在，就像品斯泰克。"

"品斯泰克?"

"你忘了，我不怪你。"

"可是芭妮，你去那儿了吗?"

"我去了。"

"发生了什么? 怎么啦?"

门外有一个年长的声音，疲惫却清晰地说:"可以进来吗?"

芭妮的祖母从来不敲年轻人的门，因为这样可能显得她不信任他们。她宁可做些小动作，非常轻的那种。门把转动了，她进来了，穿着一件柔软的针织衫，围着一条耶格的围巾，上面还写着"耶格"，腰带里还别着一条爱马仕围巾，上面写着"爱马仕"。这给了她一种真实性，可是她的表情却是迟疑的，不快的。

"这是琪娅拉·里多尔菲，奶奶。她到的时候你不在。琪儿，这是我祖母，琼斯夫人。"

琪娅拉跳起身来握手，又是道歉，又是感谢，还从她行李箱里拿出一些从基亚索科尼诺带来的小礼物。

"我亲爱的，这些东西太好看了，真的真的太好看了！意大利人真是令人惊讶，他们有这种本事做这些好看的东西。不像我们以前戴的那种从远东来的草帽，那些都是小孩子做的，可怜的东西，坐在水里。不，这些东西你能看出是带着欢乐做出来的。"她把它们举到胸口，然后不安地在房间里看来看去，看看有什么需要整理，或是在不冒犯的情况下稍微改动一下的地方。

"我希望你好好照顾你的客人，拉维妮娅。我希望你能保证她玩得开心。你玩得开心吗，我亲爱的？"

琼斯夫人对于让女孩子们承认她们玩得开心有一种病态的执着。她显然将不快乐的时光视之为虚掷。

"你们俩今晚要出门吧，我想？"

"不，我们不出去。"芭妮说。

"可是出去跳跳舞不是挺好玩的吗？当然，你得为你的朋友找个舞伴。意大利人的脚总是那么轻巧。我或许能帮你，你知道，如果你找不到人的话。我可以打电话帮你问问。"

芭妮什么都没说，于是琼斯夫人犹豫了片刻，仿佛是在练习如何离开房间，然后走了出去。

"我知道她就是这样，"芭妮说，"她总是这样说话。总有一天我要在碗橱里藏个男人，让她去找，她肯定会精神错乱。可你不应该对她这么客气，琪儿。这是老一套把戏。你会助长她的气焰的，况且，这是在国外。"

"她丈夫多久前去世的？"

"我不知道。我想他是去哪里做了什么局的副手。"

"他是怎么死的？"

"我不知道，可能快活死的吧。"

芭妮突然哭了起来。这似乎不太可能，而且之前也从来没发生过。我真是个笨蛋，琪娅拉想，我太残忍了，为什么我不早点问她呢？

"我只想要你看着我。"芭妮抽泣道。

在旁观者看来，这就像一个异象，或是一个奇迹，就像看到一座雕塑开始哭泣那样令人惊恐，这恰恰是它被造出来最不可能去做的事。

"看着我，琪儿。我看起来和平时有什么不一样吗？"

"此时此刻，是的，此时此刻你当然不一样。其他的时候则不是，你总是看起来一个样。"

"我不想听你这么说。"

"对不起。"

"我知道这是事实。人们看不到任何改变。他们看我总是那副样子，所以他们以为我没有感觉。"

"我不认为你没有感觉。"

琪娅拉伸手抱住了她泣不成声的朋友。

"你的'他'怎么了？"

似乎芭妮现在把他叫作"灾难"。变化是一天之间发生的，还不到一天时间。"一开始很好，品斯泰克就像往常一样。你知道品斯泰克是什么样的。"

琪娅拉曾经去过那一次，因此她知道。很奇怪的是，那幢房子看上去，至少从正面看很像是瑞可丹岑。它是1734年左右按意大利风格造的，在数英亩诺福克芜菁和耕地，以及豪放地散着叶片的大白菜中间，那是一座位于东部大风中的瑞可丹岑。

芭妮在耕地上踱过来又踱过去又踱过来。她一个人拥有这一切，没有其他女性会在午饭前出现。每次停下来时她都离那个"他"更近了，到了中午时，她感觉她在这世上最想要的就是他。最后停下来的地方是一条骑马道的终点，那地方形成了某种风洞，冰冷的西北风呼啸而过。到这时，芭妮说，他们已经完全了解彼此了。语言是多余的，她自己从未对此如是深信不疑。可是当路虎带着午餐一路从土路上颠簸而来时，他说："感谢上帝！"然后转身看着它开过来，说，"我恐怕在饮食方面是个老粗。"

有一个偶然的观察可以说明这点，在云朵和风的作用下视角发生了变化。芭妮在诺福克正午明亮的光线下清楚地看着他，她看到一条细细的唾液正从他嘴角滴落。

"这就像一个启示。他准确地形容了自己。他就是一个老粗。"

"可是芭妮，那没什么，他不过是流了点口水，这不足以说明什么。"

"如果你足够聪明，那么任何事都足以说明问题。那个叫罗西的男人在哈灵顿家表现得像个疯子，可是你一点也不在乎，因为你很不幸地被爱情弄瞎了双眼。"

而芭妮则避免了变瞎。她坐着路虎回到了家里。晚饭期间她坐在了"灾难"旁边，又重温了那种毛骨悚然的感觉，这让她再次崩溃。女主人体贴地将他安排在她旁边，椅子靠着椅子，大腿挨着大腿，他在浆洗过的桌布下蹭蹭她，用手指碰碰她，相信他是受欢迎的。

"他不停这样，最后我只能假装要低头拿什么东西，趁机把一把叉子戳进了他的手里。"

"你戳出血了吗，芭妮？"

"我想是的。哦，他有原始本能的勇敢，跟动物一样，如果这就是你想要知道的。"

她让芭妮僵硬的身体慢慢滑到了地毯上。对琪娅拉而言，这就像芭妮伟大形象的倒下，她的判断力长久以来似乎是无可置疑的。

"我好像听到了笑声，"琼斯夫人又出现在了门的那头，"如今这间房子里有多少欢声笑语啊。当然我不是要求加入你们。我只是过来瞧瞧以免你们忘记时间。"

"我们没有在笑，我向您保证，琼斯夫人。"琪娅拉大声说。

38

*

离开之前，琪娅拉当然对她父亲说过，她想在某个大家都方便的时候结婚，但是越快越好。她爱上了萨尔瓦托·罗西医生，一位神经科医生。詹卡洛非常惊讶，但是他已经放弃了表达情绪的习惯，而且他感觉现在也不是重拾这一习惯的时机。他问他们何时能有幸在灵薄狱街见到这位医生。

"他一回来就来。"琪娅拉说，"他必须离开一下。他在七小时四十三分之前走了。你明白他不能随心所欲地放假。"

她的快乐没有人提到，这是没必要的，它可以被感觉到，看到，它似乎在他们之间搅动着空气，让人不舒服。

"可是你和他保持联系的吧，我亲爱的，他会给我们打电话吧？"

结果是，罗西医生待的地方没有电话，尽管他可以从咖啡馆打电话来，但琪娅拉也受不了整天等着而又不知道电话什么时候打来。她想要返回英国度过这难熬的一周。电话机带着它白痴一般沉默的威力，已经变成了她的敌人。詹卡洛想她可能会后悔的，而且她好像回到家才没多久——他真希望自己没有去罗马——但他什么都没说。

琪娅拉离开后不久，她姑妈就突然从维也纳回来了。那是一个老年人的城市，她说，都是些退休的人和抑郁症病人还有戴软帽的女人——可是你想想他们受的苦，我亲爱的，詹卡洛说——人类受的苦没什么可想的，玛塔莲娜说，只要想人类的未来就行了。一个想法可能导致另一个想法，他回道，然后他宣布了琪娅拉订婚的消息。"一个年轻医生，很不错的考虑。"玛塔莲娜想起了什么，尽管不是很确切，好像是一个音乐会。

那天夜里，贡迪蒙席打来了电话，那是体现家庭责任的电话，他总是尽可能地发挥作用。订婚之前有那么多事可谈，他却又一次以他那对细节的疯狂执着开始讲述那件"悲痛欲绝"的事。他试图在描述市民对佛罗伦萨红衣主教采取的行动的全部报道之前，先填完他的个案记录。顺便说一句，这些记录显示，罗西老兄曾经是一个共产主义积极分子，而且还和安东尼奥·葛兰西有瓜葛。

是玛塔莲娜接的电话。她一整天都不在家，而在瑞可丹岑。出于某些原因——可能和她去了维也纳有关——她到的时候心情很"英国"，她说的那些话引起了恐慌，她说这地方看上去了无生趣，以及她要"弄弄花草"。要把花弄成"全英式"，她需要手套、剪刀、一条特定式样的围裙，一个壁橱里装满花瓶和玻璃罐子的储藏室，还要有一个水斗，这其中没有一样是瑞可丹岑现成就有的——而且当然，瑞可丹岑也不提供鲜花。在常青的私家花园后面，有一大丛攀缘蔷薇，它们的品种只属于这座庄园，那是在1913年，里多尔菲的园丁用光叶蔷薇和托斯卡纳古典的深紫色玫瑰培育的杂交品种——可是"攀缘"对于这种蔷薇并不是一个恰当的词，它无视季节，甚至无视重力，不断长出越来越浓密的花丛，直到覆盖了西南面的墙。修剪的想法早几年就放弃了。甚至在灌木丛最中心的黑暗处，都能看到蔷薇花的身影。可是它们根本不适合作为装饰或者布置之用，你只能牵扯下长达数米的枝条，得到散落一地的花瓣，以及即使在干燥的秋天里也会掉落的水珠。除了这些蔷薇，只有长在前阳台陶罐里的那些植物。"你得给出具体的指示。"詹卡洛指出。玛塔莲娜每一年都觉得，她已经这么做了。

在瑞可丹岑，无法阻止人们讨论伯爵小姐一星期前和一个男人来到这儿的事。园丁的一个给圣加洛送铁蒺藜的朋友告诉他，她从哈灵顿庄园那边开着一辆农用卡车过来，然后一个男人骑着韦士柏尾随其后。园丁来了又走了，因为这一天是他特地保留去卖植物的日子，那些植物是他为自己种的，而且，既然这是娘儿们的事，他就不得不用一种迂回的方式通过他妻子去说。他听见卡车开走了，而且看见是往佛罗伦萨方向去的，但韦士柏则不是，它一定是回到斯康波罗去了。没有人认出这个男人是谁，但是每个人都有很多猜想。

玛塔莲娜看不出他弟弟知道庄园的人或是蒙席说了什么有什么好处。一想到要进一步询问，她的心就沉了下去。里多尔菲家的人善于制造谜团，却不是阴谋家。她得知罗西医生聪明绝顶，这并不令她激动。聪明人都不快乐。另一条消息则是这位医生没有女朋友，但有一个情妇，他们的关系是老派的。这点或许是令人宽慰的。

"我真该在这儿待久一点儿的，"她说，"我应该早点安排好一两件我没料到的事，我的意思是在宣布订婚之前。"

让她惊讶的是，詹卡洛对她说，他不喜欢看见她如此担忧的样子。

"你意思是我看上去很难看咯。"

"我是这个意思，没错。很明显，维也纳不如你的意。或许有些事情没算好。可能说到底冯·霍岑道夫家并不是很喜欢你。"

"他们可喜欢我了。关于这点你不可能搞错。对于被爱会搞错，但对于被喜欢是不会搞错的。"

"不管怎样，我想你需要多休息休息。"

"你都没在听我说话。我告诉过你我有一大堆事情要料理，或者我猜你可能把这些当作是同一件事。"

"你需要多久？"

"我还不知道，你得让我慢慢来。"

"当然，我亲爱的，还能逼你吗？但我仍然相信小小地放个假是一个好主意，尽管我很感激你来陪我。"

"看在上帝的分上，要放假干吗？"玛塔莲娜问道。令她震惊的是他几乎急着让她走。这一点上她是对的。詹卡洛担心如果她在佛罗伦萨待得太久，她会发现安农齐亚塔跟他讲过好几遍的事情——那是她从园丁妻子的妯娌那听来的闲话，那人跑去了瑞可丹岑，还不知道这件事还没完全公开，她还指望能靠传闲话帮上额外的忙。有人看见伯爵小姐和一个男人穿过柠檬园走进了屋里，他一定是诱导她上了楼，然后百叶窗就拉开了，而夏季的白色床罩被扔到了空中，而且他们还在大笑，两个人都在笑，就像孩子们听到笑话那样。

"没啥瞒着你的。"伯爵说。安农齐亚塔和他长期以来达成了联盟（出于对芭妮的害怕，现在有可能更紧密了）以至于他甚至不需要暗示他的想法。他不需要说出来，威胁园丁妻子的妯娌保密的话他都不需要说出口。可是可怜的玛塔莲娜无论如何也不该关心这件事，而且更重要的是，他想避免问琪娅拉这件事，因为她会对他如实相告。

39

*

　　玛塔莲娜的脑筋不是理性地从一点转到另一点，而是以一连串清晰明亮的图画，展现发生过的，以及应该发生的事情。她的记忆为了她，在运作时剔除了后悔这一不便因素。它保养得非常好。追溯记忆的时候，它提醒她，初夏时节，可能是科尔西尼家的谁，或是卡波尼家的谁，或是两者一起，告诉过她琪娅拉在佩哥拉剧院中场休息的时候淋湿了，可能完全湿透了，因为她在和一个男人聊天，那男人是一个医生，是咪咪·里蒙塔尼介绍的。他据说帮了咪咪大忙。

　　她拜访了刚刚第一次消夏度假回来的咪咪。咪咪完全是出于内心的善意，将所有的拜访都看成是意外的荣幸。她穿着七厘米的高跟鞋穿过光洁明亮的公寓，仿佛母鸡一样点着头，作为必要的动作，她摇铃要茶，又拿起各种各样可能会让她的拜访者感兴趣或是喜欢的东西。她知道，玛塔莲娜对她施加了某种契约，她们之间不会讨论她的孙辈或是她的病。不是那些事，但一定有别的事；她刚刚在托尔纳博尼街上买了一本很大的新书，里面是贝尔托多·迪·乔万尼[1]的画作。价值不菲的厚纸上再现了红色粉笔微弱潦草的速写，一只鼻子，几节梯子，一匹马的臀部。

"它们很有意思，你可以看上几个小时。"

她把这本很重的画册放到了玛塔脆弱的膝盖上。

"你身体还好吗，咪咪？"

玛塔莲娜合上了她的书，大大的书页被合上时发出了悦耳的啪嗒声。咪咪那近视的、如同游泳时在水中凝视的眼神亮了起来。她几乎不能相信自己的幸运。

"哦，可是你没来这儿听我说过我的疼痛。不管怎么说，我不太想提到它们。"

这显然不是真的，咪咪开始解释那是一种怎样的痛，从她脊椎底部发出——她不会展示确切的位置，因为那意味着要扭过来，可能会再次诱发它——这种痛如何慢慢向上发展，总是通到右肩，然后又穿过左肩，然后，除非她特别幸运——她把那些天叫作她的"良辰吉日"——它们又开始转回来，可是这儿就是人们总是告诉她的所谓不寻常和有意思的地方，它并不总是原路返回，有时候它甚至

---

1 贝尔托多·迪·乔万尼（1420—1491），米开朗琪罗的雕塑老师。

会盘旋一下，仿佛在想往哪个方向去。

"谁告诉你你的痛是不寻常和有意思的？"

咪咪似乎有点语塞。

"我的意思是，哪个医生告诉你的？你不是在咨询某个医生吗？"

"嗯，我恐怕咨询了很多人。我不怎么问他们，你知道的。我真正想要的只是能摆脱疼痛，哪怕只是几个星期，那样我就能拨出点精力给我的朋友们了。"

可能她真的在受苦，玛塔想。我得记住这个。

在密切的盘问下，咪咪清楚地想起了在佩哥拉剧院见到琪娅拉的事，或是声称她记得。亲爱的琪娅拉，肤色多么白皙，有时候她脸色很好，有时候她仿佛在渴求整个世界，就像 Bimba Ammalata。这个洋娃娃，或者说"病娃娃"，是最近意大利商业设计的产品之一，有着精致与新颖的构思。咪咪现在承认，她曾经买过三个给她的小辈，她拍着手，点着头去她的卧室里把它们拿过来。洋娃娃有着小女孩苍白柔弱的脸蛋，似乎正要呼吸着活过来。

"我实在不忍给它们穿上衣服裹起来。相信我，我孙女过来拿它们的时候我很害怕。"

"你随手就能在阿尼奇尼商店买到几十个。"玛塔莲娜犀利地说，"把它们拿开吧，咪咪，别在意琪娅拉的肤色。别忘了，我们是在谈论你的健康。"

咪咪坐了下来。

"你今天对我真好，玛塔莲娜。"

"我和以前一模一样。"

"事实上，我有些事想问你。你刚才问我在咨询谁，让我想到了这个问题。我听说，不记得在哪听说的了，有一家医院里有一个很好的年轻医生，一个神经科医生，叫萨尔瓦托·罗西。你知道他吗？"

我压根不该来这儿，玛塔莲娜心想，这简直是蠢。

40

*

可是第二天，《国家报》的致谢页面上就出现了一封感谢信，这封信重复了二十五遍，以至于占满了整个专栏：

感谢信。我发自内心地感谢本市的萨尔瓦托·罗西医生，他治愈了我难以计数的痛苦疾病，这些病折磨了我好多年。现在，这份重负从我身上卸下了，我对此只想表达深深的谢意。

米里亚姆·里蒙塔尼，斯皮尼·费罗尼宅邸2号

玛塔莲娜让里多尔菲全家人都相信，好心一定有好报。她并不感到惊讶，而是觉得很合理。咪咪被允许诉苦而产生的十足的感恩心，一定会使她生出自己不配的感觉，而内疚又必然会激发记忆力。或者更可能的是她又找

来另一个朋友帮她回忆，更多的茶，更多的点头拍手，更多含糊散漫的善意，毫无疑问，那些脸色苍白的病娃娃又要拿出来——出于某些原因，这让玛塔莲娜感到尤其生气——然而，它就在这里，一份体面的补偿，从一个感到自己被善待的人的那儿得到的二十五段文字。

她接了蒙席的电话，顺便也寄了一份《国家报》给他，并在一角上写道，罗西医生已经闻名遐迩，连郊区都知道他了，人们说他是"治愈天使"。詹卡洛从来不读报纸，而且声称他不知道她在干吗。

41

*

要不是看到芭妮崩溃，本来是没有什么能让琪娅拉在伦敦待下去的。看在道义的分上，她不敢离开肯辛顿，直到芭妮恢复过来，并且开始如同以往那样指挥她。再一次有人告诉她该做什么不该做什么，还是令人振奋的。使人安心的感觉又回来了，仿佛某种熟悉的内部力量，可能是地心引力，曾经被暂时压制，但现在又再度崛起了。

"琪儿，你得好好想想关于他的事儿该怎么办。你最好能列一张单子，然后仔细按照上面的做。我希望你父亲和你姑妈在这个紧要关头能去佛罗伦萨，去搞清楚他并不是看上去的那么吓人。"

"那样做的目的是什么呢？"琪娅拉心不在焉地说，她明白她可以订下一班回比萨的航班了。

可是她比萨尔瓦托晚了一天才到，萨尔瓦托发现她还没回来十分气愤，但同时又非常高兴他有额外的时间来处理事情。既然已经就卖掉马扎他的土地达成了初步协议，他得马上去见他的律师，然后（由于他太累了，不想写清单）他还要留出一个晚上去和玛尔塔解释。

当他去佛罗伦萨赴约时，萨尔瓦托决定，他要勇敢地冒着显得老派又土气的风险，以常规的方式来打发一个靠谱的年轻女性。那样的话，他就能既保持自由，又保持控制。让他大为苦恼的是，玛尔塔是一个裁缝。一个裁缝，还有什么呢——好一出喜剧啊，鉴于此，他可能老早就应该跟她分手的，只可惜要结束一段没有什么特别原因而起的关系是很难的。要说有什么原因的话只能是方便，因为她住在离医院不太远的地方。

另一方面来讲，玛尔塔最有魅力之处，她的家人一致公认是她的头发。她把头发留得很长。由于她住的公寓里没有热水，她每周二晚上都要去隔壁理发师那儿洗头，作为回报，她帮他做一点儿针线。她结了婚的姐姐和她分摊一间公寓，她告诉她永远不要剪掉头发，因为这是男人无法抗拒的东西。

玛尔塔的头发介乎金黄和棕色之间，这种颜色，玛尔塔的姐姐继续说，会让一个男人立刻为之疯狂。法兰卡声称她有权这么说，可能是由于她年长，以及有婚姻的经验，尽管罗西医生很显然一点也没有为之疯狂，而法兰卡在帝国风格的婚床上的经验，和玛尔塔在顶楼上的经验也没什么两样。顶楼的这间屋子旁边是一个类似天井的地方，是露天的，洗过的东西在那里晾干；这个天井用窗帘隔开。窗帘后面是一张沙发床，一面镜子，和一排钩子，顾客进来试衣服时，用来挂他们的东西。地板上总是堆着长长的白色加固线，那是玛尔塔在顾客试衣服之后用力扯下来扔在地上的。窗边上有一架南奇缝纫机，放在它专用的桌子上，还有一把扶手椅和一沓 *Vogue*、*Moda* 和 *Marilyn* 杂志过刊，它们由于频繁翻阅已经破破烂烂。玛尔塔也喜欢笑话书。有些是用图片讲述电影故事，有些是讲圣人的生平。有一天晚上萨尔瓦托在等她上楼的时候没事可做，就屈尊翻了翻一本笑话书，里面讲了一个仁慈的僧人的故事，他通过祈祷，让一个乞丐身上的跳蚤都变成了纯金的。玛尔塔上楼的时候很疲倦，但她的头发却刚洗过并闪闪发亮。

"你为什么要读这些垃圾？"

她宽容地看着他，就仿佛一只家里的宠物那样，懂得将生气看作一场游戏。况且，谁会为一本书生气？

这天晚上，玛尔塔在家，仍然穿着她黑色的裁缝罩衫。她给了他一个平常的微笑，然后开始脱衣服。一个阁楼里的情妇，从一个星期三等到下一个星期三，为什么她没有突然唱出一首咏叹调，或者他们俩一起来个二重唱？

他们本该在二重唱的结尾达到和谐一致，尽管事实上他要唱的是"我们得分开了"，而她呢，则高了八度地重复着"永远"。玛尔塔手中拿着她制作的白衬衫，站在那看着他。她已经三十八了。脱了衬衫和她的胸罩——这是她全身唯一一件不是自己做的衣服——她松弛的胸部向两边垂下了。"把衣服穿上。"萨尔瓦托说。长久以来形成的习惯是，接下来他该替她摘下眼镜。

"你不想要吗?"

"我要和你认真谈谈，"他边说边在屋里走来走去，"我要你听我说，但不要有任何怨恨的情绪，这一点不应该有什么问题。"

完事后，他通常会带她去弗里奇吃晚饭，尽管她几乎不吃，但那样她就能对她的朋友们挥挥手，向他们展示她仍然在和她的那位医生交往。今晚没有弗里奇。

萨尔瓦托在来之前准备的说辞有着政治上的，实际上是道德上的说教意味。二十世纪五十年代已经过半，战争已经结束超过十年了。"不论好歹，现在是时候接受我们不得不面临的改变了。"他曾想过，玛尔塔可能会在这时打断他说："我难道不知道，如今除了快钱没人在乎别的，"但他会告诉她，他说的是比这重要得多的事情。"我讲的是用我们的自由意志去打破牢笼的问题——我们

213

全都生活在我们自己制造的牢笼里，而我们如果忘了它们是牢笼就要有危险了。在意大利，男人和女人之间的关系，我想在公元前就已经固定下来了，但是它们持续了那么长时间并不意味着它们就必然是对的，或者没有任何改变的希望。意大利匆忙地进入了二十世纪，我们都明白这点，我们必须以理智和勇气来面对它。我们之间的关系，我希望，它是某种真情实感，但也是出于身体的需要和经济的便利。你是否想过，玛尔塔，尽管你一夜之间就接受了好利获得和南奇的奇迹般的发明，可是你把男人当作一个性别来依靠，以及你对他们的屈从是非常迂腐过时的？然而真相是，人与人的关系应该是平等的合作关系，你有义务去认清这一点。我想你必须承认这正是你的不足之处。"

他等着玛尔塔集中注意力来开始他的这段高论。她没有穿上她的衬衫。她转身背对着他，开始往水壶里倒水并烧水来冲咖啡。她朝煤气灶弯下腰，看上去仿佛一只削了一半皮的梨子，上半身沿着的脊椎的凹槽渐渐变暗，看上去苍白，却没有那么水润了。

"玛尔塔，"他说，"我恋爱了。我就要结婚了。我要因爱而结婚了。我不能再见你了。"

这些话就像是从别人口中说出来的那样令他吃惊，没关系，已经说了，而且也不得不说。等会儿他会有时间去讲他准备好的那些合理的言论。玛尔塔仍旧看着咖啡壶，它的盖子因为升腾的蒸汽而开始叮叮作响。她说："好吧，可是你不是经常告诉我你不赞成旧有的习俗，也不按老规矩办事吗？"

萨尔瓦托想知道他是不是在早先什么时候对她提起过他准备好的部分演讲内容。他拼命沉住气。让他受打击的是，玛尔塔和琪娅拉一样，都用视而不见来攻击他并且占了上风，或者可以把这叫作"无辜"。一个思想严肃的成年人无法防备无辜，因为他被迫要尊重它，尽管无辜的人几乎不知道什么是尊重，也不知道什么是严肃。

在他开口之前，玛尔塔说："那么钱怎么说？你怎么安排？"看到他发愣的样子，她解释道，"说到底，你也不怎么有钱，"她用了老派的说法，"处境不容易"，并且补充说她看到他把自己的西装拿到干洗店去。

"你是说你跟踪我？"他现在意识到，女人可能因为很琐碎的原因被谋杀。玛尔塔或许还神不知鬼不觉跟踪他去了瑞可丹岑呢，他曾经将额头贴在铁门冰凉的图案上。但是在干洗店被暗中监视也差不多同样令人怒火中烧。当然，在最初阶段，是他先跟在玛尔塔后面的，或者就像他第一次探明她家的位置时说的："我能去你家见你吗？"那么她会怎么看？她算得上漂亮，即使戴上眼镜还是近

215

视，还没到中年，听话、温顺，是一个很好的倾听者，她心甘情愿地爱他，只不过他第一次拜访她是作为客户去试衣服。而那毕竟是三年前的事了。

玛尔塔说他会在干洗店观察他是因为想要更好地了解他。她以响亮、坚定的语调继续说下去以表示对他的怜悯。她曾经在一本杂志上读过一篇文章，关于医院大夫的工资是如何低到令人羞于启齿。这位作者说，和欧洲其他的专家比起来，他们几乎抬不起头来。"意大利医生，可怜的人儿啊，"她温柔地重复，并轻轻摇了摇头。"你知道那会有什么改变，你要开始婚姻生活，跟你妻子的亲戚掺合在一起，这意味着有很多人情往来。"

"我来这儿不是为了讨论我自己未来的安排的，"萨尔瓦托说，"我没有要你给我建议。"

"当然，如果你有两个厨房会更好，甚至有一个这样的煤气灶也好。"

难过和嫉妒会容易忍受，并且也恰如其分，可是她是真切地在同情，这点没有人会搞错。

"好像你家人也不在城里，他们都在南方乡下什么地方。"

"见鬼你怎么会知道？"

"肯定有人告诉过我。对了，是吉特里尼先生告诉我的。"

"你跟他出去过吗？"真是难以置信。可是似乎是玛尔塔有一个星期五晚上在雨中等公交的时候，吉特里尼用车送了她一程。他在弗里奇见过她，因此认出了她。发现这两个人会在他不在场的时候讨论他，这一点让萨尔瓦托感到无比错愕。两个叛徒。他抓住了他能想起的演讲内容，它就像一个站在他身边的可靠的朋友，他终于开始讲述意大利在 1955 年这个话题，以及在这一社会结构下需要一种新的关于妇女地位的概念。玛尔塔合抱起手臂对着他，仿佛已经准备好听邻居长篇大论地啰唆鱼类的价格。

"女人总是犹豫不前，好像她们害怕失去她们的从属地位似的。女人！如果世界交到女人手里，我们还生活在洞穴里呢。"他印象中他好像是在重复某个人说过的话。"只要你认定了一种假设，它就会一直主导你。收回你的认同，你就自由了。"

"就像英格丽[1]。"玛尔塔说。

---

1 英格丽·褒曼（1915—1982），出生于瑞典斯德哥尔摩，著名演员。1949 年，英格丽·褒曼因与罗伯托·罗西里尼发生婚外情而遭到舆论谴责，1950 年，褒曼与罗西里尼在墨西哥举行婚礼。1952 年褒曼生下一对双胞胎女儿伊莎贝拉·罗西里尼与伊斯塔·英格丽·罗西里尼。1958 年，褒曼和罗伯托·罗西里尼正式离婚。

她在看他脑袋后面的墙，他被迫转过身去看那张气色很好的英格丽·褒曼的照片，那张照片是从她和罗伯托·罗西里尼[1]和他们的双胞胎的合影中抠出来的。

"如果他们结了婚的话，那对双胞胎一定漂亮极了。"玛尔塔说。

"你到底有没有听我说话？"

"我听了，"玛尔塔说，"你要和我分手，可是你又不想让我和其他人交往。"

"那不是我的意思。你不能把这当成是我的意思。"

玛尔塔关掉了咖啡壶下的炉子，然后重重地坐在一张扶手椅上，她低下头，转向旁边，这样她的脸就看不见了。他能看到她的后颈和她闪亮的秀发，仿佛她是在用她的背摸索着靠近他。这种态度是他熟悉的，萨尔瓦托感到了放松。钱在信封里，而她也从未指责过他不够大方，只是说他赚得太少。今晚没有弗里奇，也没有在试衣间那张糟糕的窄床上的纠缠了，最好的做法是果断地亲吻她的脖子，那会给我们彼此都留下一个不错的印象。她会认为我不能忘情，而我会相信我不是一个铁石心肠的人。玛尔塔坐直了，将双手伸到脑后去整理她的头发，并要了一根

----

1 罗伯托·罗西里尼（1906—1977），意大利导演。代表作有《罗维雷将军》《罗马帝国艳情史》等。

香烟。

"她多大了，你要娶的那个女人？"

"十八。"

"她是谁？"

萨尔瓦托想到她马上就会知道的，报纸上会登，而且天上地下没有什么能阻止他的脚步。重复那个名字也成了一种奢侈。

"琪娅拉·里多尔菲。"

"哦，那个伯爵小姐，我认识她。"

"你不认识!"萨尔瓦托叫道。

二十一年前，玛尔塔曾经在帕伦蒂那儿当了一阵子学徒。后来她在那里做兼职。有两个她一起工作的姑娘现在还在那儿，一个在负责员工卫生间，另一个混得好得多，成了缝纫师的头头，而玛尔塔仍然经常到那里去做缝纫和熨烫的活。里多尔菲去的那天她也在，并且看到姑妈和侄女一起离开。大人没有任何预兆地拒绝"做"，这件事在工作室里引起了轩然大波。

"她们一起走了。我们能看到她们走到街上。那个小姑娘哭得很凶。"

"你那么远怎么看得清？"

"我看得出来。"

"你到底有没有弄清楚她哭了还是没哭?"

"没有。"

萨尔瓦托对帕伦蒂一无所知,只不过他现在有一种冲动想要跑到他那儿去,然后把那个上了年纪的大人扔到楼下去。

"你得听天由命。"她说。

他给了她香烟和装了钱的信封,里面装了足够支付她为新机器而贷的最后十五期贷款。玛尔塔点了两遍。

"你确定?"

"是的,没错。"

"你是个好人,医生。你先别走。我姐姐要和你道别。她现在应该回来了。她一定不希望一个像你这样的好人离开时候她一句话都没说。"萨尔瓦托惊骇不已。为什么不把他们都叫来,她姐姐的丈夫和孩子、她的朋友们和弗里奇的熟人们、她的客户、理发师、街角卖下水的、吉特里尼,索性搞成一个时髦的欢送会吧。

"祝你好运,还有你的工作,"玛尔塔用深沉而认真的语气说,"你会明白我的意思。"

"我一点也不明白。"显然她没有要哭,因为每当她要哭的时候她都会摘掉她的眼镜。"你可以哭一下,如果你想的话。"

"那太无聊了，"玛尔塔说，"我刚认识你的时候，你对我说，变得无聊是不可饶恕的罪孽。"

老天啊，萨尔瓦托心想，她是不是以为她从来没让我无聊过？门摇晃了一下，玛尔塔的姐姐没有敲门便走了进来，她身材魁梧，脸色红润。萨尔瓦托由于为那件"悲痛欲绝"的事辩护，一直是她心目中的英雄。她是一个激烈的反教权主义者，并且认为他是她的同盟，和她一起反抗教士们的阴谋。当下她抛出来一张《国家报》，翻到的那一面正是咪咪的广告，她抓住了萨尔瓦托的双手，吧唧吧唧地亲吻它们。

"奇迹的创造者，你让我们家蓬荜生辉。"

萨尔瓦托告诉自己，他之所以没有能像计划中那样控制住场面是因为他的精力已经涣散了。这先是部分由于玛尔塔出乎意料的反应，后是由于她描述了琪娅拉哭着走下德尔卡戴街的画面。脑子里有了这个念头，就很难和另一个女人进行理智的对话了，就让这两个人去吧，其中一个像个疯子一样对他挥舞着一张报纸。

那天夜里晚些时候，吉特里尼问他："你最后是怎么离开的？"

"我不知道。可能倒着走吧。"

"人生最难的部分就是退出。但玛尔塔还不算差。有好多女人还不如玛尔塔呢。"他看出萨尔瓦托现在还没能发现《国家报》上的那则声明，但他想在提到它们之前得等上好一阵才行。

42

玛塔姑妈写信给蒙席之后，她又开车去了瑞可丹岑。旅游局刚刚通知伯爵，他们排除了其他顾虑，正在考虑将庄园列为下一季推荐旅游者的最美别墅和花园。这就像玛塔丢了手指头，仿佛是一种要交的税。伯爵有义务和园丁以及园丁的家人讨论该放哪种招牌。玛塔莲娜只能来帮他们做一点儿准备。

她来了，却发现他们言谈间仍然只有一个主题。整个邻里街坊都得出了一个结论，既然那辆韦士柏——在那个难忘的阳光午后——再也没有人看见它再来佛罗伦萨，以及既然它是从斯康波罗来的，那它想必也已经回到那儿去了。那么，他们想到的那个人，那个闯入者，一定是托比·哈灵顿。托比先生有一辆黑色的韦士柏，那就毫无疑问了。于是乎，哈灵顿家本来满心希望能在一个充满笑容的地方生活并招待朋友们，结果却发现人们以怨恨的眼光看他们，并且十字路口的杂货店都几乎不搭理他们了。

事情有了这样幸运的转折向玛塔姑妈证明了她事情做对了。她向来知道，好心好意会有好报。在适当的时候，这也导致了伯爵对他侄子的拜访，以及西萨尔的消息：让琪娅拉的婚礼在瓦萨辛那举行吧。但是不要有筹办人，也不要有哈灵顿家的人。

第二部

1

*   *

西萨尔说过，对他来说最好是在二月举行婚礼，在大斋节之前，在开耕和收拾枯枝之前。或许他没指望会出太阳，但是天气如此之好，而且没有风，尽管山上仍有残雪，但他们一旦升起火之后，就能把前门敞开着，随宾客自己喜欢进出屋子。杏树早已开满了花朵。有时候你会在二月遇到这样的天气。

瓦萨辛那下面那破旧的小教堂不足以容纳所有参加婚礼和弥撒的宾客。教堂被塞满，又清空，留下令人眩晕而凌乱的空气，蓝天下，一口钟在敞开的木质钟楼里摇摆。车辆从教堂和圣加洛路鱼贯而上，来到农庄。酒瓶已经站成一排，仿佛防守军一般。不提供香槟，只有上一年的陈酿，或许是瓦萨辛那有史以来最好的酒。

那么多人都互相认识，彼此亲近，穿得无可挑剔，兴致高昂，以至于西萨尔发现他的首要任务是去照顾那些陌生的客人。在屋内的过道里，他找到了那个异常高大的英

227

国姑娘，壮得可以背一大袋粮食，之前他和她在教堂外被介绍认识过。她独自站着，看着一只意大利大箱子上的宗教画。

"你对这些画感兴趣吧，小姐？"

"不，一点儿也不感兴趣。"芭妮说。

"好吧，我们马上就要坐下来吃午餐了，那就没必要欣赏这些东西了。"

芭妮阴沉地看着他。"这是你的地盘，不是吗？"西萨尔点点头。

"你就是那位堂兄？"

他好不容易回答道："是的，我就是那位堂兄。今天每个人一定都玩得很尽兴。"

"我看不出为什么，"芭妮说，"我压根不确定琪儿是否应该嫁给这个男人。你怎么看？"他什么都没说，她又重复了一遍，"你怎么看？"

2

*

看着差不多三十年前拍的婚礼照片，一个人很难相信那么多人现在是这副模样，曾经却长得是那样的。那些从桌子的一端拍出的照片尤其如此，他们围满整张长桌，那些宾客向前倾身，大多已摆出他们的最佳表情，少数人在走神，想着游离于他们自己以外的什么。那些不自知的人像是陷入了某种奇怪的情绪之中，现在已经不再能追究问清。普尔奇教授，就拿他举个例子，他在一张照片中似乎认真地举着一个碟子，或是别的什么，仿佛正在募集慈善捐款——正是这位普尔奇教授，在 1944 年的时候，严肃地坐在那里检查他丢失物品的清单，翻检那些坏了的阴沟和煤气管道，而午夜之后，在美弟奇-里卡迪宫点着蜡烛的房间里，他无视美国文化财产保护委员会和它的英国同行，也无视驻扎在几百码以外的福特萨的德军阵地。关于绘画的一切，琪娅拉半数都是在成长过程中从他那里听来的，但她却没有意识到，只是看着他在这幢或那幢房子里，皱着眉头，指指点点，讲解说明。他是她真正的导师，她的小学校长也是其中之一，她现在由于学校取消了免费晚餐而一肚子苦水——或许任何不想要讨论这件事的人都躲开她为妙——可是在这些照片中，甚至连她看上去都光彩夺目，因此实际上也很难认出是她。她举起一只胳膊，仿佛正要抓住博纳迪诺，而他则戴着纯棉白手套等着去服务别人。

在另一张桌上，笑容就要收敛得多了。可以看到贡迪蒙席和大家相处愉快，如果说有谁不太自在，那是萨尔瓦托。教区牧师有一点耳背，正和蔼可亲地微笑着。然而，他拒绝被感动，哪怕红衣主教或是大主教来主持婚礼，他也不会为之动容。在对面，在那些从美国来的（尽管不是琪娅拉的母亲）和从英国来的（尽管不是玛塔姑妈的丈夫）客人中间，玛塔本人看起来却意外地朦胧，就像那种"鬼魂"照片中的影像，后来被认为是处理底片的一个失误。詹卡洛总是很上相，如果不是那样他会感到很羞耻。他向罗西太太，萨尔瓦托的母亲鞠躬，同意说她（至少从那个角度）看起来不太像她的儿子。然后是琪娅拉，显然在人世间无忧无虑，非常幸运的是她穿白色看起来总是最美的，尽管没有戴珠宝，甚至连那些小钻石都没有。

3

*

    安农齐亚塔从灵薄狱街拿来了桌布和最好的餐巾，因此她对瓦萨辛那除了西萨尔外的每一个人都虎视眈眈，但却创造出了一个修长的上了浆的纯白世界，仿佛是主动邀请着污点，污点很快便出现了。失误发生在慷慨供应的托斯卡纳美食上，丰富的肉类，只配一种酱汁，罗莎沙司，仿佛丰盛的食物急于满足需求，而忽略了外观。有人问咪咪·里蒙塔尼："你自然是不能吃肉的咯？"

    "他们什么都不准我吃，亲爱的。现在我已经不知道我会怎么死了。"

4

*

　　琼斯夫人代替芭妮的父母来了。他们正在别处躲避冬天。"伯爵真是高兴啊。还有他姐姐也是，当然咯。"她不停东张西望。"要是这里是罗马就好了，那里就会有人认识大使馆的人了。"

5

*

从马扎他来的只有萨尔瓦托的母亲。兄弟们、姐姐和修鞋匠都婉拒了邀请。萨尔瓦托对此早有预料，知道一旦他们发现他说的是实话，就会感到被严重冒犯了。要是他们知道这是真的，他们给他的那份钱还要更少。

他为他母亲支付了许多旅费，还建议她让圣纳扎罗陪她来并且照顾她。这很不合情理，而且想要用这种方式来负担圣纳扎罗的费用而又不伤到他的感情，这无疑是彻底失败了，因为这位老人甚至连信都没写。在教堂里，以及在午餐时，照顾罗西夫人的先是伯爵，然后是吉特里尼，而现在他的妻子则把她照顾得更好。吉特里尼的孩子们溜到农场上去淘气了。两位母亲，一个老的，一个中年的，反复叨叨着她们的烦难事和伤心事。养儿子比养女儿难多了，但回报也大多了。想象一下每天有那么多人出生到这个世界上，每天成千上万，而没有哪两个是长得一样的，这真奇怪。做妈的总能认出她自己的孩子。他让她受的苦

233

越多，她就越是能认得出他，并且乐于接受他。一个男人只需要诚恳地望着他的母亲，他便知道自己又做回了孩子。

幸运的是萨尔瓦托无法听到这些议论。他正在隔壁桌的桌首，和玛塔姑妈说话。她突然地转向西萨尔，后者正向他们这桌走来，她说：

"等要演讲的时候，应该是你去发言。"

"可是我从不发表演讲，"西萨尔说，"你知道的，姑妈。"

"你可以说几句称赞萨尔瓦托的话，就像做个介绍。"

"我对他一点也不了解。"西萨尔温和地说。

"我压根不想被人描述，"萨尔瓦托说，"让人了解我到底是个什么样的人，这是我希望能省掉的环节。"

"可是，我会很高兴了解你是什么样的人。"玛塔姑妈说。

"就是爱着你侄女琪娅拉，并且会将一生献给她的那种人。"

在葡萄酒和冬日阳光的烘托之下，这话听起来一点也不可笑，事实上它也不可笑并且没有人会这么认为。玛塔姑妈似乎被感动了，其他坐在旁边的人似乎也被打动了，并且出于真诚的赞赏，开始鼓掌。玛塔再次抬头看西萨尔，他平静地说："你看，他说得比我好多了。"

6

*

　　"真是个怪老头，"琼斯夫人说，"真是有个性。一个人只要有点儿意大利血统就不一样了。起初我以为他到这里来干活是有什么特殊才能，可是就他告诉我的这些看来……他只不过是个侍应生。但他一定是发过誓要卑躬屈膝的。"

7

*

"你的女儿看上去很美，詹卡洛，"老里卡索利说，他们已经认识数不清多少年了，"老实说，我以前都不知道我能够这么说，但是她今天看起来真的很漂亮。"

"啊，那就是了，"詹卡洛说，"我之前不太清楚是怎么回事，我只是觉得她看起来很快乐。"

"那你和你的新女婿相处得怎么样？"

"很好，就像和一个医生相处得一样好。"

他们一同走了一会儿，胳膊挽着胳膊。他们在讨论他们的肠胃蠕动问题。从那方面来说忠诚是很必要的，里卡索利说，为了心灵完全的宁静。

8

*

贡迪蒙席正在找西萨尔，想问问他向全体宾客发表一番牧师讲话是否合适。安农齐亚塔和博纳迪诺似乎某种程度上已经忘我了，但是节庆日不代表是没有秩序的一天。西萨尔是在场除了巴恩斯小姐之外最高的一个，非常容易在房间里的一群人中找出他来，但这个时候却看不到他。

9

*

吉特里尼太太是什么时候开始觉得不自在了呢？她离开了餐桌，而吉特里尼那边呢，则牢牢地，且不十分情愿地被萨尔瓦托的母亲缠住了，她正在给他解释她莫名其妙的预测未来的天赋。他正在寻思怎样设法在五点钟前回到医院。"我的儿子，"她告诉他，"他是一个搞科学的人，他不能说明为什么我能预测到他父亲的死期，不只是预测到哪一年，而且是预测到哪一天。"找到全家人，吉特里尼心想，和大家告别，找出谁的车停在我的前面，让他挪开。他默默地四处打量，但此刻却看不见他妻子。是西萨尔发现了夫人正一塌糊涂地躺在一间指定给女士用的厕所外头，而芭妮正从另一间里冲出来。

"她怎么了？她喝醉了吗？"

西萨尔摇了摇头。那不可能。她好像根本没有喝酒。

芭妮蹲了下来。"好吧，她没有死。我的初步红十字急救已经做完了。或许她是来月经了，或是有点崩溃。我

238

知道她是谁，她是和医生一起来的，我想是他妻子，我去叫他。"

当她匆忙站起身的时候，吉特里尼太太睁开了眼，眼白又大又黄，她说：

"我搞不清我自己……我很难为情……[1]"

"她为什么难为情?"芭妮问。

"她想要恢复正常。"西萨尔说。

"你意思是她怕让她丈夫觉得丢人。你意思是他几乎不带她到公共场合去，于是她怕万一她搞砸了，丢人现眼的话，就不会再允许她出来了。她受压迫到了这个地步?"

西萨尔没有否认这点。

"他真是个混账。"

"我今天第一次见到他。"

"他还是个混账。"

"不是。"

吉特里尼太太坐了起来，并且抓住了西萨尔的胳膊，以急促而衰弱的语调说了起来。任何人都会以为她不太出门，不太习惯有人陪，但事实是她没有吃过或喝过任何东西，尽管每个人都让她吃喝，所以她才有点晕，并且这里

---

1 原文是意大利语。

人那么多，那么多生面孔，没有哪两个人是相似的，事实是近来她几乎不出席正式场合，一个母亲几乎没什么机会出门，除非是和全家一起出门转转，她丈夫警告过她，这对她来说可能有点太过了，但这样说多可笑，当她还是个姑娘的时候一周七天都有人请她出去。然后她又靠到墙上，合上了双眼。

"把手给我。"西萨尔说。

"你不会想说你支持这一切吧？"芭妮说，她能部分听懂她的话。

"你搬她的脚。"

芭妮抬起了吉特里尼太太的脚踝，它们在绑带鞋子里已经肿了起来，西萨尔则在另一端负担了更多重量，后退着走。这位夫人是一个挺矮的女人，但却重得令人难以置信。她深深的叹息中也有一种僵硬感，仿佛她正穿着滞重的紧身衣。在她鲜红的唇边，一个泡泡小心地鼓起，又瘪下来。她的右手仍然抓着灰色小羊皮包长长的带子，那只包和她拖在地上的套装很搭。

他们得避开前厅——那里客人们正在摩肩接踵地穿行，避开厨房和厨房的过道。西萨尔一边用左臂支撑着重量，一边打开了他身后的一扇小门。然后他们只需要走下三步台阶就大功告成了。他们好像罪犯，或是葬礼上一本正经的亲戚，他们穿过庭院，一只卷毛的母狗跑了出来，严肃地看着西萨尔，等着在嗅手包和鞋子之前征得同意。

"我的上帝啊，快把她赶走。"芭妮说。

"她老了，让她去吧。"西萨尔说。他们让这只狗跟在脚后跟，好不容易进了农场的办公室。

"干得好，拉维妮娅小姐。"

"不用担心，"芭妮说，"每个人都跟我说我很强壮。"

西萨尔对她露出谨慎的微笑。

他们将迟钝的太太挪到蒙了尘的椅子上放松下来。"我仍然认为她应该打起精神，"芭妮说，"我的意思是在道德上。我总是告诉人们他们该做什么。这就是她需要做的。"

"你得考虑她想要什么，"西萨尔说，"在这里等着。"

有几分钟时间，芭妮和这个屈从于男人，颤抖的而又穿得很紧的妻子和母亲单独待在一起。西萨尔的办公室没有太阳，她想，即使那么冷，这气味还是足以让一只猫打喷嚏。然后他回来了，拿了一只火腿面包三明治。

"你从厨房拿来的？本来可以让我去的。"

"不行，安农齐亚塔在那里。"

"哦，但我不怕安农齐亚塔。"

"你要是现在看见她你会怕的。"

241

"她在干吗?"

"数叉子。"

他把三明治给她。"我得回客人那儿去了。尽快让她吃点东西,然后把她带回其他人那里。不要强迫她打起精神。让她去吧。"

当他走出去的时候,夫人往前凑了一下,芭妮伸出手,手里拿着一片面包,就仿佛她在喂一匹马。"慢慢来,好姑娘,别着急。"

这一口面包很有成效。"你好一点了,太太。"芭妮说,"好多了。"她从来没想过她的意大利语可能别人听不懂,事实上经常这样。

她搀着这可怜的女人站起来,并且用力拍了拍她身上的灰。她的裙子是老式的,是为了走路和观赏而做的,不是为了坐下来的,它可悲地被弄皱了。但是吉特里尼夫人找到了新的担忧,或者说又重新担忧起来,因此她不再在乎她看起来如何。她叫道:"我的孩子们去哪儿了?"

"跟我来,"芭妮说,"我们会找到他们的。"

"不是女孩子们……"

"为什么不,难道你不想要女儿?"

"卢卡太有想象力了,胆子太大了。人家老是误会他做的事。"

在他们穿过庭院之前，有两个小女孩碰上了她们，她们很高兴能成为报告坏消息的人。卢卡犯大错了。他在鸽舍里。她们指了指那个方向。

博纳迪诺遭受损失之后，笼子又重新补了货。它是上了锁的，可是卢卡从里面爬了上去，然后强行打开了一扇天窗。鸽子都溜走了。它们只剪了一个翅膀，因此当它们勇猛地一只一只冲上冬日蓝天后，便倾斜着转起圈来，就像坏了的玩具，然后狼狈地落到地上。卢卡正在模仿它们，它们朝向空旷的地方古怪地扇着翅膀，他伸出双臂，就像一个白痴，还跺着脚。

"卢卡！你的衣服！"夫人说，"你妈的话对你是耳旁风是吗？"

"你刚刚在干吗？"芭妮问。

卢卡环顾四周，看见了芭妮。他害怕了。

"他想让这些鸟发疯。"小女孩们报告说，"他告诉我们他能用这种方式让它们发疯。"

芭妮抓住了卢卡的手肘，摇了摇他。

"白痴。"

最大的女孩抓住芭妮的手，小一点的那个则抱住了她母亲。她们都哭了，因为这些漂亮的鸟都放掉了。"它们到了喂食的时候都会回来的。"芭妮说，她不确定它们会

243

还是不会。

卢卡跟在她们身后，沉默着，愤怒又沮丧。高大的英国姑娘甚至没有回头去看他有没有跟上。

当芭妮把他们四个都赶进了屋子，交给吉特里尼时，琪娅拉离开去换衣服了。西萨尔周围围满了人，可是当她离他足够近时，她听到他说："好样的，拉维妮娅[1]。"

---

1 原文为意大利语。

10

*

当芭妮听说，琪儿的伴娘里有一个卡波尼家的姑娘，一个鲁切拉伊家的姑娘和一个弗雷斯科巴尔迪家的姑娘之后——而这种情况无法避免，因为她从出生就认识她们了——芭妮要求退出。

"她们的身高只有我的一半。我不介意鹤立鸡群，我只是不想把别人变成小矮人。"

最后，两人只能在婚礼后匆匆见上一面，在一间有着巨大房椽的卧室，互相依偎看着窗外冬天的大地。琪娅拉脱下了她纯白色的礼服，它被扔在地板上，然后穿上了另一件纯灰色的法兰绒。

"没有人喜欢我的礼服，芭妮。我能看出他们讨厌它。"

"这么说吧，他们自己不能穿它，这就是原因。不过你穿着很好。"

"千万不要让我们渐行渐远。"琪娅拉含泪说。

"你说话简直像我奶奶，"芭妮说，"要保持微笑，我们不会疏远的，我下定决心不会这样。"

"如果你有什么需要，或是你有任何事我可以帮得上忙的，一定要告诉我。"

"擤擤鼻子，"芭妮说，"既然你提到了我想要什么的问题，我想你的堂兄可能要约我出去吃饭了。"

琪娅拉看起来惊愕无比。"我从来没听说他约任何人出去吃过饭。"

"好吧，你不用管了，"芭妮说，"不约我也没什么大不了。上帝保佑你，罗西太太。"

11

*

　　他们结婚了，他们开着萨尔瓦托的新二手车一起去了阿佩佐的密苏丽娜湖。这辆车是一辆菲亚特，因为公司刚刚专为菲亚特设置了道路故障和救援服务。琪娅拉非常惊讶萨尔瓦托做了如此实际的选择，对她来说这陌生得不亚于西萨尔妥协于想象力。当然，萨尔瓦托作为一个神经科医生，大部分时间里不得不表现得冷静和理智，只是这是她至今为止都没有经验过的。现在她有一个问题，那就是她没有想过自己居然还能对他爱得更多，但是把他这新的一面考虑进来以后，她的爱就可以增加了，而且看得出已经增加了。

　　"没有人喜欢我的礼服。"她说。

　　"那有什么关系，它适合你，我喜欢看你穿它。"

　　"你不在乎，不是吗?"

　　"一点也不在乎。"

　　"我也不在乎。"

她侧头看着这个陌生人。他安静、理性、可预测，她明白他再也不会因为她偶然说了或做了什么不重要的事而勃然大怒了。当他们到达滑雪酒店四周围着雪茄盒似的护墙板的房间时，他们坐在一起，高兴得快疯了，她开始脱下灰色礼服，同时告诉他她本来不知道这一次去哪里买衣服，她不是很擅长购物，然后，一个女人，不是年轻女人——事实上是一个中年却长得挺好看的女人，拜访了灵薄狱寓所，问他们是不是一切都定下来了，如果还没有的话，她能不能接下制作婚纱的工作，或许连另一件礼服也可以一起做。她是一个好裁缝，她说，她受过良好的训练。"我们很惊讶，因为她来得很早，我们还没有在报纸上宣布订婚的消息。"

　　"那她是怎么知道的？"

　　"这个嘛，她说是她的情人告诉她的。"

　　"他怎么会知道？"

　　"她说他受过很好的教育，发生任何事他都知道。"

　　"他没有建议说她应该来见你吗？"

　　"有的，他建议了，他认为这是她赚一点小钱的好机会。她说他总是很有想法。"

　　萨尔瓦托站了起来。

　　"你不要再穿那件礼服了。"

琪娅拉刚刚小心地把袖子翻出来，她感到心跳停了一下子。他如此用力地将衣服从她那拉走，以至于她的手上火辣辣的。他想要立刻将它撕碎，可是玛尔塔的新机器缝得特别牢，这并不容易做到。不过萨尔瓦托的手腕强而有力，一只袖子被撕下来的时候发出了刺耳的撕裂声。

"告诉我，"他脸色又阴沉又苍白地喊道，"她有没有带她姐姐一起来？"

"什么姐姐？"

琪娅拉只清楚地知道，当他们离开瓦萨辛那时，他觉得她看起来不错，但现在却不了。她跳起来去帮他，不仅仅是因为他讨厌这件衣服，还因为她内心的某种冲动不允许他将所有毁灭的情绪都指向他自己。他们又拉又扯地将这块好好的灰布撕成一片片。这些布条四处散乱，散布在地毯上。

"什么姐姐？"

萨尔瓦托看着她。"你的手流血了。"

"我知道，我无所谓。"

"你为什么无所谓？"

"又不怎么痛。"

"为什么不怎么痛？"他怒吼道。

看起来他们现在不能下楼吃晚饭了，她没有什么可穿的，除了滑雪裤和一些针织衣物，而他们注意到餐厅里有一条严格的告示。不许穿滑雪服。萨尔瓦托于是失了魂似的冲了出去，冲到薄薄的雪地里去找一家还开着的什么店，去给她买点东西，随便，随便是什么东西。

12

*

　　婚礼还没结束，旅游公司就发来了确切的通知，在即将到来的春天瑞可丹岑就要定期开放给团队游客了。不能遵命的话将意味着很可能要为他们的可动产和私人财产以及家庭农场增加巨额的税款，以及由于他们没有履行市民的义务而罚款。某种程度上这是一种想象力的练习。每年，当局会公布佛罗伦萨主要家庭名单，公布他们申报的收入，而在相应的一栏，官员则会评估真实的情况，将银行存款考虑进去，这是不公布的，而这两份不同的账本都掌握在私人公司手中。或许只有里多尔菲家，出于他们对于现实认识不足，才会被登记为比申报的收入刚好多一点点。而要不是因为今年的丝柏木病，让大部分郊区的老庄园都不适合参观了，游客们可能也不会想来瑞可丹岑。佛罗伦萨周围几英里，这些大树都垂下了枝条，就像刷下水道的刷子。但是瑞可丹岑没有丝柏树，而它的柠檬和玫瑰花从来都没有歉收过。

政府没有拨款用于整修。詹卡洛认为不会有这种款项，而他是对的。他指出屋子破旧不堪，而花园的阶梯，尤其是长满草的小矮人台阶，很可能是危险的。旅行社的副社长罗比利奥立刻驳回了这个反对意见。旅游公司会对一切发生在建筑物以外的意外负责，这部分涵盖在保险套餐里面。他们参观房子只有二十分钟时间，他们不会有时间伤到自己，而且他们还要赶回乌戈里诺高尔夫球场喝茶。"这会让孩子们高兴坏了的。"罗比利奥含糊其词地补充了一句。

"当然，"詹卡洛说，"假如你能让孩子不跌倒的话。"

"我们还要在小册子上再额外加一页，还有一张照片。这加出来的一页上要概括一下和瑞可丹岑有关的传奇故事。然而不幸的是，目前的故事根本不管用。它对游客一点吸引力都没有。"

"我需要一些时间想想。我们家没有很会写东西的人。"

他想到了琪娅拉，她四种语言都会拼错，然后他想到了西萨尔。

"我会提供一个写手，你不用担心，"罗比利奥说，"会需要付一笔合理的费用，你方便的时候公司可以约个时间。只需要你的许可，这是虚构的，不是历史。"

詹卡洛一开始没有怎么想这件事，但后来这件事开始在他的脑海中盘旋不去。我对这个故事有什么看法？他问自己。我甚至不知道我们有没有正确的版本。可是不对，这不是重点。一个正确的版本想必是真实的，而一个传奇故事则不需要是真实的，它有别的目的。另一方面来说，它的一些细节，它的某些部分一定真实发生过，因为在国家图书馆里有一些信件。现在整个故事都要出于游客的趣味而更改了。如果更改它是为了取悦我自己，我会介意吗？

　　现在是时候问问家里人的意见了。琪娅拉（多么奇怪啊，因为她已经回来了，那么打电话给她，让她来接电话，就好像她是一个熟人，住在一间他必须让自己相信是她生活在其中的公寓里，而他自己则是在她的家跟她说话，但她已经不再住在这里了。——这真是愚蠢之极！）——琪娅拉感人地表示很想帮他，但是说她恐怕帮不上什么忙。

　　战争之前，她还很小，她曾经有一整天和她父亲一起待在瑞可丹岑。当时詹卡洛还被软禁在家，他们不得不带着两个警察局来的人，他们去和园丁和詹妮娜一起吃东西。玛塔姑妈当时不在。他们只能整天在花园里散步。对詹卡洛来说是散步，在那个年纪对琪娅拉来说就是跑步了。她发现很难在覆盖着青草的台阶上跨上跨下，那些巨型台阶就更没法走了。只有在那个夏天，她的身材尺寸正好能够重新回到过去。伯爵以非凡的专注安排了所有这些，想象这可能是最后一次了。

战争之后，在重建之初，琪娅拉还不到十二岁时，瑞可丹岑有过一次晚宴。这次晚宴完全是由安农齐亚塔操办，也是为了她举办的，为了庆祝各个房间里的疏散者、难民和游击队员的逐渐撤离，以及移走玫瑰丛中的尸体，还有挖出埋在教堂墓地之下的油桶，那里本不该有墓地的。葡萄酒是有的，却没有食物，但是花园里亮着灯，大片的玫瑰丛在那里肆意生长。琪娅拉又小又瘦，胸还是平得像一块板，穿着一件黑裙子，因为她的叔叔被杀了，而她的叔母也死了。她从一堆人走到另一堆人，他们中断谈话，并且对她说些安慰的话。她从头到脚都兴奋地战栗着，她从那些彼此认识或不太熟的人身上意识到就像玫瑰自身的香气般展露无遗的事实，他们的穿着、言谈和行为举止都和他们日常或世俗的自己有所不同。女人都化了妆，男人不能化妆，则额外努力地补偿，仿佛他们被迫活跃气氛，否则就要被罚钻进地洞。她去听、她急于去了解，慢慢地她发现——或许是随着夜越来越深，就越来越如此——几乎所有人都在说在场别的人的坏话，但却听不清。那种恶意引发了大笑，以及一种温和的醉意。花园不仅是被分成了月光与阴影的区域，也分成了冒险与安全的区域，当客人们走上走下，走出走进，抑或是在音乐的掩盖之下，可能会碰巧听见别人在谈论他们，也可能不会。

当她带着萨尔瓦托穿过柠檬园，以及和他在宽敞的卧室里做爱的时候，她相信她往后对瑞可丹岑的感觉将会变得不同，她想起它时开始感到温柔而多情，好比你终于想起一个你度过童年的地方。然而，似乎什么都没有改变，她只需要闭上眼睛就能看见那个不幸的杰玛，跛着脚，一瘸一拐地走上长满青草的台阶。

"让我们忘了它吧，"她说，"让我们彻底摆脱这整件事吧。"

"那你的丈夫，他会怎么想？"詹卡洛相当拘谨地问道。

萨尔瓦托一定是在她说话的时候进来了，而且从她那里拿走了电话。所有的话又要重复一遍。"我之所以问你，只是因为把你当成了家里的一员。"詹卡洛说。

"这个故事是一个迷信，"萨尔瓦托回答，"我没有意见，根本不介意。迷信故事是根本不存在的，因此也不可能对一件不存在的事情有什么意见。问我点别的吧，随便什么别的。别以为我是在隐瞒什么，你可以放心我会非常坦率地回答。"

　　詹卡洛本来很想问问他对于婚姻有什么看法，但他知道现在不是时候，或许永远不会是时候。

　　西萨尔一如既往，是一个令人满意的倾听者。即使旅行社不能帮上忙，他也认为这可能是一个好机会去申请一笔银行贷款来重修一下长满青草的台阶，在他看来，它的年代不可能比十八世纪更久远。

　　玛塔莲娜反对任何的改变。

　　詹卡洛也咨询了普尔奇教授，很大程度上是因为他隔了很长时间又在婚礼上见到了他。教授从伦敦回应说："我从你的信上看出你真是太严肃了。我认为你找我是由于我早年研究过神话，因此想让我来给出判断，那个理论我现在已经把它当成全然的谬论而摒弃了，可是我想到你，老朋友，还记得我写的书，我还是有些得意的。瑞可丹岑的资料，包括那些雕塑，表明历史上某个时候你们家族的一支被认为是善良却无能的，并且他们用好心办事，却判断错误到了荒诞不经的地步。这在那时当然是如此，甚至现在也仍是这样。这个故事只是一个例子。我会采取老一套的观点。不过，如果你问我，一个家族的性格特征，或是他们的欣欣向荣会不会由于某些人被允许瞎阐释他们的神话而进步或是退步，那么我想，我的回答会让你惊讶的。答案是会的。三十年前，我们都不相信魔法或是奇迹，可是我注意到，这两者没有我们的相信也完好地幸存下来了。我倾向于让这个故事顺其自然。"

至于佩皮诺·贡迪，詹卡洛决定压根不要问他。完全出于巧合，蒙席从罗马打来日常问候电话，说："你还记得路易吉·卡波尼吗？"

詹卡洛不记得了。他耐心地提醒说，卡波尼是一个著名的小说家和编剧。"你去年在我的一个座谈会上见过他。"

"他是米兰人吗？"

"是的，是的。他现在有一个主意，当然，这取决于他能拿到多少经济回报，他想要写一个以瑞可丹岑为主题的电影剧本。"

"我很惊讶他会对这些事情感兴趣。"

"你想起来了他是谁吧？"

"想起来了，这就是我惊讶的原因。"

"这么说吧，那个被切断了腿的姑娘，你懂的，被你家族切断腿的那个，那个被切断了腿的平民的孩子。这就是他感兴趣的。卡波尼当然是一个共产主义者，可是我能沾沾自喜的一点是我对他略有影响，我想我能让他给整个悲剧故事带上一点基督教的色彩，用一种帕索里尼的方式。"

"你最好快点，"詹卡洛说，"否则那就不是一个悲剧故事了。"贡迪不理解这句话，但他太过自负，不屑于去问一个解释。

与此同时，旅行社的副社长急于把故事印出来。伯爵以为罗比利奥会选择一个和自己家族或是他妻子的家族有关系的作家或记者来重写这个传说故事，再不济也是虽然根本不是作家但欠了他人情，或是欠了他钱的某个人。然而他发现，罗比利奥和蒙蒂小姐之间没有任何的关系。她是《国家报》女性版面的一名记者，像她自己所说的那样，她习惯于快速处理问题。她早上九点钟出现在了灵薄狱街的公寓里，戴着一副墨镜，并立刻省略了所有常见的小礼仪。看到为他做决定的不是他的姐姐，或是他已故弟妹的哥哥，伯爵感到非常舒适地松了口气。说到底，弱者跟着强者走，这难道不是一种天然义务吗？

"我对你非常有信心，女士。"他说。

"你认为这是一件轻松的工作？"

"一点也不轻松。事实上，我印象中，尽管战争以来我们收到了那么多承诺，可是对女人来说记者仍然不是一个轻松的工作。"

"很可能不是，"蒙蒂小姐说，"我本人是不相信印象的。"

詹卡洛看得出他活该得到这样的回答，但他不再对蒙蒂小姐感到友善。

她开始说："当然，我知道这个故事有争议。我住在佛罗伦萨这里快两年了。我来的时候，我把熟悉它的一切方面作为我的工作，甚至是最不起眼的方面。罗比利奥是对的，这个故事这样是不成立的。你确定这里没有墓地吗？"

"这里曾经有一个小的家族教堂，事实上它现在仍然是，不过已经关了很长时间了。"

"没有家庭成员葬在那吗？"

"恐怕没有，我很抱歉。我想他们从没有想过。"

"墓地对国际观光业来说是主要的景点。在维罗纳，朱丽叶的坟墓只不过是一个旧马槽，这无关紧要。如果罗马的新教墓地不开放，那么墙上会有一个特别的开口，让你看一眼济慈的墓地。你坚持说你的庄园里没有坟地吗？"

詹卡洛告诉她，那个伯爵小姐，就像大多数家族成员一样，被埋在圣玛丽亚教堂的地下灵堂的一角。"不是她，"蒙蒂小姐不耐烦地说，"另外那个，那个没有腿的人。"

"要是有过这么个人的话。"

"你不知道她被埋在哪里。她是一个无名之辈，多半是从外边买来的，不会有人想要记录这些。我敢说连狗的坟墓都有标记，还有笼子里的鸟。不要担心，伯爵。我处理过比这更糟糕的素材。"

13

*

在蒙蒂版本的故事中，杰玛·达·泰拉齐纳逃离了瑞可丹岑，逃离了她被注定的命运。她在某处翻过了墙，那里的对面现在是一个车站，由此游客们就能方便地从车厢里拍照了。据说杰玛深受大家喜爱。那些脸朝外的侏儒雕塑都充满遗憾地望着她。那些朝里看的则是在等着告诉伯爵小姐这个消息。"是想要对她的失望由衷地大笑一番，我觉得。"詹卡洛说。罗比利奥同意了这个改动，但是对杰玛逃跑的地点有些顾虑。那个车站只能停三辆小车，或是两辆长的汽车，一旦放游客们下车去拍照，就很难把他们召集回来。但是他喜欢这个故事本身，它颇有气氛也够刺激，他觉得很令人振奋。在送交印刷厂之前，他加了一句："这样一来，里多尔菲的'好心'就被搞砸了，正是在这个时候，他们为庄园取了这个名字，作为一个纪念，或者说是提醒他们自己的愚蠢。"

14

*

　　萨尔瓦托知道他现在迫不得已，比任何时候都更要在各方面去维护自己，对抗那些无情的攻击，它们的目的是要夺回他所争取到的一小片领地。这些攻击很大程度上——尽管不完全——是来自女人的。

　　最让人生气的可能是他的母亲，她（他现在才发现）在他的婚礼上热泪盈眶，用耳语告诉每个人，即使他找遍整个世界也不会有更好的选择了。她没有理由这么说，他也想不出她为什么要这么说。她一遍又一遍地重复，说她儿子在决定结婚的时候最先想到的，且想得最多的一定是他的老母亲，她以一种本能的包围运动拦截他，阻止他独立。对给予我们生命的人忘恩负义是一种奢侈，萨尔瓦托现在发现他的奢侈被剥夺了。另一方面，玛尔塔不仅没有哭哭啼啼，还不失时机又赚了二十万里拉。还有，茱莉亚·吉特里尼不顾证据确凿，拒绝承认她举止失态，反复无常。只有琪娅拉没有在这巨大的共谋之中。不论她们如何否认，都决不能原谅。

这些和幸福有什么关系？他自问。——我们在马扎他从来不谈论这个。

他们在艾米利奥·穆茨街 261 号有一间公寓，离市中心很远。公寓有两个房间，一个厨房，和一个淋浴房。房产中介声称它很亮堂，它在四楼，它自有办法和灵薄狱街一样明亮，可是当他向他们展示的时候，他们很难不挡住彼此的路。琪娅拉把她的衣服和物品都摆好，立刻感觉回到了家。她对时间没有概念，也不是那种记得给表上发条的人，但很幸运的是，她能听见街对面小学的铃声。萨尔瓦托很准时，但却没有耐心。他们公寓的电梯经常不能用，与其等着看它那天是否运转，他宁可走楼梯。然后在四楼之下，她能听见韦士柏的引擎声——因为他还留着它——它呼啸着，渐渐消逝，又再扬起，然后在他转弯向南开往阿格斯提诺时突然消失在街角。

冲下楼梯是对抗愤怒的一种简单的抗刺激剂，甚至跑上楼梯也是。这间公寓是目前萨尔瓦托能负担得起的。卖掉遗产的钱仍然在他手中，但是他曾经希望的，并仍然在期待医院给他的 2.5% 利率的 100% 抵押贷款还是没有下来，事实上这是合同上规定的权利。"我已经去找过他们好几次了，"他告诉吉特里尼，"他们出什么问题了，他们有什么权利不给我这个?"吉特里尼提醒萨尔瓦托他深受患者的喜欢,却不受圣·阿格斯提诺财务委员会的待见,尤其是院长的待见(他之前是副院长)。

"他不喜欢里弗雷迪公墓那个女人的墓地的麻烦事。他不喜欢你关于农夫的建议和对于他们去外面买面包吃的影响的言论。毕竟,你不是一个营养师。"

"他也不是。他不可能这么幼稚。他肯定知道他的无知。"

"他对于如何管理一个委员会并不无知。"吉特里尼说,"不管怎么说,你住的地方对于没有孩子的夫妻来说很不错了。茱莉亚和我刚结婚的时候能有这么个房子就很开心了。"

"我的老天,难道你以为我想让琪娅拉过茱莉亚那样的生活吗?"

"你太太抱怨过那个公寓吗?"吉特里尼冷冷地问道。

"我不想问她怎么想。"

"那对我来说很可笑。婚姻当然意味着可以自由讨论一切话题,尤其是,我应该想到的,关于你们将要住在什么地方。"

"你明白琪娅拉无论如何不应该被困住,她还很年轻,她很可能想要读书,而我当然不会有任何异议,无论如何也不会，她应该今年秋天就去大学里报到。"

"巧了，茱莉亚自己就是一个国家注册的护士。只是因为孩子们长大了，她自然没有时间到外面去做事了。"

他们在沉默中继续散步（他们还是去了伏尔泰咖啡馆)，然后萨尔瓦托说："刚才你是不是认为，我在挑剔你的生活方式，还有可能在挑剔你的妻子?"

"是的，我是这么认为的。"吉特里尼说。

15

*

　琪娅拉和萨尔瓦托吵架了，但不像他们做爱那样成功。琪娅拉对于吵架一点天赋都没有，她不能理解它是怎么结束的，萨尔瓦托事实上也不能理解，既然他的争吵是对着自己的，因此他也必然会失败。当他们在旅馆里一起撕碎了灰色礼服的时候，他们并不知道他们是在支持还是在反对彼此。当萨尔瓦托大发脾气的时候，琪娅拉变得不再害怕，而是无所顾忌，就像开车穿过市区的车流。说实话，他们彼此了解得那么少，共同的回忆也那么少（音乐会，柠檬园，婚礼），以至于它们要同时用于防御和攻击。他们彼此相爱到了痛苦的地步，不能忍受每天早晨的分离。床被放在窄的那头，这样的话就不可能长久地背靠背躺着，或是充满敌意地隔开六英寸那么远。这实在相当容易导致休战，或者说是某种和解。床是从瓦萨辛那运来的。它是用橡木做的，是老式的乡村家具。琪娅拉记得它放在楼上的某个房间里，她决定要讲求实惠一些，就问她

266

是否可以把它运到佛罗伦萨。西萨尔说很欢迎她这么做。她可以拿走任何她想要的。

　　萨尔瓦托和琪娅拉从来没有在同一个问题上吵过两次。每一次战役结束，就会留在他们记忆之中，就像是记在一本初级历史课本里一样。在这些书里，你经常看到三四个战争的原因，然后是三四个结果，那些都要背下来的。起码有八个星期，或是更长的时间，他们都没有在公开场合发生任何争执。

16

*

那年春天，普尔奇教授举办了一次晚宴。他这么做只是因为他碰巧要在贝洛斯瓜尔多的一个庄园里住一段时间，那个庄园是属于霍吉斯学院的。霍吉斯艺术基金会在两年前为它的课程主任们造了这座房子，学院本身在市区，教授每天都要去那儿，他在罗马港换公交车。霍吉斯庆祝他们得到了普尔奇，他曾经高深莫测，现在他老到足可以被看作神话人物了。

尽管教授——当他费力地去思考这件事时——是一个好客的人，但举办晚宴完全是临时起意。一旦发现自己暂时住在一所大房子里，还有人给做饭，他便打起了请客的主意。"你充当我的女主人。"他对玛塔莲娜说，作为詹卡洛的姐姐，他真心喜欢她，那样一来，他再也没有什么可担心的了。他让她邀请詹卡洛，琪娅拉和她的丈夫，还有西萨尔，如果能将他从瓦萨辛那拽来的话，还有一位年轻的英国历史学家，波顿·默里，也可能是默里·波顿，他是带着一封介绍信从学院过来的。

"他来这儿干吗?"玛塔莲娜问。

"他正要开始他的博士研究,也可能是要结业了。或许他不会在这儿待很久。"

"好,那就有七个人了,"玛塔莲娜说,"你还没有邀请任何美国人。"

"他们每天都能见到我。"普尔奇说。

玛塔莲娜指出只有两个女人,而且除了波顿,或者说默里,所有的客人都是一家人,这可能会让他感到尴尬。普尔奇说那样的话,就叫上咪咪·里蒙塔尼。

"你怎么会想到她的? 我认为你不会在每年年底之外的时间见到她。"

"她来过我的讲座,那些公共课,结束之后她还来和我说话。她走后我问秘书她是谁,他告诉我她是一个很好的女人,一个善良的女人,总是做善事。"

玛塔莲娜对此没办法否认,尽管她相信教授只是随便说说,而他的思绪早就和研究室的学生们一起远眺森普利奇花园郁郁葱葱的自然景色了。否则的话他不会认为善良是晚宴嘉宾的入场资格。

17

*

在那个晚宴的夜里，在那个非常潮湿的四月中旬，尽管已经二十四小时没有下雨了，空气中还是闪烁着水汽。

霍吉斯庄园盖在贝洛斯瓜尔多东边的一个很陡的斜坡上，在圣玛利亚玛利格里街下面。尽管它力图在战后意大利重建中表现一切都是新的，不妥协的，但是这座房子还是有一个颇大的露台，铺着光滑的陶砖，站在那儿面向北方，朝着佛罗伦萨方向，能看到世上最壮观也是最乏味的风景。"就像一张明信片！"咪咪·里蒙塔尼非常心满意足地嚷道。年轻的波顿很准时地到了，穿着体面，企图也很明显，他颇不自在地站在她身边。河流闪着波光，能清楚看见大教堂苍白的线条，丝柏沿着阿尔切特利山一路往上爬。

"想象一下那就在你的前窗外，"她说，"想象一下每当你想要倒烟灰的时候就能看到它。"

波顿惊讶地看着她。

"你一定常常看到这风景。"

"每天，但总不嫌多。"

"不要再谈论风景了，咪咪，"玛塔莲娜从客厅里对着傍晚明亮的室外喊道，"默里先生是一个艺术史学家。"

他们并不是唯一在露台上的。一个小男孩，和一个更小的小女孩在那里玩耍。他们没有英国孩子那种因为总是被困在一个地方而产生的吓死人的狂野想象力。女孩穿着围裙，男孩穿着学校校服，他们慢慢地骑着他们的小三轮车绕着圈，数着红色和黑色的地砖。

"一共有多少块？"波顿用意大利语问。

"两百五十六块。"

"它们通常有多少块？"他微笑着，这种时候总是应该微笑的。

那个小女孩耐心地看着他。

"它们总是同一个数量。"

"天使！"咪咪叫道，"这些天使是哪里来的？"

波顿希望他不要被利用了。他十分敏感，因为他正在学着掌握主动权。一进屋情况就好转了。这一次，玛塔莲娜叫对了他的名字，将他介绍给了一个英俊的，相当令人生畏，或者说看上去目中无人的医生，以及那个医生的太太，她似乎是伯爵的女儿，尽管她看上去太小了，可另一方面里多尔菲姑妈本人看上去就和那些山丘一样老。似乎还有人要来，然而随着时间推移，教授却一点也不急躁。没有人看表，可能没有人戴表。厨师出现了，和她的丈夫一起，穿着白色罩衫，端上了堪培利开胃酒。原来露台上的男孩和女孩是厨师的孩子，现在她把他们带走了，腋下还夹着两辆三轮车。"能见到伦敦来的人太好了。"琪娅拉对波顿说，她的嗓音如此温柔，如此热情，让她的话听起来很合理。

"你很了解伦敦吗，伯爵小姐？"

"我一点也不了解。我只知道卡莱尔花园。"她补充道。

波顿稍稍转向了罗西医生。

"那不是在哈洛德[1]边上吗？"

"我怎么知道？"萨尔瓦托说，"我从来没离开过意大利。"

他说意大利语，所以，现在波顿也说了起来。"对不起，我不是说——"

---

1 指哈洛德百货公司，英国境内最大的百货公司，于 1834 年由查尔斯·亨利·哈罗德先生创立。

"你为什么会认为我去过伦敦？"

"我根本没这么想。我以为大部分人都不定什么时候去过。"

波顿感觉被一个男人顶撞很不公平，而这个男人显然比他自己更想要发火。但是医生阴沉的一瞥转为了一个微笑，他的笑容和这屋里其他人一样难以抗拒。"我不上班的时候说话前很少动脑子，"萨尔瓦托说，"这是个失误，你务必不要在意。"

电话响了，里多尔菲姑妈接了；西萨尔半小时内到。似乎没有什么更烈的酒可以喝，所有东西都得配上一杯堪培利。伯爵靠近波顿，问他是否认为英国人公平竞争的观念被战争给毁了。"我的观点是，如果那个观念以它的某种形式被输出，为美国宪法提供基础，那么既然盎格鲁-撒克逊已经不再是美国最重要的元素了，它就应该被别的东西取代——比如说意大利式的态度，我把它看作是纯粹的宿命论。"

"我不太能这样设想，先生。"波顿说，"如果一个政府是宿命论的，我想它不会对未来做任何的防备。"

"恰恰相反，"伯爵说，"每一种情况都会被看作是可能发生的灾难。"

玛塔莲娜轻轻地把他俩分开。"屋里的女人太少了，"

她说,"可是就算有,男人也会想办法彼此聊天。"

"那根本不是事实,"詹卡洛说,"如果我有机会,我会整天和女人聊天。巧的是,就在刚才,普尔奇和我在讨论甘菊花茶和它的制作方法。"

波顿终于找到一个机会来给教授留下些印象,便问他是谁设计了这座庄园。

"我不知道是谁,"普尔奇说,"我得去霍吉斯问问他们。"

"当然,他肯定遇到了在陡坡上造房子的挑战。"波顿继续纠缠,"但那对任何山村来说都是如此。"

咪咪问他是否还想再到露台上来,既然灯都点亮了。玛塔莲娜认为他们应该开始晚宴了。詹卡洛差遣了年轻的波顿,悄悄地请他帮个忙。"我能否搭一下你的手臂?"他并不是假装年迈,尽管很有这可能。霍吉斯庄园是一个错层建筑的尝试之作,或许是想看看一个庄园到底能错几层。起居室的区域——它的有些部分几乎是被隔开的,而且很小,只能放下一张咖啡桌——连着几座优美的楼梯,而其中两座楼梯显然哪儿也通不了,要么就是连着从来都不打开的玻璃门。伯爵把这一切当作是一堂初级滑雪课程,适度地让波顿助他一臂之力。客人们文雅地走下来,三位女士穿着高跟鞋,切磋着脚步，就像舞者。用餐区域要到最下面才看得见，掩藏在一个急转之后。在它的中央放着——事实上是钉死的——一张浅绿色的大理石圆桌，上面用深一些的绿色马赛克嵌着十二个盘子，十二把刀，十二把叉子的形状。在这样一个夜晚，只有八个吃饭的客人，没有一个真实的盘子或刀叉能完全吻合它们绿色的石质图形。学院大概不想要在这种问题上和建筑师争论，他保留了设计所有的家具的权利，而那些家具大多数是不能动的。而且根本没有放勺子的地方，它们看起来就像是入侵者。

经过了长期的实践，你可以说是几个世纪的实践，这些佛罗伦萨人变得开朗随和了。由于西萨尔迟到了，由于那位女婿给人一丝危险的感觉，由于那位英国客人仍然看上去愤愤不平，所以他们全都尽力让晚宴顺利进行，小心翼翼，将这温暧而漫长的一整夜吹捧为毫无遗憾的几个钟头。英语的句子转成了意大利语，然后在半当中又转回来，这样萨尔瓦托就不会有处于弱势的感觉了。每一个话题都被热情地对待，但，事实上这只是表面，因此一旦有人觉得无聊，哪怕只是一会儿，它就得被礼貌地请出去，等待下一轮。伯爵没有进一步谈论关于英国人对公平竞争的看法，而是说了一两件个人的回忆。他说到了一个哲学问题，那是他年轻时曾经短暂讨论过的，洛里亚主义[1]，它的信条是，居住海拔越高的人，他们的道德规范就越严。当然，这样的理念只有通过实验才能证实。他告诉他们他在纳瓦拉认识的一个女人，还有另一个在托卢卡的女人，她们住在海拔三千米的地方，还有一个，他说，住在苏格兰。咪咪似乎哪里都去过，就是没去过苏格兰。"你一定要跟我去，"普尔奇教授突然殷勤地说，"这会对你有好处的，你再也不会生病了。在苏格兰人们六点以后就不准吃东西了，这就是他们变得更健康的原因。"琪娅拉问波顿这是不是真的，然后发现他有点为难，不想在这个话题上反驳教授，她于是说她自己之前去过那里一次，她觉得她一点也不了解乡村生活，甚至是她自己的生活。她问波顿是否去过品斯泰克，在诺福克。"没去过，"他说，"但我想那里什么都没有吧，是不是？"他的意思是没有美景也没有任何值得收集的重要的东西。琪娅拉能看出来，那些品种良好的芜菁、卷心菜，那芭妮受够了的许许多多的土地和森林，对于他毫无价

---

1 洛里亚主义（Lorianismo）是安东尼奥·葛兰西的观点之一。这是葛兰西创造的一个术语，表明社会文化现象既是公民社会腐败的症状，也是其原因。葛兰西在笔记本第28章中介绍了"Lorianismo"，他解释说，"缺乏系统的批判精神，疏忽开展科学活动……以及对民族文化形成的不负责任"是一个跟不上时代的主题吗，还是只与法西斯时代有关？葛兰西补充说，"或多或少，每个时期都有自己的 Lorianismo，每个国家也都有自己的 Lorianismo。"

值。但是他的紧张感却消失了，然后他对她露出了无邪的微笑。玛塔莲娜这会儿正说到老设计师帕伦蒂，据说他病得很厉害。他在家靠人护理，还让人捎信问是否能见到她。几年前，他写道，他曾经对伯爵小姐有过不一样的看法。"他想要在死前互相宽恕！"咪咪叫了出来，她的眼睛充满泪水。

"我不这么认为，"玛塔莲娜说，"他想要的是到死都不认同的快乐。"

不巧的是——这个不巧对波顿来说太期待也太振奋人心了——他恰好听到了这段对话，于是他提到说他这个周末就无家可归了。他的食宿公寓要把他的屋子租给别人。"他们说他们需要我的屋子。"他重复道。他的意图再清楚不过——希望被留下，待在霍吉斯庄园，这意图就挡在那里仿佛是要把某人绊倒。普尔奇教授可能没有注意到它。詹卡洛和他，就像老情人，正在一起讥笑一件没有定论的逸闻。他当然没有提出这个建议。波顿又加了一句，让事情更糟："当然咯，我每天都会出门的。"琪娅拉没法让这事儿过去，她难过地说："哎，但是你不要担心。有很多地方你可以去。你可以上我们家住。"（这个短语多奇怪啊，她只能用英语表达，因为意大利语里没有相应的短语[1]。）

---

1 原文是"put you up"，指提供住宿。

"你可以上我们家住，你得和我们待在一起。"

"不行，"萨尔瓦托说，"没有人能和我们待在一起。"

琪娅拉露出了为难的笑容。医生没有解释，便大叫道："没有人！"可能他不太清醒。波顿现在想起来，他记得这个家族有个人在某些方面很奇怪。凑巧外面有声音——到访一座豪华庄园的声音——外面大门的电铃响了起来，一个蜂鸣器从厨房里应答了它，阿尔萨斯犬叫了起来，厨子的孩子们以三倍的音量哇哇大叫，西萨尔进来了。每个人都从桌边或站或半站了起来，除了萨尔瓦托和琪娅拉。波顿趁机说："请别这么想。如果是这样的话我很抱歉，我肯定我能解决的。"但是罗西和他的妻子仍然在说话，他们隔着桌子朝彼此前倾着身子，琪娅拉正在大声喊。

"你是什么意思？我会和你去任何地方！我会和你一起睡在牛窝里，睡在稻草上！"

西萨尔走下错层的楼梯，没有任何道歉，因为他已经在电话里道过歉了。他对每个在场的人都说了晚上好，然后坐了下来。"你请我来真好，教授，"他说，"我从来没来过这儿，我总是好奇里面是什么样的。你怎么受得了这张桌子？"

"我受不了，"教授说，"我要让霍吉斯请工人来把它

弄走 。"

端给西萨尔的汤带来一阵骚动，他的到来转移了视线，但似乎还不足够，琪娅拉罔顾时间与地点，正在大喊：

"每个人都知道你是多么大方！"

"你们为什么要谈论我？"萨尔瓦托大声问道，"你们为什么需要讨论我？谁说我很大方了？"

"每个人都知道。我只是说了每个人都知道的事。在圣·阿格斯提诺，任何人有困难了就会去找你。修女拿着募集箱过来的时候，人家就让她们去找罗西医生。"

"他们都在说谎。"看得出萨尔瓦托正在疯狂搜索他的记忆，寻找自私的证据，"我帮过谁？我什么时候帮过随便哪个大活人啦？"

"人们想要到我们这儿来，他们想要见你。"

"告诉他们，我不是一个展览。佛罗伦萨别的可看的东西多得是。或者告诉他们如果他们想要来我们这儿，那要收费，收一小笔费用来看讨人厌的罗西医生。"

他们两个都站了起来，动作惊人地完全一致，一起推开他们的盘子，两只盘子嘶嘶滑过大理石桌面，滑向彼此。然后他俩一同走上了台阶。这就像一个突发事故，就像油脂、墨水或是血液不可逆转地洒出，液体表面一刻之前还那样清澈，似乎永远不会改变，现在再看一眼，全都毁了。詹卡洛转向教授，他作为一个主人，又一次站起身，这一次他弄掉了他那浅绿色的餐巾，然后半个人消失在桌子底下把它捡回来。"我亲爱的普尔奇，对他们来说，说这些话似乎是很重要的。"

"他们还那么年轻!"咪咪叫道。

"罗西有多年轻?"西萨尔一边问，一边开始喝汤。

"他们会回来的，"教授说，"他们会在屋外讨论完，然后再回来。"

事实并非如此，人们听见一辆车开走了。伯爵看看四周，看到了那个从英国来的年轻客人，他之前看起来如此沮丧，现在却不了。很可能，也很好理解，他正在将这一事件编成一个好玩的故事，日后可以拿来讲，因此这个夜晚对他来说还不算浪费。

看门狗又叫了起来，蜂鸣器又响了起来。琪娅拉回来了，她不愿和她丈夫一起坐车走。现在她没有钱买公交车票回罗马港。她想要的是车票钱，而不是搭车，或是打的。她站在最顶层，带着某种尊严，仿佛她已经不能让自己再进来一步了。除了西萨尔——他仍然在想他的汤——每一个人都在找有没有零钱，没有人带零钱。最后不得不向厨子借了一沓车票。

18

*

　　琪娅拉和萨尔瓦托对于晚宴什么都没说，他们各自执着于自己的一套误解体系。当琪娅拉回到家的时候，她想起了她没有钥匙或是一把特别的备用钥匙，那是房屋经纪人建议的，它必须先朝左转一次，再朝右转两次。但是公寓的门没有锁，因此一推就开了。萨尔瓦托像一块木头似的僵硬地躺在木头床上。当她宽衣时，她看见并感受到了令人作呕的黑暗，他们曾出于自愿一头栽入其中，她也同样发现争吵变得越来越容易，每一次争吵都更容易一些。总是对她充满耐心的普尔奇教授一定无法相信，她长大后变成了这样。萨尔瓦托转过身，伸手抱住她，她感到她的头脑仿佛被挤压了，现在血又往回流了——是木头流出的血。"我不想谈论这件事，"他说。但是一旦她独自一人的时候，她立刻开始审问自己。她不能相信她要对这两个房间、这淋浴、这厨房感到羞愧。她通常和她的朋友们约在市中心见面，因为她的公寓太远了，但是她本打算让每一个不住在佛罗伦萨的朋友都轮流来做客。她列了一张清单，要是能想起来它放在哪里就好了。要保持小空间的整洁比大空间更难，但是萨尔瓦托从来不介意。通常他从医院回来会把每样东西收拾好，尤其是衣服，但是他总是悄悄地放好，不置一词，仿佛这是他应该做的。他因为一次偶然的拜访艾米利奥·穆茨街261号的邀请而情绪失控，这是不可能的。

琪娅拉恰好是对的。在他第一次说出"不行"之后，萨尔瓦托是可以挽回的，可是他气的是在那一句"不行"和"没有人能和我们待在一起"之间，他彻底被一个巨大的暴行击败了——它在他环顾餐桌的时候击中了他——那就是所有的人，所有激动的人们，全都得出了一个结论——他，一个从马扎他来的男人，在嫉妒这个默里，或是波顿——显然是普尔奇的一个学生，因为琪娅拉没有和他说过一句话，就请他来自己家和他们一起住。这个英国人自己就是这么认为的，他先是结结巴巴地用高中意大利语说了些蠢话，然后又像一只饱食的蜥蜴一样冲着自己微笑。萨尔瓦托立刻决定纵容他们这么想。我是这里的一个客人，他想，决不能让我搅了大家的兴致。"不行，"他重复道，"没有人能和我们待在一起!"

尽管他向琪娅拉解释了所有这些，但她还是觉得无法理解，甚至超出了她的想象。里多尔菲家族是如此深刻地被教导不可以感到嫉妒，以至于他们从不怀疑这点。这是他们很严重的一个缺点，正如任何人都会有的那样。

19

*

"琪儿，你有没有看到旅行社发出来的宣传单，他们把故事改了。"

"芭妮，你在哪里打的电话？"

"你看他们是这么写的，那个小姑娘安全逃跑了，而你们家的人却乱了阵脚，你知道这事儿吗？"

"芭妮，你在意大利吗？"

"是的，我在，我在佛罗伦萨。事实上我是在一个电话亭里。我是在托尔纳博尼街拿到这份宣传单的。"

"可是你住哪儿？你为什么不和我们住在一起？"

"你从来没邀请过我，我以为你丈夫不喜欢我呢。很可能他对你的朋友们都不怎么稀罕。"

"他会喜欢的，请你给他点时间。可是无论如何还有灵薄狱街的公寓，你为什么不告诉我们，你为什么不去那儿呢？"

"我想我和你父亲处得还不错，可是我不得不告诉你们的管家，记住，她是在给我们下毒，如果我去那儿我又不得不再次用某种方式纠正她，而那可能会搞得气氛不太愉快。"

"可是，芭妮，你以前从来不在乎气氛如何。"

"很有可能是我有些变了吧。"

"那你是住在旅馆咯？"琪娅拉想到这个几乎不能忍受。

"不是，"芭妮说，"我住在吉特里尼家。"

琪娅拉迟疑了一下。

"可那里地方够大吗？"

"并不怎么大，不过他们把两个女孩子安顿在客厅里一个类似沙发的东西上面，我的意思是你以为可以把它弄成一张挺像样的床，但是不怎么行。"

"我不知道他们邀请了你。"琪娅拉凄然地说。

"确切地说他们没有邀请，但是夫人一直给我写信，因为她非常喜欢我。"

"芭妮，为什么？"

"由于在你婚礼那天发生的一些事情，我之后会告诉你的，可是重点在于她这些信的结尾总是说：'我们热切地想念你，相信来日再见一定会非常愉快。'好吧，现在她是愉快了。我不会待很久因为这里没有澡盆，只有

285

淋浴。"

"我什么时候能见到你？什么时候？"

"你现在就可以见我，其实我来就是为了见你。你可以直接过来在这个电话亭接我。"

"好的，当然可以，可是你想先去哪儿？"

"我想去农场走走。"

"去瓦萨辛那？"

"是的。"

"可是芭妮，那里没有什么可以看的，天气那么潮湿。那里现在应该有野生郁金香，水沟里还有野生芦笋，但我相信我们找不到的。"

"我不喜欢芦笋。"芭妮说。琪娅拉能听见她又在电话箱里投了一枚代币，然后对它狠狠捶了一拳。

"好吧，如果你想去我们就去，可是西萨尔没有时间和我们说话，他们太忙了。"

"他必须得和我们说话。"

如果他不说，她会用叉子戳他，琪娅拉心想。她说她马上就来接芭妮。

20

*

    "我拿到驾照了。"芭妮在去瓦萨辛那的路上说，"所以我或许可以教教你如何提升你的驾驶技术。但是另一方面来说拿到驾照是件坏事，因为现在我得开车带我奶奶出门。我得在哈洛德百货公司后门放她下车，还要去接她，好像她是一只垃圾桶。不过我喜欢汽车。我喜欢重型车辆。你有没有告诉萨尔瓦托你要出来一天？"

    "他在医院。我不想打扰他，除非是真的很重要的事。我晚上会告诉他的。"琪娅拉说。她看上去有些不知所措，并且脸色苍白。芭妮不为所动。

    "好啦，继续说，全都告诉我，婚姻生活如何？"她问，"是不是很美妙？"

    "是很美妙。"

    芭妮直直地盯着她看。前一晚他们坐在一起，狡猾的吉特里尼夫人把每一件事都说了个遍，好的坏的一起说，包括她目睹的琪娅拉的婚姻，并不刻薄，而是仿佛她是在复述（如同她经常做的）她看的上一部电影的情节，并且总是在结尾夸一句罗西医生。婚姻生活一开始总是磕磕绊绊，因为你们不吵架就无法相爱，就如同小孩不摔跤就学不会走路。而且，一个像萨尔瓦托·罗西那么聪明的男人，有着像她自己一样的普通女人不能看透的烦恼。那些会让他难过的事，可能世上的其他人压根不会注意到。夫人在说话的时候，收音机在吱吱嘎嘎作响，而她正在用浅绿色尼龙制作一些非常精致的餐垫，它们似乎永远不会被使用。她的双手随着她的嗓音如催眠般同进同退。

芭妮惊讶于自己的收敛，她现在一点也没有对琪娅拉说起这些。"我告诉过你我变了，"她说，"我上次回修道院学校的时候修女们都这么认为。她们注意到我没那么吵了。哎呀，她们指望什么呢？顺便说一句，她们总是问到你。她们有些人要来罗马，去修道会办点事。她们告诉我，她们可能会路过佛罗伦萨，她们最近总是乱哄哄的，现在没有一派宁静的景象了。不管怎么说，她们觉得我和以前不一样了。也许是我更有同理心了吧。你知道那是有可能的。"

"婚姻很美妙，"琪娅拉重复道，"不管怎么说，我的婚姻是的。"

没能热情招待客人让她十分沮丧。无论她给出什么解释，都无法不让萨尔瓦托显得冷酷无情又缺心眼，还有她自己也缺心眼，很可能还纤弱，无法独立自主。

"芭妮，我们为什么不掉头去佛罗伦萨呢。你还没有看过我们住的地方呢。我们可以去公寓喝点咖啡。瓦萨辛那很阴沉，屋顶都漏了，他们得把藤蔓重新弄一下，要是我们不当心，就得去帮忙了。"

"你以前做过那个吗？"

"是的，经常做。"

"那感觉怎样？"

"很无聊。比起机器坏了的时候手工做标签好一点，但是很无聊。"

"我们接着走吧。"

他们在田地里找到了西萨尔。他来迎接她们时丝毫不惊讶，并且告诉她们如果她们想要住在这儿，最好是帮忙弄那些藤蔓。他的头脑似乎完全被下雨这件事占据了。他的老狗站着以一种讨好的表情看他。她拒绝坐下，她试过一两次，发现地上不够暖和。

藤蔓上依旧开着花，它们和电线上的塑料纠缠在一起，分叉的枝条散下来，有些甚至折断了。所有攀缘植物不懈的努力之下，一旦它们够到了开裂的土壤，它们便再次将它们浅绿色的花朵转向上方，朝着亮光处开放。但是它们太过用力，一株株藤条就像一排排乱糟糟的面黄肌瘦的病人，每一个都等着几分钟的就诊时间。在高处，衬着阴沉沉的天空，男男女女正沿着对角线来来回回地忙活。

芭妮和琪娅拉加入了一列队伍之中，开始流水线作业弄那些植物。琪娅拉的手脚比芭妮快很多，她不得不停下来等她。西萨尔从斜坡上下来，告诉她们马上又要下雨了，他问她们是否需要一些麻袋来遮雨。

"我的大衣很好，我在伦敦打折买的，"琪娅拉说，"芭妮的也是。"

"它们看起来不防水，"西萨尔说，他和所有意大利农民有着同样的幻觉，觉得麻袋能防水。

"我们不要袋子，"琪娅拉对他说，"如果要下雨，我们想要你到屋里去，让他们去煮一点咖啡。"

他不紧不慢地走开了。"快点。"琪娅拉说。芭妮执拗地剪掉了她最后一段塑料。

"我现在不介意做这个了，我已经掌握了方法，"她说，"可是我来这儿不是为了这个。我们进屋里去的时候我要告诉你堂兄，我爱上了他。"

琪娅拉不知所云地看着她。

"我不想让你觉得你应该回避，琪儿。我完全愿意让你听到我将要说的话。"

"可是芭妮，你从来没说过你要这么做。你骗我让我带你到这儿来。"

"我看不出反对的理由。你的那些朋友，那些你请来做伴娘的佛罗伦萨的女人，她们有大把的时间尝试和他交往，可她们却错过了机会。"

"可是我不知道你爱上了他。我从来没有想过这个问题。"

"你以前不需要想，现在也不需要。毕竟，是我要去和他谈。"

"可是这可能是一个错误，芭妮，又一个灾难，就像在品斯泰克。"

"我的天，你要用这事儿来指责我。"

"我只是不确定西萨尔会不会像你在英国遇到的那个男人。"

"你不知道他像还是不像。你从来没有在英国遇到过任何男人。你什么都不知道。你只是一个无知[1]的人，想要和你出了修道院学校见到的第一个男人上床。"

"就算你这么说，但是我认识西萨尔一辈子了。他教我数数——两颗葡萄、四颗葡萄。他还教我骑自行车。你

_____

1 原文"innocent"，有无知、无辜的意思。本书书名是"无辜"，这里译为无知。

291

完全不了解他。"

"我对他的了解比你对罗西医生的了解多一些。"芭妮说，"事实上，我是在你婚礼上认识他的。"

"看来我婚礼上发生的事比我指望的多啊。"

她们下来去了屋内，芭妮以几步之先坚定地走在前面。

"他在婚礼上做了什么？"琪娅拉大声喊道，"他说了什么？"

芭妮回头答道："他说：'好样的，拉维妮娅[1]。'"

"就说了这些？"

"这句话翻成英文要怎么说？"

"我认为没法翻成英文。"

西萨尔不在餐厅，发现这点后，连芭妮的勇气都退缩了，琪娅拉自己鼓起了勇气。她发现他在楼梯最上头一间昏暗的卧室里。从他头上的天花板上，从房间的四个角以及它们之上，能听见无休止的深沉的雨滴连续地从屋顶落到地板的声音，那是雨季的声音。

"问题在于找到尺寸对的瓦片。它们都是顺次排列的，最小的在最上面。"

"西萨尔，我想请你暂时不要去想屋顶的事，也不要

1 原文为意大利语。

292

担心咖啡，我们可以在回去的路上去圣加洛那里的小酒吧喝咖啡，我想请你过来坐下。"

西萨尔回到了餐厅，坐了下来，仿佛他只听到了这两个字。琪娅拉坐在他对面，直直盯着他，仿佛这个堂兄和这张老桌子，这张留下深深的刻痕和污渍的桌子——二者她都已经熟悉了近二十年——即将变成另一张桌子和另一个男人。

"谢谢你们两个的帮忙。"他说。

"我们没做什么。"

"是的。"

"拉维妮娅有些事要对你说。那是她今天让我带她来的原因。"

西萨尔将他和善的目光转向芭妮，一个忙碌的人的客气的注视。他将双手放平在桌上。

"我会告诉你我要说什么，"芭妮说，"不会耽误很久的，因为我非常知道我要说什么。我已经考虑了一段时间了。就我所知，所有意大利人都得结婚，除非他们是……"她迟疑了一下，而琪娅拉仍然坚定地看着她的堂兄，她帮忙说了一个短语"uno di quelli[1]"。芭妮点点头。

———————————

1 意大利语：他们中的一个。

293

"对，然后，说到你，我准备马上嫁给你。我有一点钱，不然我奶奶死的时候我也会有钱，那会很有用的，我希望有钱，因为我知道这个家有点缺钱，而我很肯定等我好好研究过这块地方之后，我会对你很有帮助的，尤其是在机械方面，还有那些工人，他们需要女人帮一把手。可能你认为我有点不顾一切，因为我明年就二十一了，而我的青春就要完结了。但并不是这样的。我是有人追的，而且现在还有。现在我要说到真正的重点了。我要你认真听好。我爱上了你。我爱你。"

"好的。"西萨尔说。

他就坐在那儿，手放在桌上，仿佛和木头锁在了一起。他没有避开芭妮，而是直接看着她，正如良好教养所要求的。长长的鼻子，柔和的灰色眼睛，如往常一样和善却有距离感的表情。"那就是你要说的全部吗？"琪娅拉一边叫，一边跳了起来，火冒三丈。能看得出西萨尔正付出诚恳，甚至痛苦的努力去思考有什么能做的，但是什么都想不出来。"她是我的朋友。她从英国来，她来这儿只是为了告诉你这个。"

"好的。"西萨尔说。

"我们立马就回佛罗伦萨。"

"好的。"

他跟着她们走进院子，看看车里，确保为琪娅拉放好了一打的葡萄酒，就像往常一样。他关上车门时说："可是我不希望你们走。"琪娅拉带着一种不解的责备看着他，放开了离合器。

回程的路没有琪娅拉担心的那么尴尬，因为芭妮一直在长篇大论，不是出于愤怒，而是出于她让自己受的伤。她阴沉而大方地承认，她应该听取警告的，而琪娅拉感受到了她在卡莱尔花园 23 号所感到的，如果芭妮——她一向是习惯于发号施令的——被迫收回说过的话，那么某种非常不可或缺的东西就要受到垮塌的威胁了。西萨尔怎么能将她爱上他这件事视为理所当然呢，芭妮说。他之前压根不可能想过这件事。

"他或许在夜里想过，当他一个人坐着的时候。"琪娅拉说，她这么说得到了相当的共鸣，仿佛让她想起了什么却不用加以定义。

"可能他吓了一跳，"芭妮继续说，"可能我说我能帮他经营这地方不是个好主意，毕竟那是他的，尽管它确实需要资金投入，但他经营得也还不坏。"

"它的十二分之一是我的。"琪娅拉插嘴道，她不知道自己为什么要这么做。她看到芭妮没有注意便松了一口气。

"他从没有真正地说过他不在乎我。从这个角度说你认为是不是有点希望?"

"哦，是的，有可能是的。"

"而且他又说他不希望我们走。"

"是的，他是这么说的。"

"你是不是认为那里面有一点希望?"

"哦，是的，很有可能。"

"但是没有。"芭妮说。她又回到了她第一个观点，西萨尔怎么能这么冷静地接受她说她爱他? 讨论以一种阿拉伯花纹互相交织的形式悲哀地进行着，正如那图案总是一再回到起点，然后有一点轻微的转向。经过几个回合，芭妮问西萨尔是否写过信。"他有没有写过很多信给你?"她问。琪娅拉急于抚慰她，搜肠刮肚地想，却想不起他写过哪怕一封信。"你会不会觉得这里也有点希望? 我的意思是，如果他以前从来不写信，或许他一旦开始写就会喜欢上的。"

"我得去加点油了，芭妮，我很抱歉。可能你得擦擦脸。"

"我没有哭。"芭妮说。

"你没有哭，但是你的样子好像有人拿枪指着你。"

她们加油的汽车厂外面有一家小小的咖啡店。店主正将他的椅子拿到人行道的阳光下。这里一定刚下过雨，琪娅拉对他说，尽管我们刚从圣加洛上面下来，那里很干。那男人说他希望在这个季节里扔掉木头椅子，买塑料的来，不管什么天气都能放在外面。如今，谁还需要用木头椅子？这些对话进行时，芭妮就站在旁边，带着一种茫然的不可置信的表情。仿佛她不能相信这种事还能讨论。

她们坐了下来，琪娅拉向店主要了一杯克烈特咖啡[1]，芭妮大口大口地喝下去，先是喝了一杯，然后又喝了一杯。几英寸外，就是车辆从汽车厂出入的喧嚣吵嚷声，她对着车流和蓝色的夜光吟咏了起来：

"从没有一个游戏，值得一个理性的人

忘我投入

一旦深陷其中

灾难与厄运便无处逃身。"[2]

"这是白兰地，"她补充道，"那才是诗。通常我从来不去想诗歌。这很有意思。这是白兰地的作用。"

"我知道，可是我本以为咖啡能让你缓一缓。"

"你有钱吗？"

"哦，有的，我来付。"

---

1 克烈特咖啡，一种加烈酒的咖啡。
2 出自澳大利亚诗人林赛·戈登的一首诗。

琪娅拉突然想起萨尔瓦托可能提前从医院回家——这以前发生过,尽管只有一次——他会发现没有人在家。想到她可能让他困惑不解或是孤单寂寞,就好像想到一把锋利的刀刃。

"我现在得回家了。"她说。

"好啊,还等什么?"

"我可能要吐了。"

"挺住,"芭妮说,她重振起来,"顺便提一句,我能猜到你要说什么。"

琪娅拉曾经希望,作为这灾难性的一天的某种补偿,她能够奉上她最珍贵的知心话。甚至连玛塔姑妈都没告诉过。"好吧,那么说,你怀孕了,"芭妮沮丧地说,"但是你不用担心,琪儿,那对你来说不会有什么麻烦的,你是一个意大利人,至少是半个。意大利女人生孩子就像兔子一样。"

"哦,那当然不会有问题。我只是想要告诉你。"

"你想要个女孩儿,还是一个带把的?"

"萨尔瓦托想要一个女孩儿。"

"谁管他怎么想?"

他们在吉特里尼的公寓受到了热情款待,这种热情气氛，还有吉特里尼家孩子们迫不及待的情形曾经出现过多次。但是曾经乱作一团的所在现在却出奇地安静。夫人很骄傲能招来这位外国朋友，她的头抬得高高的。那些小姑娘则带了两三个朋友，他们被容许来看看这位来访者，都挤到沙发上来朝圣。卢卡的脸现在十分阴沉，他不再反抗这个高大俊美的年轻女子。不管她对他说什么，他都在颤抖，并且低沉地回答。他第二天要起得很早，将她的行李送到汽车站去，他下定决心整个晚上都不要睡。

21

*

　　萨尔瓦托还没有回到艾米利奥·缪茨街，不过半个小时后他走了进来，说："你的一个朋友住在吉特里尼家。"

　　"是的，我知道。"

　　"我是说那个很高大的英国姑娘，那天去哈灵顿家吃午饭的那个。"

　　"我知道。"

　　"她婚礼也来了。"

　　"是的，她来了。"

　　"我不明白他们怎么会邀请她的。我从来不知道他们留宿过任何人。就连茱莉亚的亲妈也没有和他们住过。你那位朋友究竟为什么又要过来？"

　　"她想要去农场。"

　　"你带她去了吗？"

　　"去了。"

"她不想看看我们住的地方吗？她不想看看我是什么样的人吗？"

"不，她想去农场。"

22

*

　　我必须为芭妮做点什么，琪娅拉想。问题在于，和以往一样，芭妮不是一个别人能对她做什么的人。她将错就错，并不是因为她不能自已，而是因为，不要挡着她的道，或是待在她安排的地方是别人的责任。

　　最初她以为西萨尔可能会打个电话过来，说他做错了。到了周末她什么也没有听到，于是她开车去了灵薄狱街。天还在下雨——五月的雨——当她下车的时候，院子里一楼的排水管漏了，好多水从她背后直直地冲下来，在石板上飞溅开来。整座楼也仿佛在和瑞可丹岑比赛，看谁先分崩离析到不可收拾。

　　她下定决心来征求意见，甚至是间接地询问她的父亲。他在里面，但不是一个人。蒙席也在，安农齐亚塔说。琪娅拉走进了客厅。她父亲背对着她，而贡迪蒙席则和以往一样沉稳地坐在一张椅子的边缘，就仿佛一旦好好坐下就会破坏了他日理万机的形象。

"多高兴啊，我亲爱的孩子。当然，我是顺便来看看的。"

"我最亲爱的孩子。"詹卡洛说。

尽管琪娅拉几乎没有什么虚荣心，此刻也一定没有在想她自己，但她还是因为他们俩在谈论她而留下了深刻印象。他们很可能有全世界的灾难要讨论，但她觉得他们没有说那些。可能，她心想，他们在聊教授晚宴上的那些尴尬事。我在这个下雨的春天下午，也不过是一个需要被解决的问题罢了。

但是，当她进屋造成的些许烦乱消散之时，贡迪说道："我一上午都在瓦萨辛那。"这是个好兆头，她很可能这一整天都要走运了。

"我很想知道你怎么看我的堂兄。"

"他的身体好得很。"

"不是的，我不是说他的身体怎么样，我是说他整个人怎么样。"

贡迪笑了。"他有改变过吗?"

"当然没有，"詹卡洛说，"那是他的专长了。"

"我的侄子是在楼上的大房间里出生的，"蒙席说，"我想你自己也是，詹卡洛，如果我们都要经历第三次世界大战，我希望他也能在同一张床上寿终正寝。一种艰苦劳动的生活，对于一个不知满足、急功近利的时代不啻为一种谴责。"

他说话时并非漫不经心，也不是全神贯注，就像他以往放松时那样，是一个专家在做客时的样子。琪娅拉这般焦急是很不合时宜的，这她知道，她用无力而闪烁的眼神盯着他，问他："你有没有注意到西萨尔有什么要说又不能说的吗？"

"亲爱的姑娘，你指哪方面？"

"你是否觉得瓦萨辛那空空落落的，他可能有点不自在？"

琪娅拉转向了她的父亲，他说道："你和他的年龄比我近得多，我亲爱的。是不是你觉得他不自在？"

"伯伯，你今天早上和他说话的时候，他有没有告诉你我和一个朋友，拉维妮娅·巴恩斯刚从那里出来？"

"好像和马卡姆城堡那帮人有关，我想。"贡迪喃喃自语。

"我不知道，有可能吧。西萨尔告诉你我们去过吗？"

"我想他提到过，"贡迪耐着性子说，"对，我想他提过。没怎么细说。"

"他说了什么？"

"他当时在跟我说这个季节真是糟糕。他说你还来了

304

一个钟头，帮他绑那些藤蔓。"

"还有拉维妮娅呢？"

"我想，他没有提到她的名字。"

琪娅拉从这一个看到那一个，看着这两个人，她累了，并且深深地感到羞愧。她真是个傻瓜，以为他父亲能够帮上忙，只是因为她想不到别的人了。于是乎，她就来打扰他了——不算很烦人，但终归还是打扰到了。而当蒙席无疑想要几个钟头的清净时——他不会允许自己被激怒——就不得不留点余地，让那些烦心事自生自灭。她渴望做出补偿，她有一种无法抗拒的想要舒缓气氛的冲动，因为她强迫他们去做他们无能为力的事情，这伤害了他们。她开始讲菩菩利花园[1]里那些挖出来的石头，花园重新开放了，于是又能将圣三一桥按照战前的样子造起来。她听到自己不停讲话，就像一个孩子在茶会上一样。那里有人卖票，你可以买一张票去换一块石头，或者很多石头，只要你买得起。蒙席很高兴。他自己接过了话题。他不仅知道已经卖掉的具体票数，还知道有多少换了石头，多少换了砖块。砖块要便宜些，那意味着，毫无疑问，当

---

1 菩菩利花园是佛罗伦萨碧提府邸后的一片园林，建于 1550 年，占地 45 公顷，是一所豪华富丽、规划严谨、作几何形布置的意大利文艺复兴式园林，原供美第奇家族使用，现辟为公园。

局者希望能吸引城里的工薪阶层。他的嗓门提到了一个相当可辨认的高度，就像一台马达到了巡行航速。

她离开时，她父亲亲热地吻了她，并且在门边小声地说："你伯伯不会待很久的。不过我听你意思是说巴恩斯小姐在这里？"

"不，不，爸爸，她来过这儿，但她已经走了。"

走之前，她去了厨房，让安农齐亚塔给她更多关于怀孕的建议。有一些注意事项是从杂志上剪下来的，还有一些似乎安农齐亚塔本来就知道。如果准妈妈会呕吐，那么就一定会生女孩。只有女孩的长头发才会在母亲食道的底部挠痒痒。但是喝一勺橄榄油就能很顺利地平复这种感觉。甚至有些收容所的老妇人——她们曾经告诉过琪娅拉，她们从来没怀过孕——也都这么告诫她。楼下的院子里，雨水在凹凸不平的地上闪烁着，琪娅拉在两扇大门上靠了一会儿，感觉到自己是那么无能。

她到家时天已经黑了，但是萨尔瓦托还没回来。她知道他在医院开会，神经科和精神病科又要进入它们下一阶段或多或少的公开战之中。她打电话去了卡莱尔花园23号。

电话是琼斯夫人接的。电话线路接触不好，她尖尖的嗓音听上去就像天使正在给出断断续续的祝福。

"哦，亲爱的孩子，我听说了你的好消息。你不介意我这么说吧，没有什么会比得上你的第一个孩子。我能肯定，即使是在拉美国家也是这样。"

23

*

有一件事是可以肯定的，那就是孩子一定不能在灵薄狱街生。否则的话，安农齐亚塔就会不失时机地介绍来她最喜欢的侄女，她在一家护理院当护士，并且似乎出来接私活也没什么问题。詹卡洛把她称作"死亡护士"。而她又得带着她团队里的另一个成员，那就是两个人了。两个忙活的黑白无常，还有药瓶的咔咔作响，那声音本身听起来就像一个集结号，意味着这两个特别烦人的女人驾到并且接管大权了。蒙席说，想到他的亲戚在佛罗伦萨让他的心灵更平静了，一旦有了任何头疼脑热的问题，都会得到妥善处理。

虽然可能没什么道理，但是琪娅拉还是觉得，死亡护士绝不会那么老远跑到艾米利奥·穆茨街。她想在那儿生孩子，而不是在诊所，不过将来会有合适的时机来提出这件事的。现在只有她在感到很不舒服的刺痛时才能察觉到这孩子的存在，仿佛它是一个胆怯的开拓者，被淹没在陌生的海洋之中。

然而，在圣·阿格斯提诺的走廊上，萨尔瓦托求助的方式却怪吓人的。他焦急而无情地抓住妇产科的同事，通常是趁他们在病房之间巡查的时候，这样他们很难避开他。"听着，我只想要一句建议。不用说，我在我妻子的事情上不是专家，她得到了很好的照顾，我的专业和分娩没有任何的关系，这就是我为什么能够用一种完全冷静的观点来看问题的原因，我想你可能有兴趣聊一聊。"

"是有什么不对劲的地方吗？"

"当然，才七周还不能得到平稳的图像——"

"那我们过了七周再来聊吧。"

主任医师建议罗西一到单位就应该被锁在办公室里。然而萨尔瓦托拦路堵截了一位著名的产科医生，不管怎么说，他一定有足够的空闲，因为他是来佛罗伦萨参加一个基督教和平会的专业会议的。

"我只有一两个重点要对你澄清——"

"是不是有什么不正常的指征？"

"那正是我认为你会很感兴趣的地方。各方面指征都非常正常。"

"让我想想，你是罗西，神经科医生。你是在哪里考证的？"

"在博洛尼亚。"

"你在博洛尼亚得到了医学合格证书，那么在从事专科之前你一定完成了三个常规的接生术咯？"

"当然。"

"很好，它们进行得怎么样？"

萨尔瓦托什么都想不起来了。

"他们很满意。"

外科大夫拍拍他的背。"跟大多数人一样。"

可是有些事一定不太对劲，琪娅拉流产了，婴儿的模糊经历化作泡影。没有任何明确的原因，没有生病，没有情绪波动，而萨尔瓦托不想再和同事讨论这个问题。

"我很遗憾，"芭妮在伦敦很耐心地说，"可是别忘了，你的育龄还剩下六分之五呢。你感觉如何？"

"我不知道，没什么特别的感觉。我要去海边待一阵子，去里奥马焦雷[1]。里卡索利家带我去。"

"哦，那些人。"

"我不应该告诉他们的，只是我是在他们家开始出血

---

1 里奥马焦雷是五渔村的五镇之一，地处最南端，也是五个村镇中最大的一个。据说此镇起源于公元八世纪，当时希腊逃犯为了逃避东罗马帝国皇帝的追杀而在此避难。

的。我只能牢牢坐着，想象它发生了什么，芭妮，我直到其他人都走了才能起身。"

"我们两个都不小了，"芭妮阴郁地说，"你要离开多久？"

"我想大概离开一个月。"

"你丈夫不会以为你要离开他吗？"

"他想要我好起来，我想。不，他不会觉得我要离开他的。我希望我能早点回来，不管怎么说，我不想没有他在身边。我什么时候能见到你呢？"

"我要结婚了，"芭妮说，"我心里有了人。"

琪娅拉感到一阵松弛带来的恶心。芭妮说她要嫁给托比·哈灵顿。

"可是，芭妮，你不能，他结婚了！"

"这个嘛，他就要离婚了。当然，我们会等很长一段时间，然后搞定这件事。你知道的，他们感情破裂的原因就在于想要住在斯康波罗那地方。他们从未真正从那件事中走出来。"

"哦，但是有什么可走出来的？"

"当然，得去相关部门登记一下。上帝保佑，我奶奶不会觉得她应该过来。"

原来当芭妮——她说的"最后一次"回来时，她去了苏格兰，找到了她的父亲和托比·哈灵顿，他们俩在一起，他们一起喝了威士忌。她说这让她有了新的视角。

"可是你还是没有告诉我，我什么时候能见到你。"

"这么说吧，我们不会去意大利。"芭妮的嗓音变为了在圣童学校的修女能辨认的那种——带着冷静的轻蔑，权威的声音。"不过，如果你来奇平卡姆登，你一定要告诉我们。"

琪娅拉从来没有听说过这个地方，对她而言这是个全新的地名。但是在她接下来的人生阶段中，时不时地，当她过得不顺的时候，这句令人困惑的句子总是突然浮现在她脑海：不过，如果你在奇平卡姆登，你一定要告诉我们。

24

*

萨尔瓦托决定，等琪娅拉离开的时候，他就要摆脱掉艾米利奥·穆茨街的公寓，并且除了工作之外，要将所有精力都投入到让圣·阿格斯提诺认真对待他100%按揭的问题上去。同时，他会住到吉特里尼家去（既然他们之前曾经那么好客），当一个寄宿者。可吉特里尼却告诉他，他要回博戈福泰去了。

他从来没有提过（现在也没有提），他也和他一样，在等了许多年后，对于从圣·阿格斯提诺得到按揭之事已经失望了。他的请求比萨尔瓦托的要谦逊得多，却可能是更迫切需要的。对他来说不利的一项是他和罗西医生的友谊，这让他变得略微地却也是明白无误地不受行政部门的喜欢。他给出的搬家理由，同样也是非常真诚的，那就是卢卡变得非常难搞。不管在家还是在学校，都搞不定他。"在博戈福泰我们可以和我小叔子合住一栋大小体面的房子。"他说，"毕竟，每个人最后都会回到他最初所爱的

313

地方。"

　　吉特里尼很喜欢这些谚语，或者说时髦话。萨尔瓦托沮丧地看着他。他最终决定继续待在艾米利奥·穆茨街。他每晚都必定要打电话给琪娅拉。佛罗伦萨的天气变得越来越热了，汹涌的热浪从河床上吹来，吹遍整个街角。她最好还是待在海边。琪娅拉说不要，她很快就会回来，并且在这之后，她再也不想要靠近悬崖，或是看见一艘渔船。

25

*

差不多这个时候，有一天早晨，玛塔姑妈在她灵薄狱街公寓二楼醒来，感觉到一阵疼痛，仿佛一双讨厌的手正在把她拧干。这种情况并不是第一次发生，过了一会儿，疼痛便消失了，但是她有种感觉，某种决定性的事情已经发生了。她大声说："这是瞎想。"她的头脑无声地回答："你为什么要这么想？它什么都不是。"她的身体回应道："不，它并非什么都不是。"

这件事被老医生曼佐尼证实了，他总是在她在佛罗伦萨的时候看护她。"可是她不听我的建议。"他一边告诉伯爵，一边走下楼梯到图书室去。

"你的建议是什么？"

"问题在于，哪里出了问题？你的父亲是怎么去世的？"

"他对生活失去了兴趣。"

"这个嘛，高血压常常是遗传的，"曼佐尼说，"关于高血压，我的意思是血压过高。我的病人想象那是由于血液想要强迫自己通过动脉，而动脉随着时间流逝当然会变厚。"

"那么他们想得对吗？"

"如今我们不这么认为。我们倾向于认为是高血压导致了动脉硬化。总之这是一种自然的变化，在晚年的时候。"

"那么几乎不可能有什么补救措施了。"

"对大部分病人我会说'减肥吧'，可是伯爵夫人没什么可减的。"

伯爵注意到，曼佐尼就像以往一样，在提到不受欢迎的建议时会说"我们"，而提到被接受的建议时就说"我"。

"有一个可行的手术，我们能切断大部分通往腹腔器官的交感神经纤维。"

"你有没有跟我姐姐建议做这个？"

"她告诉我她反对。"

"那你主张做吗？"

"不，我只是给她一瓶五百微克的三硝酸甘油片，然后告诉她不要强迫自己。如果她不能让自己放松，那她应该去医院。"

"在那儿他们能帮到她吗?"

"不能,但是无能为力的时候在一个对的地方总是比较好吧。"曼佐尼说,"我的意思是,在专家们中间。"

坚不可摧的曼佐尼医生在德军占领期间毫发无损地活了下来,却在墨索里尼逃逸而巴多利奥接管的四十五天里忍气吞声,不得不在阿布鲁齐的一间仓库里躲了几乎一年。他总是这样结束他的所有故事——或者就是同一个故事——说他一闭上眼还能闻见牛油和橄榄油的味道,而那些半疯半癫的老鼠常常淹死在里面。等玛塔莲娜死了,伯爵就不会再听到这个故事了。那时曼佐尼的时代就结束了。

"是的,去医院。"老医生重复道。

"你说得好像我能对我姐姐有什么影响似的。没有人能。她想去哪里?"

"她说到要在这儿待一段时间。"

"如果她想要这么做那她一定是感觉很糟糕。她从来不想在任何地方待太久。"

曼佐尼接过了一杯苦艾酒,然后想起了他第一次见到玛塔莲娜伯爵夫人的时候,而她当时是个新娘,那大约是在 1920 年,也可能不是,那是社会主义党阵线瓦解的时候,是的,然后,一个年轻的新娘,在瑞可丹岑的露台上，多么光鲜亮眼。他快要痴呆了，伯爵想。

医生走后，他慢慢站起来。他走上楼梯，停在主楼层上头，他们将大理石换成石材的地方，看着亚诺河。尽管早些时候下过雨，但河流水位还是开始下降，它黄色的河水中反射着黄色的光，并且将附近的建筑罩上一层奇妙的透明，就像在玻璃上作画一样。詹卡洛太常看见这景象了，以至于没有注意到它，正如他不再对自己假装他不是停下来喘口气。

他的姐姐已经起床了，并且正准备要出门。他试图让自己接受他刚听到的内容，但也不比任何其他人做得更好。他们几乎心照不宣地同意不要对安农齐亚塔提起这事，否则就没有办法躲开死亡护士了。同样也没有必要对琪娅拉说什么。他们都对于要对她撒谎而感到难过，可是在意想不到的程度上，撒谎随着实际操作变得容易了许多。

玛塔莲娜带着病痛到处走，就像一个疲惫不堪的客人，每当有迹象表明她承受不住的时候她总是忍着，并且指望痛能消失。不可能一直痛的。目前它是以清晨剧烈头痛的形式出现的，然后晚上再来一次。她明白无论余生还剩下什么，她都必须适应它。

26

*

出于某种原因，她在瑞可丹岑感觉好些了。庄园对公众开放很成功，旅行社祝贺了伯爵，他已经很多年没有（除了因为他女儿在婚礼那天的美丽之外）被祝贺了。游客们现在被允许多待一阵，还可以在客厅里买一杯瓦萨辛那葡萄酒或是一杯碳酸饮料。这是园丁的外快，另外他还能卖些柠檬。差不多整晚他都在扮演另一个角色，邀请客人们（他把不连贯的英语和德语混着讲）在柠檬园里拍拍巨大的温度计和铁炉，然后告诉他们这里有超过四十种不同的柠檬，而果汁则是无与伦比的肠胃药。"食人族，夫人们，他们要喝柠檬汁，否则他们无法消化人肉。"和瓦萨辛那的博纳迪诺不同，他没有变得越来越古怪，而是逐渐变得精明。他本能地去唤起游客们想要摆脱掉的恐惧心理就是很好的一个例子。他有好些宣传册，但他从来没费心读过。"想象一下，夫人们，从这儿砍断，就是膝盖这儿。"他和安农齐亚塔之间本来在休战，现在又变得紧张起来。可是瑞可丹岑不是她真正的地盘，她只有得到邀请才能进来。

正如安农齐亚塔认为的那样，园丁被吸纳进了当地公共历史遗迹监护组织，这也是让他日益自我膨胀的部分原因。在那里他学到了很多，其中之一是英国女人，或许还有英国男人，当他们到一定年龄时就必须去偷一根剪下来的树枝。于是他很仔细地解释，在一份更严肃的记录上说，柠檬如果要挨过一个严寒的冬天，就必须被嫁接到一棵酸橙树的树干上，不能是别的树，否则一定会失败。至于那些著名的玫瑰花丛，它们看上去更像是被游客而不是别的什么人剪断的。除了那之外没别的可偷的。由于这个缘故，当他们从露台上往北眺望对面山丘的景象时，任何的失望都会消失。为了保障安全，他们被要求不要靠在栏杆上。

玛塔莲娜认为她的病痛似乎在瑞可丹岑减轻了，要么就是她成功地更少想起它了。她和园丁有一个工作上的约定，只要她在场，他就必须正常说话。一天黄昏将尽时，她在一条夹在两道被忽视的灌木树篱中的小路上闲逛，离付费的游客有一段距离。一个她之前注意过的老人，离开了其他人，朝她走来并且说：

"你是罗西医生太太的母亲吗？"

他听上去像是一个老派的校长，第十万次向人展示正确的发音方式。

"我不是任何人的母亲，"玛塔姑妈说，"你仔细看看我就知道我不可能是。"

她看到他是清醒的，但微微颤抖着。

"我是伯爵小姐的姑妈，"她说，"这里是我们家族的房子。你是和别人一起来的吗？"

"不是的，我是在费鲁奇广场坐的巴士，最后一段是走过来的。"

他一定是走在游客队伍的最后面，没人注意，她想。就像一个被咒语控制的人，他一定认为他能走进来，于是就走了进来。

"我是昨天从马扎他来的，"他说，"他们给了我三个地址，其中一个是医院的地址。我在那里不太顺利，所以就延误了。现在根据我回程的车票，我必须今晚再坐一回长途巴士。"

"你是不是想找罗西医生？"

"我曾经有一次找他谈过，但是一点用都没有，老实说，比一点用都没有还糟。"

"你给他打过电话没有？"她更加注意地加了一句，"你病了吗？"

"我不想和他在电话里说。我是他父亲的朋友。这件事必须面对面讨论。"

萨尔瓦托的父亲是什么样的人？她想。肯定不是这样的。出于礼貌，这个老人时不时看她一眼，但是能看得出他全然出神了。此时此刻，最后的游客都离开了瑞可丹岑，刚才几个钟头里挤满了人的浓绿花园，现在则准备沉入它们自身的回忆中去了。园丁在锁门之前检查柠檬园，甚至还有玫瑰花丛，以防有人落下。

"你叫什么名字？"玛塔莲娜问。

"伯里克利·圣纳扎罗。"

"好的，他们这儿关门之后我立马就要开车回佛罗伦萨。跟我来，我会带你在什么地方找到罗西医生。顺便说一句，你跟其他人一起喝过东西吗？"

"没有，我什么都没喝。"

"你应该早说你是这儿的一个朋友。"可是过度的紧张逼迫他脱口而出："对不起，阁下，可是我现在没有时间去找我朋友的儿子。如果你开车的话，我得请你在锡耶纳的卡泰丽娜街的长途汽车站放我下来。我本来想说很长一段话，少一点都不能让我满足。正因如此，我想请你给我带个口信。"

"至少我们或许可以坐几分钟。"

“我不累。”

“可是我累了。”

他道了歉，他们在一张石凳上肩并肩地坐下来，石凳的扶手上刻着怪异的图案，坐起来一点也不舒服。现在，他用令人不安的眼光直视着她。他穿着非常破旧的黑色外套，看上去苍白憔悴，几乎到了让人无法尊敬的边缘。“尽量理解我，”他说，“仔细听我说。”

尽管他很清醒，但他显然已不再衡量他说的话对别人的重要性，而只在乎他自己。玛塔莲娜这才第一次听说了萨尔瓦托在马扎他的那块地，并且听到了过多超出她理解能力的细节。

“有一个机会能够重新得到那片土地。这就是我来这儿要说的。那些兄弟们和嫂子们只要拿得到钱就立马会卖。很可能随便给他们什么他们都会要。他们只想要牢牢抓住资本。他们不再把自己看成农夫，有人让他们去投资建一个宾馆。一个二流宾馆，在马扎他！”

玛塔莲娜看出她应该笑一下。

“在马扎他建一座宾馆！牢牢记住吧，伯爵夫人，冬夜里可以拿来一笑，或者在政治和经济的双重困境之中，这是为我们所有人准备好了的。”

“好嘛，可是罗西医生一定已经知道这些了吧？你说你不想打电话给他，可是我认为他的兄弟们不会对此有任何反对意见。"

"就算他们不反对，萨尔瓦托也不会感兴趣。"

"那样的话，我看不出……"

"他首先就永远都不应该卖掉他的六十公顷土地。"

"那他为什么要卖?"

"要拿钱结婚，伯爵夫人。他和世上大部分人想得都不一样。你不能用常人的眼光来看他。"

他干瘪的下颚产生了轻微的咀嚼运动。玛塔莲娜此时没有因此对他产生成见，而是如以往那样，让某些画面在记忆中形成并消散。在 1911 年的大解放运动中，盖塔诺·萨尔沃米尼[1]卖掉了他在莫尔费塔的一小块土地去资助一份新闻周报。作为一个年轻人，一个年轻的激进分子，她曾经帮忙在伦格莫格能的一个地窖里打包和分发这些报纸。在萨尔沃米尼之后，她的想象中出现了婚礼上的白桌布，以及站着的萨尔瓦托，说他将为琪娅拉奉献一生。

"他做得非常正确。"她说。

"当然。尼诺·葛兰西告诉过我们，所有寻求婚姻的

---

1 盖塔诺·萨尔沃米尼（1873—1957）是一名意大利反法西斯政治家、历史学家和作家。

意大利人都是一只母鸡，一只在邮政储蓄里存了很多钱的母鸡。我朋友的儿子决定站到一切人和一切事的对立面并不是他的错。"

玛塔半闭上了她的眼睛。

"我听不懂你说的。葛兰西跟这个有什么关系？罗西医生想要他的财产还是不想要？"

"他觉得他不想要。他是需要它，而不是想要它。他对马扎他的社区是有义务的。"

"但是，他不可能回去在那里执业。他是一个专科医生。"

"他是一个知识分子。"

"我想是的。希望如此。"

"因此他有一个知识分子应有的义务。"

"我不知道那是什么。我猜在佛罗伦萨和在其他地方都一样。"

圣纳扎罗仔细地端详她，然后说："他不得不在佛罗伦萨做事，这无可非议。但是他有点病态和疯狂，因为他剪断了自己和出生地之间的联结。事实上，尽管他无法承认这点，但他没有了马扎他的那块地便不能幸福。你认为这不可能吗？"

"当然是可能的。这样的事每天都在发生。可是我仍然认为他肯定知道自己要什么。"

"你不认为我们在某些情况下必须为他人做决定吗，我的意思是关于什么才是对他们最好的?"

"是的，"她说，"如果我们能够胜任的话。"

"可能，伯爵夫人，我看上去不是很胜任。"

"确实是，坦白说，我不认为你能胜任。"

他并没有因此不安，而是重复道："不管他是否承认，萨尔瓦托没有了他那块地就不会幸福。"

"这就是你想要我告诉我侄女的?"玛塔莲娜问。

"我相信那才是最好的办法。你知道，我曾经劝过萨尔瓦托——我是说在他结婚前不久——但是没有成功。他肯定知道我说的是对的，可是他听不进去。"

"为什么听不进去?"

"因为他无法诊断他自己。"

由于她正在和自己的恶心以及对曼佐尼医生的不耐烦作斗争，玛塔莲娜被他的话击中了。她想，这个圣纳扎罗不可能跑了六百公里，用了一天半时间还找不到萨尔瓦托。他所做的是花了一天半的时间避开他，并且找到别的人去对他说。这让人对他的智商高看了几分。

"告诉我，你是做什么的?"

"我认为我是一个伟人的随从。"圣纳扎罗回答。

园丁看着他们，不确定他要做什么，是开始晚上的浇灌，还是站在一边等着锁门。在这个点上他还不至于要掏出钥匙，但钥匙就在他手里。

"刚才我跟你说坏的时代要来了，"圣纳扎罗继续说，"我的意思不是说好时候永不会来临，只是说你我不太可能活到那个时候。而且我所说的'好'不是你所理解的，由科学带来的进步。科学应当占据适当的地位，但它不应该试图取代巫术。'良知已死，它的孩子——科学，有一天杀了它去弄清它是怎么来的。'这是谁写的，伯爵夫人？"

"我不知道。"玛塔莲娜说。

"我也不知道，可是尼诺常常引用它。而那些被破坏的，甚至看上去已经死了的东西，是可以恢复生机的。意大利的工人身上有无限的良知。所需要的只是耐心。"

"这个我不能认同。我不认为耐心有什么价值。我认为最好是一有冲动就去行动。"

圣纳扎罗惊讶地看着她。然后他问厕所在哪里。她叫来了园丁，他不得不重新打开屋子的侧门。圣纳扎罗从不太舒服的椅子上摇摇晃晃站起来，跟在园丁身后，他走路的方式与众不同，仿佛他需要一些思考才能让身体不同部位保持同步。玛塔莲娜发现他甚至比她预想的还要老。事实上，我们都是，她想。

那些拒绝让自己失望的人总能够接受几乎所有不可思议的情况。从这一角度来看，玛塔莲娜和圣纳扎罗也并没有什么选择的余地。当他从屋里出来时，他从自己的内袋里掏出一本笔记本，然后又从笔记本里抽出一张纸。

"我该走了。你已经听到了我要你带的口信。我希望那对你来说不会太长。这儿是我的地址，就在我之前的雇主寄来的这封信上面。你办完了要告诉我。"

"我会告诉你的。"她说。

卡特琳娜的长途汽车站没有停车点。她让他在街角下车。如果她曾经有过怀疑，那么这就是那个产生怀疑的时刻。圣纳扎罗在刚刚点亮的路灯下，看起来受尽了生活摧残。可是他说了再见，潇洒地提到他还要等七分钟，或许还可以喝杯咖啡。

然后仿佛突然想起了什么，他再次把头伸进开着的车窗。

"我不能在这里久留。"玛塔莲娜说。

"就说一句，伯爵夫人，问一个问题。告诉我。萨尔瓦托对他现在的家感到满意吗？你是否能感觉到他心满意足，不管他现在住在哪里？"

他消失在了汽车公司咖啡厅亮着灯的狭窄入口。

27

*

当玛塔姑妈在瑞可丹岑和一个陌生人讨论萨尔瓦托的时候，萨尔瓦托却在讨论玛塔姑妈，不过这只是因为他似乎无法逃避。

他遇到安德里亚·尼威律师已经有好一阵了。尼威从未放弃将罗西吸纳为一名党员的希望，可是现在却更多的是钦佩他娶了一个里多尔菲家的人。是的，灵薄狱街的那块地方已经被抵押了，而庄园则是彻底地衰败了。如果他本人作为委托人的业务里涉及买卖里多尔菲家的财产，那么他会建议绝不要碰它。可是萨尔瓦托——显然毫无算计——对它产生了兴趣的事实在他看来似乎是瞎猫碰上了死耗子。这是怎么发生的？尼威的理论是，所有女人都近乎着迷地对自己的身体感兴趣，这也是为什么她们会觉得医生有吸引力，以及为什么医生比律师幸运得多的原因。

萨尔瓦托答应见他，前提是不讨论匈牙利的局势，也不讨论意大利人民内部战线分歧的问题。

“不，不，这完全是一件私事。”

“我们之间没有私事，没有什么我们不能在街上大声说的。”

“你来了比较好解释。”

那个用来谈私事的地方，原来是尼威工作的地方，它不再只是一间办公室——因为他的社会地位已经提高——而是一个法律、技术和商业工作室，在拉马尔莫拉街上一间大理石外立面的银行楼上，离律师法庭不远。这里没有书桌，但给委托人和顾问提供了巨大的低得让人不舒服的扶手椅。他们有人可能去过米兰。那些技术上和商业上的同事，不管他们是谁，似乎早上都被支开了，但是还有一个萨尔瓦托不认识的男人，据介绍说他是一名下级同事，名叫加塔伊。加塔伊很年轻，轻微的皱眉让他显得不太能跟得上讨论。萨尔瓦托看不出为何需要他参与这次微妙的私人会议，除非，很有可能是尼威想要有一个人见证他们说了什么。

尼威以问候他的妻子开场，难道他没有听说她现在不在吗？

“她现在不太舒服，她正在海边，待上几个星期，”萨尔瓦托说，“昨天夜里我给她打电话的时候她很好。”他立刻被一种强烈的冲动攫住，想要再次打电话，听到琪娅拉的声音并且问她是否感觉和昨天一样。他阻止了这一冲动。与此同时，尼威正在说他间或会被问到对于儿童福利事业的建议，也就是国家母婴计划。

"或许你知道我在为他们做点事？"

"坦白说，我一点也不知道你为谁工作，"萨尔瓦托说。尼威和加塔伊都笑了，仿佛是一种恭维。尼威的话锋很准确但显然很勉强且几乎是依依不舍地转向了护理所和收容所，然后再逐渐转向玛塔莲娜·迪·里多尔菲。他以一个晦涩不明的手势暗示伯爵夫人可能被认为和其他人不太一样。

"你是说我妻子的姑妈疯了。你想告诉我的就是这个？"

"别太激动。你是一个医生，这得你来告诉我们。当然我们不是针对个人地在讨论她。这事关保护她的问题，我正想要告诉你。"

"很好，"萨尔瓦托意外冷静地说，"伯爵夫人大部分的行动都很精明，而且我想是目标明确的。当然，她不是我的病人，而我也不是精神病医生。你说的是什么问题？"

"关于她在圣塞波尔克罗为老妇人和婴儿搞的收容所。我能问一下你对此事有任何了解吗？"

"不太了解。"

"你觉得它经营得好吗?"

"我能肯定不好,可是我看不出这跟你或是跟我有什么关系。"

尼威解释说,区县和卫生署的人找到他,还有 O. N. M. I.[1] 的人,想要看看怎么把事情最得体地处理好。

"她头脑清醒,"萨尔瓦托说,"还有,如果有任何针对她的批评的话,她有律师。"

"瓜尔多内,在斯特洛奇街上。"加塔伊说,由于有所贡献,他看上去松了口气。萨尔瓦托有点被噎住。他之前一直在想里多尔菲家的那些律师。他从不知道玛塔姑妈自己花钱聘请过什么人。

"是的,瓜尔多内,"尼威说,"自然我们要与他合作,但是我先来和你说,因为这可能会被当作一件家族事务,而你现在是家族的一分子了。"

"那你为什么不和我岳父说呢?他现在在罗马。"

"正是,我们想第一步行动最好是等伯爵不在的时候,这样可以减少一些不快。"

"我不认为他对这些老妇人和婴儿有任何的不快。"

"可是他宁可不惹麻烦。"

---

1 全称是 the Opera Nazionale Maternità ed Infanzia,即前文提到的国家母婴计划。

“我们都是如此。”

“那么你是同意我的咯，我们都认为最好稍微做一些安排，这样你妻子和伯爵回城里来的时候一切就能平稳进行了。”

“到底发生了什么？你想说什么就说吧。”

那些问题，尼威解释说，早就存在了。那些婴儿（就算收容所有任何法律认可）只能在里面待两岁，可是玛塔总是相信那些老妇人不会在乎这些，因为在她们那个年代，每个婴儿都一样受欢迎。一个走了，另一个又来了。可是最近有了一些风波，那些老年人似乎被一种对于美好生活的渴望席卷了。她们决定不要和她们现在的婴儿分开，她们把婴儿藏起来，不让别人找到。

在佛罗伦萨，任何人只要看不惯什么事情，就可以到烟草商那里拿一张谴责表，填好之后交给警方。最近问到关于收容所的小天使们发生了什么的表格大量地涌入。“但是最重要的是我们不希望让它落到警察手里。”

为什么他不希望？——萨尔瓦托心想。——不过，将来在恰当的时候肯定能弄清楚尼威找他谨慎商讨是图些什么。这会对琪娅拉有什么影响？他知道她很喜欢她姑妈，可是什么人什么事她都喜欢，尽管他曾经向她证明这种态度是浪费且不合理的。最好当然是搞清楚这是怎么一回事儿，然后下一次他打电话的时候，或是那之后，告诉她发生了什么，但已经不需要担心。他要以平静的，安慰人的语调开场：哦，顺便说一句，关于你的姑妈——

"那些孩子们怎么了？"他问。

"他们很好，可是检查团发现他们被放在碗橱和洗衣篮里。这就是他们为什么要诉诸法律的原因。"

"你想让我做什么？"

"我想让你，作为这个家庭的桥梁，现在跟我去一趟圣塞波尔克罗，去那里见见瓜尔多内，目的是看看我们第一步要做什么。"

尼威戴上了一副墨镜然后将轻薄的夏日夹克披在肩上。他们出门时，一直在旁边徘徊的加塔伊靠近了萨尔瓦托，抑制不住的兴奋就像一股喷泉，他说："医生，我听说你认识安东尼·葛兰西。"

"葛兰西 1937 年就死了，"萨尔瓦托说，"我的天，你以为我有多老？"

"别误会，可是你孩提时代可能见过他，或者你可能被人带去过他的葬礼。"

"没人去葛兰西的葬礼。"

"医生，你认为他在目前政治经济形势下会采取什么方针？"

尼威突然转身告诉他去叫一辆出租车。加塔伊可怜地皱着眉头走了出去。

"很抱歉，他是一个理想主义者。他没必要跟我们去收容所。"

"没必要。"

28

*

收容所并不是在圣赛尔波克罗街上，而是在它的一个转弯处，那是佛罗伦萨暗戳戳、灰蒙蒙的转角之一。尼威付掉了出租车费之后就走进了一个酒吧去拿一些电话币，仿佛逃生荒岛的遇难船员，没有它们他就要和拉马尔莫拉街失联了。

整座建筑都局促地挤在一个不讨喜的三面是墙的角落上，因此入口大门是在一个角上。奇怪的是，它敞开着。院内看门人脏兮兮的传达室空无一人。这地方一片寂静。所有老的小的要么都睡着了，要么都一块儿出去了。

"啊，瓜尔多内。"

一个戴着金丝边眼镜的男人，一脸惊讶地从庭院后方寒酸的主楼中走了出来。他自我介绍并握了手。"抱歉，尼威，医生，可是我恐怕你们是在浪费时间。"

"我们只是来这儿让你带我们看看。我知道你的处境很棘手。我们还没有任何明确的行动授权，根本没有，我想你也没有。"

"我遵照我委托人的指示。"瓜尔多内说。

"你是这里管理委员会的?"

"这里没有管理委员会。"

力量的平衡令人疑惑。尼威比瓜尔多内位高权重得多,但是瓜尔多内似乎占据主导并且更知道他在说什么。现在他转向了萨尔瓦托。

"你的妻子会告诉你这栋楼被抵押给了 S. 文森特·迪·葆利教团,利息一直很低,形同慈善。伯爵夫人唯一能够自由处理的财产,你必须再一次弄清楚,只有洗衣房。"

看门人终于出现在了街道的入口,带着一条长面包和一罐石蜡。"收容所只有特殊许可才能参观,"他立刻说,"洗衣房不能参观。"

有人跟他解释那就是罗西医生,伯爵夫人侄女的丈夫,尼威还给他递上一根英国香烟。他重复道:"洗衣房不能参观。"

瓜尔多内指出有一个地方的墙被一栋外面的建筑挡住了。窗户用木板封住了,可门是开着的。他们三个站在门口往里看。萨尔瓦托印象里是看到了一个马厩。里面是一些坚固的石头水槽,地板挖空了,地上是一道道排水沟。而在那之上什么都没有。本该装有水龙头的地方,龙头底座、排水管、水泵和它们的链条，什么都没有。

尼威突然对着守门人大光其火。"住在这儿的人怎么在这里洗东西？什么设备都没有。"

"是的，都不见了。"

"什么时候的事？"

"一点一点不见的。"

"你报告了吗？"

"那些龙头是黄铜做的。"

随着时间流逝，那些老妇人卖掉了洗衣房的配件，为了买一件什么东西，有时候是买烟，但更多是给婴儿们买礼物。

"伯爵夫人对此怎么说？"

"她不意外，"看门人说，"当然，黄铜的价格时高时低。"

"瓜尔多内，"萨尔瓦托用请教的语气说，"我对于伯爵夫人的麻烦有所了解，可是不知道她心里在想什么。她接下来想怎么办？"

"什么都不做。她昨天卖掉了洗衣房。我的意思是尽可能快地脱手，即使这意味着要接受一个低一些的价格。"

尼威努力不露出惊愕的表情，他问道："你的客户是谁？如果不是机密的话。"

"宾碧自动洗衣机。"瓜尔多内以阴郁的语气回答，"这没什么可保密的。"

尼威试图挽回他的权威地位。"我们接下来要看看主楼。"

"里面是空的。"

"老人和孩子去哪儿了？"

"他们被接走了。"守门人附和，"是的，他们今天一早走的。"他放下了那一罐石蜡，指着街上。

"你是说他们被检查团转移了？"

"不是，是伯爵夫人，"瓜尔多内说，"他们只剩八个人了，还有六个婴儿。这一切就像攻占巴士底狱，尼威，如此大费周章，费了这么大的劲儿，却收到了这么小的成果。"

"他们被带去哪儿了？"

"我无权告诉你们这个。"

瓜尔多内摘下了他的金丝边眼镜擦了擦。

"他们一定会被追踪的。"尼威说。

"当然。"

"肯定还会有人继续询问关于场所使用的问题。"

"那你就要和 S. 文森特教团，还有宾碧洗衣机来处理这个问题了。"

不管将要发生什么,他似乎都相当冷静地将自己游离于那之外。

萨尔瓦托之前认为尼威机智地插手孤儿院关门的问题其实是想要从中捞一些好处的想法是对的。事实是,他认为将来他可能要处理至少一部分里多尔菲的法律事务。然而,经过了这个下午,他不再对这类事有任何的野心了。

"你是否觉得,"他离开圣塞波尔克罗街时问萨尔瓦托,"每件事都串通一气来挫败你?我常常有这种感觉。"

萨尔瓦托在空寂的人行道上呆呆地站住了。

"你也有这种感觉?"

"我想大部分人多少都有这种感觉。"

"你认为这是司空见惯的?"

"是司空见惯的,是的。"尼威安慰地说。萨尔瓦托看上去像是被人在脸上打了一拳。

你不知道接下来会发生什么让他难受的事,尼威心想。可以肯定的是,和里多尔菲家扯上关系一定占不到什么便宜。

29

*

在瓦萨辛那，第一批干草已经收割完了，他们正在耙地，好让太阳把种子晒干。西萨尔又买了一张纸和一枚信封，这次他毫不犹豫，写了封信寄给了他的姑妈。在其中他告诉她，他很抱歉显得不够体贴，并且当然没有忘记她对他的诸多好意。不过情况是如下所述的：当他从田野中回来时，他发现楼上的卧室里有八个老妇人和十个婴儿，还有三个老妇人在厨房里，问有什么东西可以让她们弄来吃。这些人不能待在瓦萨辛那。她们随身带来了大量的脏衣服。博纳迪诺把自己锁在了鸽子房里。那条狗，为了防止它发疯，只能锁在办公室里。庄园的产业是生产葡萄酒。他想最好是把这一切都在信里写清楚。

玛塔莲娜开车来见他。她穿着优雅的亚麻连衣裙，脸色灰白如蜡。她似乎对于从屋后方角落里发出来的哭笑吵闹声无动于衷，那听上去就像金属和金属互相碰撞的声音。

"最近我想到你在这儿孤零零的，就觉得很难过。"她说，"我不希望你一个人待在瓦萨辛那。我不相信上帝，可是我确实相信一些事，比如某些灵光乍现的时刻，一个人可以判断怎样对别人最好。这样一安排，你就可以同时有很小的又有很老的围绕着你，就像自然规律下的万物一样。"

"明天之后就不会了。"

"你要把他们怎么办？"

"救济所会来接他们走。"

"你会习惯他们的，西萨尔。你的生活会丰富起来的。帮助你可真不容易。"

"我很抱歉。"

"现在我得想想我该为琪娅拉和萨尔瓦托做点什么了。"

"什么都不要做。"

"什么？"

"不要做。"

30

*

詹卡洛从来不把他的姐姐当回事，即使现在，当她开始着手临终的安排之时也一样。事实上，她也没怎么把自己当真，理智上她不相信自己能做什么坏事。或许这本身就有点儿疯狂，可是有时候那些被认为疯狂甚至怀有恶意的人只不过是那些选择错了时机的人。

玛塔莲娜以姑妈的名义写了封信给在里奥马焦雷的琪娅拉，希望她的月经已经圆满地恢复了，还给她寄了一张才公布出来的秋季音乐会的目录。她问候了里卡索利，但没有提到圣纳扎罗。然后她派人去请瓜尔多内，给他二十四小时去确认马扎他确实存在，罗西那块地确实存在并且在南部开发区的规章之下是允许购买的，还要确认圣纳扎罗这人的存在，并且在邻里之间名声不坏。"前面两点我能确定，"他告诉她，"至于第三点，伯里克利·圣纳扎罗被认为头脑简单，但是绝对诚实。"

"他怎么头脑简单了？"玛塔问，回答是，人们认为他

343

脑子里只有一个念头，不是同一时间只有一个念头，而是好多年他都只有同一个念头。玛塔莲娜于是让他不要通过银行转走那笔宾碧洗衣机的钱（这点他觉得毫无疑问）并且尽快以他自己的名义买下那块地。瓜尔多内不打算这么做，但却开始通过一个对此有些兴趣的地产中介——住宅之光——商讨这件事。他不清楚伯爵夫人是否希望他下乡做一个私人调查，可是他也不打算那么做。很快她就要离开去消夏了，事实上从她的样子看起来她早就该去了。

"买地的事一时急不来的，伯爵夫人。"他说。

"或许是你不想急。"她不为所动地说。

"当然我建议不要这么做。我没花多少时间就弄清楚了马扎他没有什么企业是能盈利的。"

"我不是为我自己买的。所有权会立刻挂到罗西医生名下。"

"我不认为医生对于盈利也不在乎。不管怎么说我们得提前得到他的签名，证明他已经认可了，如果你真的认为不要事先询问他比较明智的话。"

"瓜尔多内，你没有送过别人礼物吗？不是他们期待的礼物，而是一个内在的[1]礼物，就像恩典一样，不请自来，一举让事情回到正轨？"

---

1 原文是意大利语。

"我为了客户的利益偶尔安排过这种事，"瓜尔多内说，"它们能让一段关系变得非常紧张。"

"可是，我的天，那比吵架要好。"

"在我的经验里不是这样，伯爵夫人。"

"你真是死板得像只蛤蟆，瓜尔多内。"

"我能否重申一下，我大概可以在不久后给你——如果一切顺利的话，那就是说——一份初步的合同草稿。你想要给罗西医生额外拷贝一份吗？"

"这个嘛，你懂我的意思。"

那份副本在玛塔莲娜——她彻底拒绝了和咪咪·里蒙塔尼去圣培露温泉试试水疗——出发去多洛米蒂[1]之前就准备好了。他有时间，但一直拖到下午五点才通知她东西在他桌上。

"那就把副本送过去，给圣·阿格斯提诺的罗西医生。"

"明天。"

"立刻。"

瓜尔多内没有手下人可以帮忙做这件事，现在在他办公室逗留的是收容所的看门人，他现在失业了，并且似乎

---

1 多洛米蒂山脉是阿尔卑斯山的一部分，其70%地区位于贝卢诺省，其余位于波尔扎诺自治省。

没有能力申请他的社会保障金。他开始说起，他的妻子和孩子都在他岳父岳母家，而他们在乡下还没拿到家用。瓜尔多内快刀斩乱麻，正如他实际上每天下午都在做的。

"今天我有些事要你去做。拿着这封信去找圣·阿格斯提诺医院的萨尔瓦托·罗西医生。如果他去了他的私人诊所，你必须问到地址然后到那里去，把这带给他。要到回执，然后明天回到这里，等你把回执给我，我就会给你两千里拉。"

萨尔瓦托仍在医院里。他推迟了他的私人约诊，正等着希望能和行政长官说几句话。他听说有可能在贝洛斯瓜尔多镇上有一栋房子，不是要造，甚至也不是重建，而是要维修，当然，它和霍吉斯庄园的景致完全不是一回事，事实上，不是在艾米利奥·穆茨街，贝洛斯瓜尔多几乎没有一点景致。他至少有了可以更进一步的幻想。

"从阿沃卡托·瓜尔多内办公室来的。"

又是关于洗衣房的垃圾，萨尔瓦托心想。

"你要在回执上签字，医生先生。"

他认出了收容所的看门人，于是给了他一个鼓励的微笑。"我希望你找到了另一份工作。如果没有，那么就来找我。"他在那张放在他面前的纸上签了字，于是错过了从诊所离开的行政长官。他回到艾米利奥·穆茨街已经过八点了。电梯没有开，天气炎热影响了它的使用，他汗流浃背地登上楼梯。两个房间现在就和他在圣·阿格斯提诺的办公室一样整洁，并且彻底失去了琪娅拉在那里营造的恰到好处的奔放气息。她的衣服挂了起来，她的东西放进了劣质的有着脆弱塑料把手的小壁橱。事实上，这间公寓已经准备好展示给任何想要接下来租它的人。

他习惯去马路对面的小酒馆吃饭。自然，这意味着要再次走下楼梯，再爬上来，而那是一个无聊得不可思议的地方，当然有更好的地方，可他懒得费劲去找它们。出门前，他打开了瓜尔多内的信封。

31

*

他从未反对她去和她的那些朋友们待在一起，甚至当
她改变主意，流着眼泪声称每天看不到他她就不可能好起
来的时候也没有，相反地，他记得自己曾经大叫："我会
帮你打包的，我告诉你怎么打包。"然后开始把一切能下
手的东西都堆起来，她的照片，她的弥撒书——里面几片
棕榈叶和圣像画飘落到了地板上，一堆绑带细如绳子的凉
鞋，所有这些都装进了她抗议的旅行箱。出乎他的意料之
外，这让她笑了起来。他现在明白她笑是因为想让他相信
她已经好过点儿了。

他将瓜尔多内的文件草稿读了两遍，他毫无疑问地明
白了有人背着他做了什么。自从他结婚以来，他就能够准
确领会发生的每一件事了。如果将发生的事情连贯起来看
的话，一切就更清晰了。他曾经让自己相信琪娅拉，相信
她预定那些可恶的礼服的时候，真的不知道玛尔塔是谁，
而且她没有对他的小小弱点报以同情，但现在妥妥地结束

348

了，完结了。他曾经让自己相信当那个高大的英国姑娘过来住在吉特里尼家时，那并不是一个发布新闻的花招，好让整个佛罗伦萨的人都知道他自己没有为他妻子的朋友准备一个住处。现在他应该相信，那个疯狂的姑妈，出于她自己的异想天开，打算介入某种合约，去买回那可怜巴巴的二十公顷半的土地。为什么这个疯姑妈的律师会允许她做这种事？是琪娅拉请求伯爵夫人这么做的，她自己没有钱，而伯爵夫人卖了孤儿院的洗衣房。琪娅拉灵光乍现地想到要用一件玩具给他一个惊喜，只是为了让他安静，这个喜怒无常的丈夫在教授的晚宴桌上丢人现眼，他那么努力工作，那么聪明，到头来却太愚蠢，以至于不知道自己哪里不对劲，而且过于迟钝地不知道自己在想家，这引起了他令人厌烦的遐想，仿佛他像一个吮着手指的婴儿那样想家，却仅仅因为他的那一小块土地回到了他的手里就志得意满了。可是他从来没有想过她才十九岁——尽管她爱他，这无疑给了她一个不公平的优势——就能知道如何击倒一个成年男子。

他曾经和父亲站在基兹扎纳诊所，等着被允许探访，他也曾在瑞可丹岑外，将额头压在铁门上。这两件事中的错误，都已经深藏心底。当然，还是一个孩子时他别无选择。只有一件事需要感谢，那就是那一天没有人看到他如此荒诞地在瑞可丹岑逡巡。

32

*

　　西萨尔坐在瓦萨辛那餐桌的一端，就像以往一样的地方，此刻什么都没有做，而且显然什么都没有想。盘子被拿走了。收音机里在放蒙特威尔第，它停了下来，换成了译制版的《戴尔夫人日记》[1]。在夏季，直到西萨尔晚上锁门之前，门窗从来都不关。任何人都能走进来，而萨尔瓦托便走了进来。

　　"你没想到我会来吧。"

　　"没想到，进来坐下吧。"西萨尔说，"我听到韦士柏的声音了。"他关上了收音机。萨尔瓦托在桌子的另一端拿了把椅子。其他椅子放在那儿令他焦虑不安。

　　"你经常夜里坐在这里吗？"他问，"我觉得没有人陪的情况下我受不了这里。"

　　"你来这儿是找人陪的吗？"西萨尔问。

──────────

1《戴尔夫人日记》是 BBC 第一档系列广播剧。

萨尔瓦托看了看紫色的夜空，又转回了这张不能移动的桌子。

"我想谈的事情需要听听别人的意见才能解决。可是，另一方面来说，这又只能在家里头讨论。我来这儿是因为你似乎是里多尔菲家中唯一一个能够对我的事情采取超然的态度的人，事实上我会说你是家里唯一一个有理性的人。"

"我理应认为，无论你要说什么，你最好是和我的堂妹去讨论这件事。"

"琪娅拉和我非常亲密，但她不够理性。"

"我从她出生就认识她了。她有足够的理性来处理日常的事务。"

"这就是你对她的看法？"

"我不想谈论她。"

"我也不想。我是为了别的理由，作为一个独立的知识分子来请求你的帮助的。别笑，我知道任何人晚上跑了四十公里到乡下去见一个自己不太熟的人，肯定是想要谈谈他自己。"可是西萨尔没有笑。萨尔瓦托继续说："你知道我的情况，我出身很普通，我的父亲是一名自行车修理工，可他干得不怎么样，我在博洛尼亚学了医，我做了我所能做的，这就是我。你是否认为我是一个无足轻重的人?"

"医生都很重要,"西萨尔说,"有多少医生,我不知道。"

"我应该补充一句,我家有一些土地,不是很多,但是我自己有二十公顷半,我把它卖了,我感觉时候到了就卖了它。你会明白的,我想。"

"哦。"

"我现在发现琪娅拉的姑妈瞒着我,一声不吭地想要买回这块地,然后再转送给我。我刚刚才知道这件事。瓜尔多内送了一份文件到医院。"

"你难过是因为我的姑妈——她很好心但是没跟你沟通清楚——想给你一份 20.5 公顷的礼物。"

"我同意你的姑妈不爱沟通。可是跟这个一点关系也没有,真的。是琪娅拉一手安排的。"

"你为何认为她会知道这件事?"

"否则伯爵夫人怎么会知道马扎他?没有人知道任何关于马扎他的事,更别说我那 20.5 公顷的事了。我对琪娅拉是提起过它的。我几乎告诉了她关于我的一切。在那方面,婚姻就好比喝醉的第二阶段。告诉我,你认为姑妈还有可能从别的途径知道马扎他吗?"

西萨尔对这个问题给予了他一如既往的严肃思考。

"不，我不能。"

"不管我怎样，琪娅拉都不需要我。去责备她是很荒谬的，我应该预见到这一点，可是我并不耻于认真对待此事，如果我没有这么做，那么那些发生在我身上的事就是活该。人和人之间的关系有一些是很肤浅的，比如说，政治上的。对那样的人来说，信念或者信任的崩溃只是小事一桩，甚至是一个消遣。并不比你有一两个月发现自己付不起账单更严重。我想要解释的是，我不是那样的人。可是很不幸我是一个顾问医生，而我根本不会问问题。我有一个朋友，他现在离开佛罗伦萨了。我以前总是和他聊天。我现在意识到我也不找他咨询，我只是告诉他他哪里做错了。"

他越过西萨尔看着大壁炉两边敞开着的门。

"还有别人睡在这屋里吗?"

"有的，博纳迪诺和那个老妇人。"

"他妻子?"

"是的，如果她是他妻子的话。"

"他们现在在哪里?"

"我猜，她应该在厨房念玫瑰经。我不知道博纳迪诺在哪里，可能在把鸽子关进笼里。"

"天已经黑了一阵了。"

"他需要一点时间。"

"你有枪吗？"

"当然有。"西萨尔说。他第一次将双手从桌上放下来。

"我小时候常常和我父亲出门，当然。我们常常在天亮前就起床，而空气还很新鲜，但我们经常找不到东西打，我们会走上两个小时，除了一对画眉或一条蜥蜴什么都没打到。"他补充道，"我现在需要一把猎枪，我有一把，但不是自动的。"

"我家里不放枪，"西萨尔说，"你得去办公室。"

"好的，但是或许我应该解释一下我在做什么。主要的考虑是琪娅拉和我不能接纳彼此，而我相信权衡起来，她没有我会过得更好。"

"不要绝望，"西萨尔说，"根据我的计算，意大利二十年内就能合法离婚了。"

"怎么算的？"

"等欧洲共同体成立的时候，我们就要加入其中去卖我们的葡萄酒了，尽管德国是抵制它的。一件事加入之后，所有事都要加入了。"

"你是否认为你的堂妹应该等二十年来得到幸福？"萨尔瓦托恶狠狠地大吼道，"视野放宽一点，如果剔除了我，整个世界会变得好一点点，那程度也不比剔除了一颗沙粒更大。这不仅仅是因为爱和我们表达爱的方式之间有矛盾。还因为，我想到在我人生早期的一个节点上，我很有可能选择了一个错误的方向。那个方向是我抵挡另一个方向所作出的反应，那另一个方向对我意味着成为虚弱而恼人的人，病人，失败者，劳改犯。可是，正如我所说的，就这个国家而言——我也从来没有住过别的国家——有可能我从某个角度来说是一个野蛮生长的有机体，而从另一个角度来说则是一个需要外科手术介入的畸形人。说到实际事务，我有先见之明[1]地买了足够的人寿保险，受益人当然是我母亲和琪娅拉，可是我自杀的话保险公司是一文不付的。"

"我是不会这么做的。"西萨尔说。

"很可能你不会这么做，这跟职业有关。只有记者、医生、艺术家、投机商和精神变态才有这份远见。不过，如果我今晚要结束生命的话，你要证明这是一个意外，这很有必要。你觉得怎么样？"

"总的来说，我为你感到难过。"

"你不想要阻止我吗？"

---

1 原文为意大利语。

"我不知道。"

他们一同走出了前门，承认这勉强算是一个正式的场合。一片漆黑，没有星星，夜晚在经过了一整天难受的热浪之后放松地呼吸着，并且就像所有的乡下夜晚一样并不宁静，沙沙声、吱嘎声此起彼伏。荚蒾的香气——今年花开得格外繁盛——持续地跟着他们一直绕到屋后。

"我走前面，"西萨尔说，"常常会有东西绊到你。"

办公室的照明是一只 40 瓦的灯泡，它恰好能够使它如同白天一样的阴暗。它看起来和詹卡洛过来讨论婚礼安排之后的样子毫无二致，除了农用机械清单消失在了一叠新的财团规章之下。通知琪娅拉订婚消息的卡片仍然在桌面最上方。

西萨尔打开了壁橱的门，它是做在厚厚的内墙里的。那条老狗在它的角落里打瞌睡，它很清楚打猎季节还要过很久才会到来，它怀着一线希望抬头看着壁橱。它的尾巴尖自己动了起来。

"好啦，你看见我都有些什么了。最上面一个架子上是我父亲的一些荷兰枪。它们整个战争期间都在这儿，没人发现它们。它们是专门为他做的。我用不着。他从左边肩膀开枪，所以他们为他做了调整，我不是这样。下面那把是我用的。它是意大利枪。它也是我父亲的，但不是为他定做的。我比他高，所以我把枪托加长了。他们得找到匹配的核桃木。你几乎看不出改动的痕迹。"

"我当然看不出，"萨尔瓦托说，"那么猎枪呢？"

"那是专门用来打害鸟、老鼠和蛇之类的。"

西萨尔把它拿了出来，打开，装好子弹，递给了萨尔瓦托。那条狗抬起了它的头，在他们两个间看来看去。

萨尔瓦托道了谢，西萨尔将他留在那里，自己又走回了前面的屋子。起了一阵非常轻微的风，夜晚这个时候经常如此。他走进了门厅，让身后的门开着，当他经过画了图案的保险箱的时候，将手划过了它的顶部，此时他听见电话铃开始作响。

"西萨尔，我是琪娅拉。"

"嗯，我听得出你的声音，"他说，"你在哪里？"

"我是从里奥马焦雷打来的，我待在里卡索利家，有他们照顾我真是太好了，可是西萨尔，萨尔瓦托每天晚上都会打电话给我，今天他没有打，我在公寓、医院和吉特里尼那儿都找不到他。"

"为什么你会认为他在这里？"

"不，我只是想问你我该怎么办，我总是这样。"

"不过，他是在这里。"

"他是来和你聊天的，他很孤独，我知道。"

"我不知道他是否孤独。他想要一把枪。"

"可是他从来没有过枪。"

"我知道，他想从我这儿借一把。"

"可是用来做什么呢?"

西萨尔考虑了一会，然后说，

"他说他想要开枪自杀。"

琪娅拉总是不知所措，很少知道该做什么，可是现在，奇迹般地，她知道了。她什么都没有说。这没有预料到的沉默对西萨尔发生了影响。过了一会儿，意识到她没有挂电话，他又一次走了出去。他本打算坐在他的餐厅里，安安静静度过一个夜晚的。

这一次，后院的角落里似乎有了生机。那里有吵架的声音。办公室的门仍然开着，微弱的灯光漏出来，那条狗从来不叫，就连西萨尔的父亲被杀的时候，或是孤儿们来的时候都没有叫，现在却在叫。这些扰乱颇令人不快。

"先生，医生，那把枪不是你的。"

萨尔瓦托低声说了句什么，就像一个受害者，而博纳迪诺大声说:"那不是他能给的。如果现在是白天，你就会明白，直到第二片橄榄林北墙边的每一样东西都是我的。"

西萨尔走入了亮光中，拿起了猎枪，再次打开了它，卸了子弹。

"萨尔瓦托，有电话找你。是你的妻子。她从里奥马焦雷打来的。"

萨尔瓦托举起双手。

"我们要怎么样？我们不能再这样下去了。"

"不，我们可以这样下去，"西萨尔说，"我们余生恰恰都可以这样下去。"

他让萨尔瓦托自己回去，他把小枪放回了原本的架子上。当他关上了壁橱的门时，那条老狗便又歇下来睡觉了。博纳迪诺不见了，他要么是走入了乡下空旷的夜晚，要么更可能是走进了厨房的入口。西萨尔关上了灯，锁上了门。他不介意单调乏味，他习惯如此，可是他惊讶地发现在这个特别的夜晚，他不想再进出他的屋子了。

当他走过转弯处时，萨尔瓦托正走进院子找他的韦士柏。他大声说他要回到佛罗伦萨去，并且一早第一件事就是要去里奥马焦雷。

附 录

　　佩内洛普·菲茨杰拉德喜欢用不动声色的间接描写来开始她晚期小说的写作。《蓝花》的第一个句子包含着一个打乱的双重否定，《早春》则是开始于一个人物离开了书中大部分故事所发生的城市。我们被礼貌地提醒要保持警惕，不要想当然耳。可是这两部作品都不像《无辜》这样显然是以令人措手不及的方式开始的。尽管小说的背景是在 1955 年的佛罗伦萨，可是它的第一章却让我们回到了十六世纪中期意大利的瑞可丹岑庄园中，其中住着里多尔菲家族，这是一个有着贵族血统的小矮人家族。里多尔菲家溺爱着他们的小女儿，因此他们制造了许多骗局来让她以为她的遗传特征绝不是一种残疾，甚至不是一种畸变。她周围都是和她一样大小的人，她也从不被允许离开庄园去发现外面世界的真相。她还有一个女性的同伴，叫杰玛，是一个矮子（而不是小矮人），小女儿很同情她，当她突然之间开始长个的时候，就更遭到同情了。可怜的姑娘，要变成一个巨人，一个怪物，还不得不面对这个事实……于是这个"富于同情心"的女儿给杰玛想到了一个解决办法，它的意图之美好和它实际上之凶残是一致的。

　　在最开始的四页过后，我们突然跳过了四个世纪，来到了现代世界，那时，里多尔菲家的后裔已经恢复了正常身高，并且如今他们的古怪程度已经在社会可接受的范围内了。所以，难道我们看到的只是一个丰富多彩的故事背景，一件旅行指南上吸引人眼球的轶事吗？全然不是那么一回事。或许里多尔菲家遗传上的畸变已经在后来的岁月中矫正了，但是还有别的一些家族特征，更多是精神上而非身体上的，却留存下来：

　　　　现在他们中已经没有小矮人了。但仍有一种
　　鲁莽行事的倾向，也许总是想要一劳永逸地去确
　　保别人的幸福。这似乎是长年累月幸存下来的古
　　怪性格。也许它很快就要不复存在了。

　　《无辜》这本书是关于无心所造成的后果的规律的；是关于好心好意所产生的坏结果的；是关于耿直的意料之外的力量的，以及关于对幸福的追求，还有我们认定幸福天然地，十分理所应当地，是爱的结果。它也同样关于爱可能会引起怎样奇怪的举动，可能会以怎样令人不舒服的

方式自我表达，以及关于它常常导致的尴尬结局。这些都是很大且耐人寻味的主题，尽管它们的存在是在我们意识中缓慢地，甚至是偷偷地生长的，这是佩内洛普·菲茨杰拉德的特征。正如她认为用过多信息或者研究给读者过多负担是一种不好的文学习惯，因此她的小说的真正目的和核心常常是伪装起来的。举例来说，注意上面引文中两个"也许"的使用，仿佛是作者在说：也许我搞错了，事实完全不是这样，不管怎样，或许你能比我更好地评价这个故事。

我们倾向于认为无辜是一种消极的德性，表现在那些等待和受伤的人身上；"无辜"总是自然地和"受害者"联系在一起。菲茨杰拉德更感兴趣的则是无辜积极的部分，因此在小说中它谈不上是一种高尚的美德，更不是一种道德优越感的指标，它更多的是一种实际的品格，一种处世的方法。因此，十七岁的琪娅拉·里多尔菲"十分乐意与这世界为友"；她不说谎，"甚至在音乐厅里也不会撒谎"；并且她"像孩子一样"认为她所爱的人必然也会彼此相爱。这样的无辜在外部世界所造成的影响的一个有趣的例子，在于她开车时，被描写为"警惕而鲁莽的"。更关键和更主要的是她和（南方的，自力更生的神经科医生）萨尔瓦托坠入爱河时的表现。在其中她既是警惕的又是鲁莽的，正如她闯红灯那样，她也打破了社会规则。可是她的无辜也同样在情感激烈和冷酷无情中表现出来，这常常让萨尔瓦托无所适从，更甚于他抛弃他的情妇玛尔塔时，她表现出的让人难以忍受的同情心：

> 让他受打击的是，玛尔塔和琪娅拉一样，都用视而不见来攻击他并且占了上风，或者可以把这叫作"无辜"。一个思想严肃的成年人无法防备无辜，因为他被迫要尊重它，尽管无辜的人几乎不知道什么是尊重，也不知道什么是严肃。

无辜的反面是算计，正如贡迪蒙席所展示的那样，他是里多尔菲家的一个姻亲，他总是在运筹交际。（在瑞可丹岑也有一个"狡猾"的园丁，是个小配角。）可是除了这两位，小说中的人物全都用不同的方式示范着无辜。里多尔菲家的人相信"好心一定有好报"。萨尔瓦托"质朴单纯，自力更生，独立自主，有先见之明，不以群分。"他的"沉着的意志力"让他和病人相处得很好，可是除开工作，他常常误解其他人，总是预设别人的行为会如何，结果是无辜受到惊吓，气得够呛。圣纳扎罗，萨尔瓦托父亲的老朋友，有一颗"纯粹而无可指摘的心灵"和

"真正的人生失败者的所有高尚品格"。他心中的政治英雄是葛兰西，此人的理想主义是他无辜的方式（菲茨杰拉德提到葛兰西对斯大林的谴责，这让他被共产党开除）。在西萨尔·里多尔菲的种植园里甚至有一个完整的具有色彩标记的鸽舍：上层白色的鸽子，底层白色的安哥拉兔子——一个无辜的动物园等待着它们的大屠杀。

幸福，以及应用无辜去展开对幸福的追求是情节的推动力。当然，也有一些人并不信仰幸福，宁可认为它和我们没什么关系：回溯到 1560 年代，佛罗伦萨的红衣主教曾经警告过他的兄弟里多尔菲"人类的幸福应当留给天堂"。玛塔莲娜·里多尔菲，现任伯爵的姐姐单纯明快地嫁给了一个英国男人，事实证明他不可能带来幸福；后来，她"受折磨"于"无法让老人获得幸福"。西萨尔，他们的侄子，似乎从来都没考虑过这个问题。圣纳扎罗着了魔般地相信除非萨尔瓦托买回他家族在马扎他的土地，否则他就不可能获得幸福。小说中剩下的两位无辜的年轻支持者，是琪娅拉（伯爵的女儿）和她的英国同窗好友芭妮，她们都相信幸福且积极地寻求它。足有十八岁的芭妮，有一种"消灭反对意见的能力，就像拖拉机无情地穿过……泥泞的耕地"，而且，就像拖拉机，她连续瞄准了三个目标，朝着他们的方向呼啸她的爱。这似乎不是一个完美的策略。琪娅拉和芭妮不一样，她还不知道自己在想什么，总是被"来自其他观点的令人不安的视角"分心——直到她遇见萨尔瓦托。"警惕而鲁莽"遇到了"独立自主，有先见之明，不以群分"。她现在对芭妮宣称"她人生的每一分钟"都是浪费，"除非我们能在一起，除非他能幸福"（这一假设大概是说如果他是幸福的，那她也会幸福）。他呢，反过来，当玛塔姑妈好奇他是哪种人的时候，他宣称："就是爱着你侄女琪娅拉，并且会将一生献给她的那种人。"毫无疑问，他们彼此同等地相爱——"他们彼此相爱到了痛苦的地步"——可是他们全部的关系进展却是由一系列的误解和吵架比赛所构成的，萨尔瓦托不是在生气，就是马上要生气。菲茨杰拉德大胆地选择只表现他们关系中好战的那一面。他们的关系一定是虚构作品中最不浪漫的浪漫史之一。抑或是她在暗示只有多愁善感的人才会认为爱会导致幸福？正如萨尔瓦托有一次问自己："关于幸福的一切到底是什么？我们在马扎他从来不讨论它。"

当我们分析菲茨杰拉德的作品时，像这样分解并把主题孤立出来，会让人觉得很粗暴，几乎是一种冒犯，因为她的小说大部分是有机而交织的，有着生活一般的肌理。在这里，无辜和爱的问题和其他事物不可分割地重合在一起：关于想象和现实的对峙，历史的真实性，艺术的本质，以及——在主题和论述的融合之处——人类误解的问题。许多巧妙的场景穿插融汇在《无辜》之中，通常是在两个人物之间，他们之间产生了或大或小的误解：在詹卡洛和琪娅拉之间，玛塔莲娜和裁缝帕伦蒂之间，萨尔瓦托和尼威律师之间，玛塔莲娜和咪咪之间，琪娅拉和萨尔瓦托之间，芭妮和差不多所有人之间，以及（推动了情节最终发展的一个出人意料的组合）玛塔莲娜和圣纳扎罗之间。甚至最明白不过的真实表达和感受——正如芭妮对于西萨尔大胆而动人的示爱——或许在它们的接收者看来也不那么清晰可解。至于琪娅拉和萨尔瓦托，他们最终达到了菲茨杰拉德所谓的"他们自己的误解体系"。而我们被邀请去感受，这是婚姻关系的某种成就，构成了共同生活的基础，像其他任何人一样。

《无辜》是一本排布着日期的小说，这一点对于菲茨杰拉德来说不太常见。她总是给予她时间设置在过去的作品一个深远的时代感（"历史小说"这个词似乎误导和贬损了她的原意），这是基于大量的研究，尽可能不露痕迹的结果。《无辜》也一样；但它也总是用日期来背书：从1568年的开场到1904年（《蝴蝶夫人》首演），1910年（詹卡洛得到腕表礼物），1921年（帕伦蒂最后一次为玛塔莲娜姑妈做衣服），1924 年（吉特里尼家族获洪灾补偿），1937 年（葛兰西去世），1942 年（马扎他番茄罐头工厂倒闭），1943 年（丽萨婶婶最后一次戴钻石），直到1955 年（小说发生的时间，琪娅拉和萨尔瓦托相遇）。一共有差不多三十个这样的日期，有些是公众性质的，有些则是属于小说世界的，有些顺便和主题有关（例如《蝴蝶》是一个爱情故事，其中一个无辜的人被毁了）。菲茨杰拉德显然想让我们将小说中的行为看作是意大利前半个世纪历史中根深蒂固的东西；可是或许在一部其中人物总是对别人的意思感到困惑的小说中，这些标记也是很有必要的。

正如菲茨杰拉德对于小说的前史非常关注，她也——相对来说不那么明显，只是在某些情况下——关注在它的结局之后将会发生什么。两个契机都发生在第二部中。第二章的开始是这样的：

> 看着差不多三十年前拍的婚礼照片，一个人很难相信那么多人现在是这副模样，曾经却长得是那样的。

这之后是一段关于琪娅拉的婚礼照片的描写——换句

话说，我们是在 1985 年，小说创作的那一年。那么是谁在看这些照片呢，谁是那个目睹着时间的锤炼，并感到"很难相信"的那"一个人"呢？是作者吗，是读者吗，或是某个角色，抑或是我们仁肩并肩坐着？或许在这个点上做出以下假设是合理的：小说想要在结束之前详细叙述这三十年。如其所是，它将在第二十三章中做出第二次更有力的对未来的闪现。在这儿，芭妮将她的目标瞄准了第三个可能的"他"，信心满满地对琪娅拉宣称"……如果你来奇平卡姆登，你一定要告诉我们。"菲茨杰拉德继续道：

> 琪娅拉从来没有听说过这个地方，对她而言这是个全新的地名。但是在她接下来的人生阶段中，时不时地，当她过得不顺的时候，这句令人困惑的句子总是突然浮现在她脑海。

可这就是我们被允许知道的一切了。没有任何对这三十年的补充，关于照片中那些人"现在"看起来怎么样；关于哪些事进展得不顺，具体又是多么糟糕；关于琪娅拉的二十岁、三十岁和四十岁。这是令人泄气的吗？是的。这是不公平的吗？有一点儿。这是经过算计的吗？当然如此。

可是这本小说充满了这样的惊奇（这也可能是菲茨杰拉德唯一一本里面有"他妈的"这个词的书）。它是狡猾而精心计算的，而它的主要角色却并非如此。它很少如我们想象的那样去发展（比方说，一个逊色一些的小说家，几乎一定会"允许"芭妮最后和西萨尔在一起）；它也不像我们期望的那样结束。一连串情况加在一起——三个被误会的正面行为在萨尔瓦托心中造成了一个巨大的负面效应——导致琪娅拉的丈夫去西萨尔的庄园，问他借一把猎枪。是否琪娅拉·里多尔菲的"无辜"将要像她 16 世纪的祖辈那样，产生血腥的结果了呢？在一幕完美地置于严肃和荒诞之间的场景中，萨尔瓦托问西萨尔他是否会试图阻止他自杀。西萨尔，这个苦于不太会说话的无辜的人——他从来不说话，除非被逼无奈，并且只说真话——回答说："我不知道。"仿佛是为了证明这点，他将枪递给了萨尔瓦托，任由他射杀自己。紧接着的一幕阻止了这件事的发生。萨尔瓦托心烦意乱地问道："我们要怎么样？我们不能再这样下去了。"西萨尔回答："不，我们可以这样下去，我们余生恰恰都可以这样下去。"这里有一个贝克特式的暗示，而菲茨杰拉德是这位剧作家的仰慕者。但她自己不是贝克特那种作家。她的宇宙观没那么阴暗，并且也部分地被宗教信仰所照亮。所以出现了"奇迹"这个词，来解释萨尔瓦托如何从自杀中被解救出来（不是像《天使之门》结尾那么大而明显的"奇迹"，可即使如此，作者认为这可以称得上是一个奇迹）。结尾那一幕比起贝克特更像是契诃夫式的：结尾于一道鸿沟之中，它的一边是一个"现代的、科学的"、自力更生的人物，另一边则是一帮活在他们的时代之外，陶醉于过往的体面人；结尾于一个被搞砸了的——或是打断了的——自杀的企图之中；结尾于工作和生活必须继续，因为我们就是被如此安排的承诺之中。

《无辜》是佩内洛普·菲茨杰拉德最后四本杰作的第一部，1986 年出版时，她已经将近七十岁了。它和那个时代相距甚远，也不是那个时代的氛围了。尽管故事设定在不远的过去，但也不是时髦的过去：是被忽视的五十年代，而不是浮华的六十年代。它也不是那种迷人的盎格鲁-托斯卡纳小说，那些小说文雅地表现出文化的碰撞，同时也让英国读者想起愉快的夏日假期。相反，它是一本十足的意大利小说，人物都有着意大利人的性格，而它其中的英国人都是粗鲁碍事的局外人。它的书名就宣告了它高尚的主题，而它的初版封面（菲茨杰拉德自己选的）则展现了圣·米凯莱教堂中蓬托尔莫的画作《访问》中的一个细节，这个教堂位于普拉托附近的卡尔米尼亚诺。《无辜》出版后，得到了大多数人的好评，尽管没有入围布克奖短名单，它的评审团——四位女士和一位男士——那年将奖项给了金斯利·艾米斯的《老魔鬼》。艾米斯的最后十年失去了锋芒和尖刻，句法也松懈了；菲茨杰拉德的最后十年则在艺术上再次创新，野心勃勃，并对于世界保持着持续而浓厚，甚至是调皮的兴趣。从长期来看，作家是由他们所发现的人类处境的真相，以及他们表达那些真相的艺术性来衡量的。只要成熟和细心的小说读者一直存在，佩内洛普·菲茨杰拉德的《无辜》就会经久不衰。

朱利安·巴恩斯

2013